中公文庫

法王の牙

病院サスペンス集

黒岩重吾
日下三蔵編

中央公論新社

目次

法王の牙

病院サスペンス集

病葉《わくらば》の踊り

蒸し暑い初夏の夕方、緑の川の傍の、古びた病院の内科詰所に、泣いているか笑っているか分らない、奇妙な表情の男が、顔を突き出した。

始めてその男の顔を見た者は、内心、けったいな奴、と思うか吹き出すに違いない。猿に良く似ているのだ。

身長も五尺一寸そこそこか、しなびた皺の多い顔の、ほっぺただけが、ぽっと赤い。ただ大きな眼はぎらぎら光っていて、この男の、生命の炎の激しさを現わしている。

詰所には誰もいなかった。男はにっと笑うと顔を引っ込め、慢伝病棟の方に歩いて行った。歩き方がぎこちない。二年前小児麻痺に掛ったからだ。病棟の外れは、物置になっていて、隣りに木の階段がある。二階も三階も、ベッドやデスクの残骸が、塵《ちり》にまみれて積み重ねられた物置である。だがそんな廃室の間に、忘れられたような私室がある。或る時期看護婦が多くなり、物置を改造して居室にしたものである。新しい看護婦の中には、そんな部屋があるのを知らない者も居る筈だ。

男は部屋を明け、壁際のスイッチを捻った。つかない。多分電球が持ち去られた為であろう。三畳の畳敷で、外に面した部分は壁の代りに、ガラス戸になっている。ガラス戸を開けると、手摺も突出しもなく、空間だ。覗くと十米下の中庭の青い花が、夕闇の底にひっそり沈んでいる。

男は女のように膝をそろえて坐ると、ガラス戸に熱ばんだ頬を押しつけた。中庭を挟んで、第三病棟の灯が煙っている。昨日まで岡部伊津子が住んでいた部屋である。

「骨だけで生きて来たな」

考えてみれば、養母の腕に抱かれてこの病院に通った三年間を皮切りに、百日咳、一年二度の肺炎、少年の日の関節炎、黄疸《おうだん》、肋膜《ろくまく》膿胸、痔瘻《じろう》、胃潰瘍、急慢性淋疾《りんしつ》、初期梅毒、滲出性《しんしゅつせい》結核から空洞性、更に播種性《はしゅせい》結核、そして大人には珍らしい小児麻痺まで、男の今迄は、病いのための人生であった。

だが男は、もう己れの暗い星を哀しんではいない。物心ついて以来、背負った病いを、己れの生への糧《かて》として男は男なりに存分生きて来たからである。

男は翌朝、その部屋の窓からぶら下って発見された。朝陽を受けた男の顔は、生前より以上に、おどけた表情であった。

ここに奇妙な事は、男の死が伝えられても看護婦達は別に驚いた様子もなく、中には頷きあって、くすくす笑う者さえいたことである。勿論例外はいた。婦長の香椎紀子である。

さて遺留品を整理していると、黒皮表紙のノートが出て来た。年老いた男の養母が駈けつけるまでに、そのノートは、人知れず香椎紀子が持ち去った。

以下は、そのノートに書かれた男の遺稿《いこう》である。

俺はこれを書くにあたって、私としようか、俺とするかで一寸《ちょっと》迷った。だがやはり俺が一番俺らしい。

俺は大正十三年の春、出雲大社の神殿の傍に、ねんねこに包まれて捨てられていた。だから生みの親は、今に到るも未知である。

幸い大阪の博労町《ばくろうまち》に居を構える紙屋の中年夫婦が、朝早く参拝に来て、俺を拾って帰った。彼等は子供が欲しくて、神頼みに来たそうである。出雲大社は、縁結びの神として知られているが、やはり彼等のような心願の主も居るのである。

俺は後年、俺をあのような場所に捨てた生母の策略に感じ入った。俺の狡猾《こうかつ》な血は、多分生母から受けているのであろう。

俺は人なみ以下の身体であった。養母はどうかして、俺を健康にせんと、二歳から五歳まで、一日置きに、俺を抱いてこの病院に通った。だが生れながらのひ弱さと、顔貌の醜さは治《なお》らず、その間にかかった病気は十指できくまい。でも俺にとって肉体的な苦痛はさ程怖いものではなかった。いやそれより、俺は病気になると、病院の柔かいベッドに寝かされ、看護婦達に看病されるのがなによりも楽しかった。俺はそんな子供の時分から、女に対して興味を持っていたのである。

小学校へ上る頃から、そろそろ異性が欲しくなるものだ。だがほかの奴等は、大抵精神的に欲する。しかし俺は違った。俺はその時分から男女のいとなみそのものを、痛切に欲した。俺はよく一人家の近くの野草の中を歩いた。なぜか、野草の中に、俺に身体をゆだねる美しい少女が待っているような気がしたのである。俺はよく、顔や手足を、ひっかかれ、血だらけになって帰った。そんな帰り道、夕焼雲を眺めながら、俺は、ぞっとする程の欲望で、大人になりたい、と思った。

大人になれば、あれが出来る。そう思うと、大人になるまでの十数年の歳月が、絶望的な距離をもって、俺に迫るのである。

だから少年時代病院で、看護婦の手足や顔の肌にふれる事は、最大の楽しみだった。俺は痛いと言って泣いては、看護婦の胸に顔を埋め、胸の弾力をしびれる思いで楽しんだ。女って様々なものである。怒って俺を離すものもおれば、息の出来ない程抱き締めてくれる者もいた。

俺が後年、病気を利用して、己《おの》れの生命を開拓するようになったのも、そのような経験のたまものである。

そして俺はその為、生命をすくわれたのである。先《ま》ずそれから述べて行こう。

零下三十度の深夜の行軍であった。俺の属する満洲第八三七野砲連隊は、二里向うの林口神社に向け新春をことほぐ為、十時に営所を出発した。昼始めから降り出した雪は、何《い》時《つ》の間にか風をともない、神社に後《あと》半里という頃には、猛吹雪になっていた。完全軍装の俺は三十九度の発熱にあえぎながら、氷風に支えられるように歩いていた。俺が林口神社に行けたのは、隣りの兵隊が俺の腕を摑んでいて、くれた為である。

赤々と松明《たいまつ》が白木の御社の両側に荒々しく燃えている。白い束帯の神主が、さかきを取り上げ、一週間後には南方の孤島へ移動する兵隊達の頭上に打ち振った。この時松明に映えた銃剣の林が、一斉に眼に見えぬ速度でざわめいたのを、俺ははっきり感じた。

還らざる生命と知りながら、心の中で生還を念じたのであろうか。

だが、それが終った時、俺はにっと笑って眼を閉じた。俺は雪の中に崩れるように倒れていた。陸軍病院は、この神社の直ぐ後ろにあったのである。

翌日俺は予想にたがわず、肺炎を起して病院のベッドの上に居た。大きな賭《か》けであった。この病院に入るべく、熱のある身体を隠して無茶な行軍に参加した俺の意図は見事達せられた。幼時から肺炎に慣れ切っていた俺は肺炎が怖くなかった。防牒の為、動ける者は病人まで連れて移動した。満洲第八三七部隊で、無事満洲に残り得たのは、実に俺一人であった。

絶対安静がひと月程続き、俺はレントゲンを撮ることになった。俺が入院したのも、この機会を得るためだ。俺は痰の出具合から、十七八の時やった肺浸潤が再発をしたのを知っていた。内地でサナトリューウムの院長をしていた中年の軍医は、俺の両肩に肉の厚い掌《てのひら》をのせ、押しつけるようにして、

「いいかい、お前の病気は今進行中だが、安静にしておれば、必ずおさまる、治るまでは長くかかるが死ぬような事はない。これは俺が保証する、だからもしお前の病気が悪くなったら、お前が悪いんだぞ、誰をも恨むことはない、神様もな」

軍医はその言葉に満足したように、鼻をぴくりと動かした。俺は押えられた肩をすくめた。

「軍医殿、そのような自殺療養をやれば、何年ぐらい生きられますか?」

「なんじゃと……」

軍医は思わず手を放し、猿のような俺の顔をまじまじと見詰めた。軍医の顔にさっと嫌悪が走ったのを俺は見逃さなかった。昔から、俺がちらっと本音を吐くと、俺の知人は、怒る代りに嫌悪した。そのようなにかを、俺は同性に感じさせるらしい。だから俺には、友人は一人もいない。軍医はびんたを張る代りに、虫けらにでも言うように、

「五年だな」

五年、五年あれば戦争は終るだろう。その間は、ぬくぬくと病院生活を楽しむとしようか。病院は俺の故郷だ。

この病院の結核病棟は院長の方針か、軍律も余りやかましくなく、患者は安静時間以外自由にふるまえた。患者も割合少く、また俺の病気が活動性のためか、個室を与えられた。俺は病気は少しも怖くなかった。その理由は今までにも述べたが、今一つ俺にはこんな運命観があった。俺は出雲大社の前に捨てられていた。だから俺の星運は滅亡運である。だが俺はその運を人間によって救われた。だから俺がもとの滅亡運に返るのは、病気とかそのような自然的なものではなく、人間によってである。俺の抜きさし難い人間への不信は、案外こんな所から出ているのかもしれない。

さて俺は、この病院でまず、看護婦の浜谷祈りに惹《ひ》かれた。浜谷祈りはその名の示す通り、熱心なクリスチャンである。髪の赤茶けた、うなじのほっそりした、一重瞼の眼が人形を思わす、そのくせ胸の隆起の豊満な女であった。浜谷はどんな場合も笑い顔を見せない。元来俺は顔の通り、口が凄《すご》く達者だ。だから大抵の女は、俺の冗談にひっかかると笑いこけるのであるが、浜谷は何時も石のような顔をしている。或る時、冗談を言いながら、浜谷の顔を見て、俺はぎょっと息をのんだ。一重瞼の奥の澄んだ瞳にあわれみの翳《かげ》が浮いていたのだ。それは一瞬のものであったが、俺は寒けに襲われた。俺の本体を見破られたような気がしたのだ。

それから俺は、浜谷に対して、極めて慎重になった。

俺は護送患者だから、排便は便所でやるが尿は瓶にとり、看護婦が集めて行く事になっている。これがどうも嫌で、俺は何時も便所で用を達した。

大抵の看護婦達は、手がはぶけるものだから、文句を言わなかったが、浜谷だけは、きまって「だめじゃありませんか」と文句を言った。その日もしつこく言うので、

「かんにんしてくれよ。こんな冷たい用器に大事な息子を入れろ、入れろ、なんて、君も顔に似合わないサジェストだな」

あとは下卑な冗談で笑わせようとすると、何時も青白いマスクの上の顔が、ふと赤くなり足音荒く出て行った。

しめた、と思っていると、俺は突然衛生兵に呼びつけられ、顔のふくれ上る程びんたを喰った。浜谷が俺のことを、療養規則を守らない、と告げ口したのである。

この日から俺は浜谷に復讐を誓った。征服してやろう、と決心したのだ。

今まで俺は、柄になく多くの女と関係して来たが、その殆んどは、売笑婦と看護婦であった。始めて女を抱いたのは、大人になったと感じた十六の年、飛田《とびた》の女郎であった。

看護婦と売笑婦、醜と清、一見正反対のこの女達には、不思議な共通点がある。それは男達をものとして見る習慣だ。

俺は何時もこの盲点を利用した。というのは、俺のおどけた顔、痩せて小柄な身体は、彼女達にとっては、手ごろな玩具に見えるらしい。俺は喜んで玩具になっている。だが、女達は、懐の玩具が何時の間にか、牙をむいた男になっている事に気がつかない。気付い

た時は、もう手遅れというわけだ。

俺はその手を最大限に利用する事にきめた。俺は、浜谷祈りの顔を見るたびにありもしない嘘八百を言い、浜谷の心に近づいていった。俺が衛生兵に擲《なぐ》られた事は浜谷の胸に自責の念を植えつけていたようだ。まさか、擲るとは思わなかったのだ。かえって良い結果を生んだわけである。

浜谷は時々、俺の出まかせに耳をかたむけるようになった。目茶苦茶に喋っておれば、浜谷の胸にぎくっとさせる真実も、飛び出るというものだ。例をあげれば、「貴女は性欲が強い。貴女の下の毛は濃い。貴女は感傷家だ。貴女は失恋した事がある。貴女は処女でない」

先ずこんな所は、浜谷の心を刺し貫いたと俺は睨んでいる。

或る日、こんな事があった。体温を計りに来たので、何時もの調子で、

「浜谷さん、僕は人相を良く見るんだが、貴方の故郷が何処か直ぐ分るな」

浜谷は、こんな話には、乗って来るようになっていた。白いマスクの上の、切れ長の眼を心持ち微笑させ、

「じゃ、言ってごらん」

「あたったらどうする？」

「どうもしないわ……そうね、白衣、新しいのとかえてあげる」

「ほんと……じゃ約束」

俺は指を突き出したが、浜谷は頭を振って、

「私は、約束を破らないわ」

「ようし、じゃ言うよ、そうだ、山陰だ」

「そこまではね、で、山陰の……」

「出雲近辺……」

「まー、あたった、どうして分るの？」

それは、浜谷が始めて俺に示した、驚きの表情だった。俺も驚いた。勿論出まかせだったのだが、根拠がない事はない。出雲出身の売春婦で、同じように切れ長の眼の白い肌の女と遊んだ事が脳裡にあったからだ。

「僕も出雲だよ、血が匂うんだね」

「まー、そうだったの、出雲の何処？」

「出雲大社のまん前だ、鳥居の下だよ」

「また冗談言って……」

「冗談じゃない、僕はそこに捨てられていたんだ、多分僕の両親は出雲の神様にめでたく結ばれ、そのお礼に、僕というつくりものを拝げて行ったのさ、僕の両親て、なかなか詩人じゃないか……」

低い声で俺は笑った。女にはめったに聞かせない陰気な笑い声であった。浜谷は俺の傍に立ったまま、凝然として動かなかった。陽ははや広野の彼方に落ち、薄暗い部屋の中で浜谷の上半身が白い塑像《そぞう》のように浮いている。

「お祈りしてあげましょう」

と浜谷は静かな声で言った。俺はなんとなくぎくりとした。俺は鼻で笑いたかったが、黙って頷いた。征服するには、まずこの女の心を摑む事が大切だからである。浜谷は椅子に坐ると手を組んで祈り始めた。俺は生れて始めて、指を組み合せながら、この女の敬虔《けいけん》な女の服をはいだ全裸のし態を、狂おしいまで、思い浮かべていた。どんな理由があるにせよ、女が男のために祈るのは、すでにその男に許しているのと同じである。俺がもし今、浜谷に飛び掛ったとしても、浜谷は声を立てることは出来ないであろう。声を立てるということは、祈りという犠牲的精神と全く相反するからだ。俺は仄白い首筋にぽつりと浮いたほくろを眺めながら、この女は、もう征服したも同じだ、とにたりとしていた。

ある朝俺は、白眼が黄色くなっているのを見つけた。というのは、俺は毎朝手鏡で、十分程己れの顔を眺めるくせがある。額の生え際から、眉、まつ毛、眼、鼻、唇と、たん念に眺め、最後に瞳孔を包む採光幕《さいこうまく》のぶつぶつした孔を刻明に見入る。別に複雑な理由があるわけではない。ここが、肛門とともに人間の身のうちで、最も醜悪な形をしているからだ。

さてその時、俺は眼が黄色くなったのを知って、色盲になったのではないか、と疑い、慌てて唇を見たが、紅いものは紅い。妙だな、と思っていると、夕方から食欲がなくなり、熱さえ出始めた。今までかかったことはなかったが、俺は直ぐ黄疸になったな、と思った。病いは俺の生理のようなもので、俺は昔から通俗医学書を何回となく読んでおり、そんな診断なら、そこら辺りの医者より、ずっと優れている。

翌日軍医の診断があったので、俺は黄疸になった、と言った。軍医は顔をそらして俺を見詰めたが、「馬鹿言え」と一言、出て行こうとする。俺はむかっとして、

「軍医殿、眼を見て下さい、眼の玉が黄色くなっています」

軍医は、なにぬかす、と振り返り眉をしかめた。が、俺の視線と逢うと、唇を歪めて、不機嫌そうに戻って来た。二本の指で俺の額をこずき上げ、覗き込んだ。が、俺を離すと、

「ふん、多少黄色いが、こんなのは体質じゃ、大体生意気だぞ貴様は」

すると傍に居た衛生下士官が、途方もない大きな声で叫んだ。

「日本人はみな黄色いのじゃ、黄色いのを誇りに思え」

ふと入口を見ると、浜谷が恐い顔をして、睨んでいた。俺はなぜかおかしくなって、もう少しで笑い出す所であった。

翌日から俺は、九度近い発熱に苦しんだ。食欲は全くなく、食べものを見ただけでむかつく。黄疸であることはいよいよ確実だ。俺はなにも食わず毛布を被ってがたがた寒さに

慄えていた。周囲は真暗である。少しでも身体を動かすと、異様な嘔吐感《おうとかん》が背筋の方まで込みあげてくる。だが、俺にとっては毛布にくるまり、周囲と断絶して、一人胸を抱いている時が、心が最も安らぐ時だ。この時だけであろう。素直な人間らしい気持になれるのは……一たん外光に眼を接するともうだめだ。俺は見知らぬ世界に一人放り出された猿になる。廻りに現われる人間共は、みな俺を嘲笑し傷つけようとする敵だ。

うとうとしていると、突然浜谷が俺の毛布をはいだ。手に真鍮《しんちゅう》の輪のついたゴム管を持っていた。

「自分から病名を言うなんて、だめじゃないの、あれじゃ軍医さん怒るのは、無理ないわ、だいたい貴方、ごうまんよ」

俺が薄笑いを浮べていると、浜谷は「これを飲みなさい」と言ってゴム管を俺の口の前に差し出した。なんだ、と尋ねると、これで胃の中の胆汁を吸い出す、と言う。さすがに俺は驚いた。

「吸うって、口でかい？」

浜谷は厳粛な顔で頷いた。

「そんなこと、穢《きたな》いじゃないか、嫌だな」

「余計なこと口出す必要はないわ、実際あんたって妙な所があるわね、ずうずうしいくせに、時々おかしな気兼ねなんかして、私は商売よ、それに胆汁が口に入る前に、旨く管を瓶の中に入れるから大丈夫」

気兼ね、馬鹿な、俺がもし女から好かれる美男子であったら、こんな言葉を口には出さなかっただろう。だが、胃の苦しさは、そんな気持を押し潰した。俺は浜谷のなすがままにまかせた。

「そろそろ呑み込むのよ」

管は喉でつまり、あげそうになったが、浜谷が、ぐいと押すと、なんなく胃の底に達した。浜谷はベッドの傍にしゃがみ込み、ゴム管のはしを口に喰《くわ》え、真剣な表情で吸うと、直ぐ傍の瓶の中に差し込んだ。やがて、ぽとり、と雨滴にも似た最初の胆汁が瓶に落ちた。立ち上った浜谷が、ハンカチを口にあてた。

「おー、にがい、吸い過ぎたのよ」

浜谷は微笑した。眼が沾《うる》み頬があからんでいる。俺は管を口の中に入れたまま、そんな浜谷をじっと見詰めた。お前は嘘を言っている。誤ちではなく、わざと俺の胆汁を吸ったのだ。そんな穢い行為をすることによって、お前は己れの職務に陶酔している。いやこの東満の辺境に来た孤独をごま化している。俺は、お前の玩具なのだ。

俺の視線に気付いた浜谷は、狼狽したように、瓶に視線を戻した。その時、俺は浜谷の手を握っていた。はっとして振り離そうとしたが俺の力は強かった。胃の中がむせ返り、あげそうになった。俺は涙を出しながら苦痛に耐え、死にもの狂いで浜谷の手を握っていた。

「苦しいの……」

漸く落着きを取り戻したように浜谷は言った。俺に手を握られたままだった。俺は首を振った。浜谷の手から力がぬけた。この瞬間俺は浜谷を征服したのだ。言ってみれば、これなど、病気を利用して、女をものにした一つの例であろう。

俺の胆汁は一晩のうちに全部出てしまった。熱も取れ、俺はぐんぐん太り出した。

浜谷を始めて抱いたのは、それから一週間たった夜更けであった。両隣りの部屋とも、死にかけの肺病患者である。ごほんごほん、というそいつらの咳を聞きながら、俺は白衣をまくり上げた浜谷の下半身に胸を埋めた。浜谷は顔を蔽《おお》ったまま、俺のなすままにまかせた。が、浜谷にだけは、何故か何時も女を抱いた時に感じる征服感が涌《わ》いて来なかった。

浜谷は俺に身の上話をした。浜谷の父は牧師で母は伝道者であった。二人は宗教によって結ばれたらしい。子供の時分から浜谷は宗教的な雰囲気と教育を受けた。大体俺は、関係した女の過去がどうであったか、などということには興味がないのだが、浜谷だけは書いておきたい。女学校五年の時浜谷は、父が教会の信者である未亡人と抱き合っているのを見た。場所は教会の台所ともいうべき三畳の小部屋であった。浜谷は教会を飛び出すと、一晩中天王寺公園をさ迷って、警察に保護された。浜谷は名を言わなかったが、学生証から身元が知れ、迎えに来た父に引渡された。父と浜谷は家に帰る間一言も口をきかなかった。もしそのまま過ぎていたら、浜谷も別な人生を歩んでいたであろう。が、父はその夜睡眠薬で自殺した。浜谷にだけ遺書があった。それは、浜谷に〝祈り〟という名をつけた事を、死ぬ間際でも後悔していない、という文面だった。

浜谷は女学校を出ると自ら志願して、軍の看護婦になったのである。

それから四ヵ月、浜谷との関係にも拘らず俺の身体はめきめき肥えた。浜谷があらゆる手段をつくして、看病してくれたからである。

やがて五月も末になり、長い間、大地を蔽《おお》っていた雪も解け、あたり一面、鈴蘭、女郎花《おみなえし》、など五色の花で蔽われた。俺は散歩も許されるようになっていたので、時々浜谷としめし合い、人の歩いた事のない草むらの上で、たわむれあった。五月の光りのつぶが、花々の上で踊っていた。

今思い出しても、人生に対するひがみも憎悪も忘れていたのは、その時だけである。浜谷の俺に対する気持は、愛と呼ぶべきであろうか。だが俺は、俺に対する女の愛は信じない。猿のような顔をした五尺一寸、痩せこけた俺に愛を感じるような女は居ない筈である。軍律をくぐって俺に示す、犠牲的な浜谷のいたわりはす直に受け取れたが、俺は愛だけは信じ得なかった。信じるのが悲しかった。

八月十日、突然、ソ連が侵入して来た。この病院は国境から三十里ばかりの場所にあるので、院内は上を下への大騒動となった。

二人の今後を相談すべく、俺は浜谷と、庭の隅の黒っぽい納骨堂の中で慌しく逢った。二人がよく関係した、思い出の場所だった。

浜谷は紺の制服に身を包み、ゲートルをつけていた。透明な大つぶの汗が、白い浜谷の額に、鼻に浮いていた。浜谷は入るなり、俺の白衣の袖を握った。強い力だった。

「大変なことになった、貴方どうする？」

「どうするって、なにか僕が取り得る方法があるの？」

「あるわ、貴方が私の愛人として行動してくれるなら……」

俺は浜谷の言葉に足元が揺ぐ程のショックを受けた。愛人として行動するとは、どういう意味だろう。俺は求めるように浜谷を見た。

「二人で逃げるの、ここから」

「この広い満洲の広野にか、野垂れ死にだな」

「二人で最後の愛の火花を散らさない、何日まで生きられるか分らないけど、私なんだかこの日のために生きて来たような気がする」

俺はふと、真赤な焼けるような太陽が無限の広野の彼方に沈み、花々が金色に燃えた人跡未踏のこの原野で、浜谷とす裸で、交合する光景を思い描いた。俺は感動した。

浜谷の言葉ではないが、俺も今まで、このような日を待ち望んでいたのかもしれない。

「逃げよう」

と俺は言った。

だがそれから四時間後、病室で、浜谷が軍服や拳銃を盗んで来るのを待っていると、どかどか、と衛生兵が入って来た。

「浜谷がさっき言っとったが、血を吐いたのはお前だな」

あっけにとられていると、衛生兵は俺の肩を叩いた。

「幸運な奴だ、担送患者は今から、ハルピンに後送だ、全く運の良い奴だ、お前は……」

俺にもやっと納得がいった。俺は最近かなり良くなったので、護送患者になっていた。ソ連侵入で担送患者だけが、ハルピン送りになることを知った浜谷は、俺が喀血した、と嘘を言って、担送患者にしたのだ。俺と逃げるのが怖くなったのか、また俺だけを安全な場所に逃がそうとしたのか、浜谷の真意は、分らなかった。が俺は気が抜けたように、ああ、まだ余計な人生が俺を離さない、と思った。浜谷とはそれ以後逢っていない。

国境沿いの部隊で、俺はおそらく一番先に内地に帰れたのではないだろうか。一緒に出発した担送患者は途中で水ぶくれのようにふくれて死ぬか、骸骨のようになって、病死した。

養父母は、俺の生還を狂喜して迎えてくれた。俺は大学の途中から入隊したので、まだ学校には籍は残っていた。が、俺は復学する意志もなく、戦後の荒涼《こうりょう》たる刺戟の中に身をゆだねた。ヒロポンを打って競輪に通ったり、小説らしきものを書いてみたり、禁制品のブローカーをやったり、その行動は、あの当時の虚無的な青年の姿そのままである。また俺のような人間を気持よく受け入れてくれた時代でもあった。儲けた金はことごとく、夜の女との遊びに投じた。餓鬼のように女を漁《あさ》った。元来そうだが、当時はとくに末梢神経の快感だけが信じられる唯一のものだった。

　が、そのうち、長い間とまっていた喀痰がまた出始めた。俺は飛びつくようにレントゲンをとった。ベッドの中の故郷を、俺は漸くなつかしく思い始めていたのである。ひ弱い俺には、快楽の刺激も長く続くと、耐え切れない程重荷になる。レントゲン検査の結果、浸潤は少し大きくなっていた。

「初期ですよ、心配することはありません、一年程安静にしなさい」

　心配なんかするものか、俺はいそいそとして、関係のあった、喫茶店の女、看護婦と女子大生に手紙を送った。喀血したので、絶対安静の生活を一年行うから、今までのこともこれまでだ……という文面であった。誰からも返事は来なかった。

　俺は、柿の木が植えられている窓下にベッドを据え、終日寝てくらした。食事も排尿も俺を本当の子供のように愛している養母がしてくれた。俺は殆ど腕一つ動かさなかった。呼吸さえ押し殺そうとした。苦痛でない事はないが、俺にとっては、心の休まった一年間であった。

ありの音に耳を澄まし、秋のありの足音はせわしい響きを持っていると思った。また羞《はじ》らわしい菊のつぼみが、あっという瞬間羞恥をかなぐり捨て、眼の醒めるような大輪の花弁を広げて咲き誇るのに、奇妙な拍手を送った。花には若い少女の日と、爛熟せる三十があるのみで、二十のいやらしい悩みはない。俺が花を好きになったのは、この発見からである。

俺は遂に一年間の絶対安静を終えた。いや完璧な絶対安静とは言えない。三月の末、一度だけ女を買いに、阿倍野に出掛けたことがあったからである。丁度ストレプトマイシンが内地に入った頃で、一本一万円の値段であった。俺は養母に頼んで二本買って貰った。俺は遊びに行く前日とその日と打った。結核菌の発育をとめるという効果があるので、例え一晩安静を破っても、大丈夫だ、と考えたわけである。それに性病の予防にも丁度良い。俺は、その一晩死ぬ程遊ぶつもりだった。

言ってみれば二万円の遊びだ。その思いが遊ぶ前から俺を酷く興奮させた。が、その夜俺が胸に受けた打撃は、今思い出しても、ぞっと戦慄《せんりつ》する程きびしいものだった。

さてその夜、俺は阿倍野から飛田に到る街路で、その女を拾った。俺は女と遊ぶ時は何時もそうだが、街路樹や電柱にもたれて女の寄って来るのを待つ。その夜もプラタナスの樹にもたれて煙草を吹かしていた。辺りは、おかまや夜の女の巣で、裸電球に照らされた、古着屋や古靴屋の前に、それ等の夜のけものが、眼を光らせて佇《たたず》んでいた。俺に声を掛ける者もあれば、そ知らぬ顔をする者もある。俺が煙草を吸い終った時、古道具屋とホルモン焼屋の露路から、奇妙な人間が出て来た。身長は四尺ぐらい、髪の毛はもじゃもじゃし、スカートをはいている事で、女である事が分る。するとその女を待っていたように、俺から二間程離れて立っていた男が、その女の傍に寄って行った。二人は二分程話し合っていたが、軈《やが》て女は首を振ると、よちよちした歩き方で、俺の方にやって来た。良く見ると背中が少しふくれ上っている。せむし女なのだ。女は俺の傍に来ると、じろじろ俺の方を見ていたが、なにを思ったか、俺の傍に並んで立った。このような女にあり勝《がち》のように顔はひねこびていたが、まん更醜い、という顔でもない。何者だろう、と思っていると、嗄《か》れた声で、俺に煙草を請求した。

あっ、これも街娼なのか、と俺は驚いた。が、直ぐ、この女と遊ぼう、と思った。俺は前々から街娼と遊ぶ時は身体の小さい女としか遊ばない。パン助などから「痩せた身体ね」などと言われたら堪らないからだ。

俺は煙草をやると、そのせむし女に言った。

「俺と遊ぶか……」

だが、小人は、にやにや笑って俺を見詰めたまま返事をしない。どうも少し頭が足らないのではないか、と俺は思った。小人は旨そうに煙草を吸うと、その場にしゃがんだ。そして顎《あご》をしゃくって、俺にも、坐れ、と言う。俺が坐ると、小人は顔を寄せて来た。もしゃもしゃした髪の毛から、ぷーんとものすえた匂いがする。

「あんた始めての人やね」

「うん始めてだ」

「あんた、ええ人らしいな……」

「ええ人？」

「うん、顔見とったら分る、あんたはええ人や」

俺はなんだか妙な気がし始めた。俺は未だかつて人から、ええ人だ、などと言われたことがない。

「どうだい、今晩遊ぶか、思い切り遊ぶか」

女はまた歯をむき出し、にやにや笑っていたが、頷くと立ち上ろうとした。が一気に立てない。俺は手を取って立たしてやった。小さな赤ん坊のような手だ。俺は何故か、その手を握ったまま、近くの宿屋に行った。女中は嫌やな顔をして俺達を見較べていたが奥へ引込み、主人を連れて来た。俺は凄く腹が立った。

「泊めるのか、泊めないのか……」

「それが生憎、部屋がつまっておりまして、へい」

俺は荒々しく小人の手を引張って外に出た。俺が大股に歩くと、小人はなえた足を必死で動かし、はあはああえぎながらついて来る。だが、俺達は次の宿でも断られた。やっと俺達が泊れたのは、その辺りでも最下級の木賃宿であった。電燈の光で見るその女の顔は想像していたより、ずっと醜かった。少し出歯で唇が突き出、頬骨が高く、額も狭い。ただ窪んだ眼窩の奥の瞳がつぶらな感じなのがかえって奇妙である。

「君、遊べるのか」

女はにやにや笑うと、こくりと頷き、

「ええ人とは遊ぶ」

「俺はええ人ではない」

俺は舌打ちしながら服を脱いだ。が身体は、この奇妙な小人を、一晩中いじめ抜きたい、し虐《ぎゃく》的な欲情に燃えていた。俺達は風呂に入った。何時もなら肋骨の出た痩せた身体を見られるのが嫌やで、女とは風呂に入らないのだが、その時は平気だった。裸になった小人の身体はぐろてすくだった。胸は背中にこぶが出来ているので、横幅より立幅の方が長く、小さな乳が一本一本数えられる肋骨の上に、ちょこんと乗っている。腹はくぼみ、痩せた腰骨の所から、くるみ人形の針金のような足がふらふら、ぶら下っているような感じだ。そのくせ恥毛は人なみ以上に濃い。一体この小人は、どんな姿態で、俺と遊ぼうと言うのか。

両手で湯槽《ゆぶね》の縁に掴まり中に入る小人の恰好はがまがえるそっくりである。が、それを眺めているうち、俺は次第におかしくなって来た。ふふ、と笑い出すと、笑いがとまらず、俺は、ちょこんと湯の上に出た小人の顔を眺めながら、涙を出した笑った。と、その時、小人の手がつと伸びて、俺の胸をなでた。俺は笑いをとめ、小人を見た。小人は今迄になく真剣な顔をして、今度は俺の顔をなでた。湯のしずくが眼に入り、俺は腹を立てて、

「なにをするんや」

小人は首を振った。そして突然小人の手は俺の股間に伸び、俺のものをぐっと握った。それが余りす早かったので、さける暇もなく俺のものは力一杯握られ、必死で離そうとしたが、身体に吸いついたひるの如く離れない。俺は気絶しそうな痛みに、小人の細い腕をねじ上げようとすると、小人の身体が俺に絡《から》みついて来た。俺は始めて恐怖を覚えた。と、小人は歯をむき出し、あえぐように言ったのである。

「うちあんたが好き、好きや、あんたは人間やない、うちの同類や、仲間や」

俺は、何時どうして、小人の身体を振り離し、湯から飛び出し、宿を出たのか分らなかった。俺は物心ついて以来始めて、吾れを忘れたのだ。あの東満の病棟で、ソ連軍を眼の前にしてさえ、見方によっては冷静であった俺が、小人のたった一言で、錯乱したのだ。考えて見れば無理もない。俺は生れて始めて俺の仮面を引きむしられたのだ。しかも、せむしの淫売婦から……

ふらふら阿倍野の陸橋を渡った時、真下で凄まじい汽車の警笛がして、闇を二つにさいたような蒸気が、俺の眼前で噴出した。俺は戦慄して立止り、それを眺めた。眺めているうち、俺の眼はうるんで来た。その白煙の孤独が故なく哀しく感ぜられたのだ。俺はふと俺の生は、俺の生理への復讐に過ぎないのかもしれない、と思った。しからば生理は、なにに復讐すべきか……それは、死でしかない。

一年の絶対安静を終えた時、俺は無性に学校に出たくなった。出掛けて見ると驚いた事に、俺は未復員者になっており、知らぬ間に三年に進級していた。俺は復学届を出した。俺はもっぱら大学の図書館に入りびたって本を読んだ。妙な事に俺が最も感動を受けたのはリルケであった。俺のような醜悪な猿が光りの根源のような詩人の作品に惹《ひ》かれたのは確かに妙である。

卒業試験がやって来た。俺は運悪く関節炎の激痛にさいなまれていた。だが俺はその激痛を試験に利用した。即ち俺は鎮痛剤と睡眠剤を定量の二倍飲み試験場に臨んだ。席を後部の一番隅に陣取り、問題を見るや、持参した参考書のその部分を破り、堂々と机の上に拡げて、それを写した。激痛と薬による意識の混濁で、発見される事への怖れは、完全に麻痺されていた。

俺の成績は、上々であった。が、学校を出ても、俺には将来のあてがない。あてがあったとしても、俺のような身体の者を、何処でやとってくれる所があろう。

養父は、紙屋の後継を望んだが、俺に商売など出来る筈がない。しかし俺は二十六歳になっていた。養父母に喰わして貰う無能力者になりたくはない。それこそ俺が猿でしかない事を、証明するようなものだ。俺は色々考えた末、俺の博才を生かす事にした。即ち、養父から少し金を借り、北浜のビルの一室を貸りて、相場予測の通信をやる事にした。罫線屋を少し高級にしたようなものだ。元来俺は相場の罫線というやつには興味があり、二三年前あぶく銭を儲《もう》けて株屋に出入りしていた当時、かなり研究した事がある。確かに線の起伏が示す相場の足取りには、不思議な神秘感があった。俺はこれでかなり儲けた。俺が始めてやった仕事であり、色々面白い事もあったが、ここには書く必要はない。所詮俺にとって、仕事の事など、俺の生命の余分な部分に過ぎないからだ。

二十八歳の年、今まで七十%の的中率だった俺の通信は俄然当り始めた。俺自身気味悪くなる程百発百中の命中率だ。そうなると入会者も増える。通信料は一月二千円だから、百人の信者が居ると、諸経費差し引いても、月十五万の収入になる。金が入ると、俺の日常に微妙な変化が現われた。金の前には、大抵の女は屈服する。今まで俺は女の玩具だったが、今度は女を玩具にする事が出来る。そうなると俺は浅間しくも俺の正体を忘れ、ひょっとしたら、俺も普通の人間の仲間入りが出来るのではないか、と思うようになった。己れの星を忘れた。哀れな心のゆるみであった。俺は始めて病気を怖れるようになった。

だが、その時、すでに決定的と言える病いが、迫りつつあったのを、俺は知らなかったのだ。

その晩俺はお初天神の小料理屋きたこで、ビールを飲んでいた。そこの女中に可愛いのが居て、俺は例のでたらめな話術とプレゼントで九分通りものにした所であった。

が、その夜俺はビールの瓶を持つのが酷く重たく感ぜられた。いやビールをついだコップを口に運ぶのさえ重たかった。かっけになったのかな、と俺は思った。俺は珍らしく無口になった。女は、気分が悪いの、と俺に尋ねた。俺が首を振った時、コップは俺の掌からすとんと抜けて床に落ち、砕《くだ》けた。俺は確かにコップを握っていた筈であった。通俗医学書によって得た俺の知識では、この現象を解明出来なかった。俺の腕から力が全くなくなっていたのである。

それに気付いた時、俺は蒼白になった。なにか、今まで想像もしなかった大きな病いが俺の身体にとっついたのを、俺は感じた。俺はきたこを出るとネオンの街を歩いた。俺はおそらく薄笑いを浮べていたに違いない。人なみになる事を考えた俺のおろかさを、薄い胸から背に木枯しが突き抜けて行くのを感じながら、俺は自嘲《じちょう》した。力がなくなっているのは手だけではなかった。足の力もなくなっていた。足を前に出すのが酷く重たいのだ。まるで足が突然鉛に変化したように、俺は一足前に進むたびに、よいしょ、と声を出した。俺は額に汗し、眼玉を突き出し、ぶらぶらの手を振り、身体を左右に振りながら心斎橋の商店街に出た。明るい灯に照らされて、着飾った人間共がぞろぞろ歩いていた。俺が歩くとそいつらは、奇体なけものを街の中で見つけたような驚きと好奇な表情で眺めた。

諸君、良く見給え、ここに、氷原の中で生れ、氷原の中で育った一匹の猿が歩いている。その容貌は醜く、その身体は痩せこけ、手足はあやつり人形のように力がない。諸君達の視線には軽蔑と哀憐《あいれん》とが満ちている。だが諸君、この猿の身体の中には、諸君達のもろもろの哀しさの涙の玉が凍《こお》りついているのだ。

俺は心斎橋から千日前の方へ歩いて行った。俺はふとひび割れたレコードの音に足をとめた。裸電球が大きな桃色看板の裸体画を照らしていた。かぼちゃのような顔と豚のような身体を持った女達の写真が、べたべたはられた通路を通り、俺はそのストリップ劇場に入った。歩くことが出来ない程疲れていたのだ。

観客は十数人程しか居なかった。俺は冷え切った細長い木の腰掛けに、倒れるように坐った。が、俺はその場に安息を得た。女達の肌は鳥肌が立ち、眼はうつろに、機械的な踊りは死魚が波に洗われているようであった。黒い腋毛だけが、凍り切った雰囲気の中で、ただ一つ活々していた。

俺はその冷たさの中にひたり切りながら、腋毛だけを見詰めていた。突然電燈が消え、赤のランプが舞台の中央に灯った。レコードがジャングルドラムに似た怪しい騒音を響かせたか、と思うと、舞台に奇妙な女が現われ手足を振り出した。俺は思わず立上りかけた。

女の身長は三尺五寸位だろうか、顔にひょっとこの面をつけ、股間におかめの面をつけていた。乳房は見事に発達し、一尺五寸程の足は、ひょうたんに似ている。手もぶくぶく太っていた。場内がぱっと明るくなった。女は腰をゆすり手足をあげ、力強く踊り始めた。今までのどの女よりも、その踊りには精彩《せいさい》があった。俺は息をとめて女を凝視した。女が腰を前後左右に振ると、股間につけた、おかめの真赤な口がぱくぱくと開いた。口の中は真黒だった。まぎれもなく恥毛である。観客が始めて、へらへらと笑った。そして腰をゆする度にひょっとこの口から、あの時の呻き声が洩れるのだった。それはこの小屋の内部にしみ通り、冷え切った木の腰掛をふるわせた。俺はしびれる程欲情した。するとたまらなく、女の顔が見たくなった。あのせむしの小人の顔がひょっとこの裏にちらつき始めた。あの小人の足は針金のようであった。だがこの女の足はひょうたんのように太っている。とするとひょっとこの裏の顔は、ひねこびた顔ではない筈である。俺は堪らなくその顔が見たかった。

　俺は思わず叫んだ。

「ひょっとこの面を取れ！」

　場内はどっと笑った。

「おかめも取れ！」

　誰かが叫んだ。場内はまたわいた。すると女は、踊りながら、ひょっとこの面を取った。

丸顔の眼の細い、その乳や足のように太った顔が現われた。女は笑っていた。どんなに見詰めても、その顔には翳《かげ》がなかった。

やっぱりそうだ。苦しみも悩みも、この女の生理にはいささかの影響も与えていないのだ。

俺は突然「あんたうちの仲間や」と言った小人が懐しく思えた。俺は欲情の消え去った重い身体を外に運んだ。

俺は珍らしく養父母の家に帰った。口をきくのも大儀《たいぎ》であった。最近、今まで養育してくれた礼に、かなりの額を送ってあったので養父は機嫌が良かった。養母は、俺が家に帰らない事をぐちった。

俺は疲れ切って眠った。数々の病気をしてきたが、これ程体内の肉の一つ一つがばらばらになる程の疲労感は始めてであった。俺は、ふと死ぬかも知れない、と思った。

翌朝俺は息苦しくて眼が醒めた。慌てて喉を掻こうとしたが、俺の腕はぴくりとも動かなかった。起きようとしたが勿論足も動かない。俺は恐怖に襲われ大声で養母を呼んだ。だが、蚊の鳴くような声しか出なかった。俺はものの言えない、丸太棒になってしまったのだ。

俺は昼間養母の手で、子供時分三年間通った、緑の川の古びた病院にかつぎ込まれた。看護婦のかかえた担架の上で、眼だけはぱちくりさせながら病院に入った俺は、脱走していて、摑えられ、もとの檻《おり》に入れられた猿の姿そのままだった。

俺の病気は、大人には珍らしい小児麻痺だった。医者の話によると呼吸中枢の一歩手前まで侵されており、麻痺がもう一寸上に行ったら、おだ仏《ぶつ》だったそうだ。

俺はベッドの上で、丸太棒になって丸一年過した。ルンバールと電気治療、マッサージが俺の日課だった。俺が歩けるようになるか、丸太棒の廃人になるか、その率は半々ぐらいだったらしい。もの事を考えれば、気が狂いそうなので、俺はベッドの上で、五管の総てを使い、外部の現象と接触することで、心の均衡《きんこう》を保った。その為俺がやり出したのはトランプ占いである。これは今迄病気になれば研究して来た数霊学を応用し、独自の方法であみ出したものだ。が、良く当ると評判を取り、院内の看護婦、患者は勿論、外部からも占って欲しい、という奴がわんさと集った。医者もそれが精神的なぐさめになると思ったのか、疲労しないように、と注意するぐらいで、別に禁止はしなかった。半年めからは、手と足がどうにか動き、ベッドに坐れるようになったので、占いをする位は故障はない。勿論足が動くといっても、立って身体を支える力はまだ出来ていない。大体占いというものは、少し千里眼的要素のある人間なら、かなり当てる事が出来る。先ず前に坐った人相で半分判断し、残りをトランプで判断する。占い信者はどんな占いでもそうだが、大半は女性である。

二十から三十ぐらい迄と、五十歳以降の者が多い。俺は占いをやっている時は楽しかった。場合によっては、その人間の運命を、俺の言葉によって変える事が出来るからだ。考え方では、医者が患者に喋る以上に、占者の言葉は重大である。

俺の話術は達者であった。話し終ると、若い女など興奮して頬があからむ程である。

時々俺は、占いにも出まかせを言った。殊に清純な若い女が結婚問題を占いに来た時など、相手の男が絶対だめだ、と宣言してやる。そんな時、女の顔から血の引いて行くのを、俺は蛇《へび》のような眼で、舌なめずりしながら眺めた。俺などが手にも触れる事の出来ない、花の露のような女が、俺の言葉で、運命を大きく変えて行くのは、俺にとって、今まで味った事のない喜びだった。女性に対するこのような支配もあったのだ。占いをやり出してから、一時生甲斐さえ感じるようになった。

看護婦は大抵見てやった。俺は間もなく、この病院で人気男になった。看護婦は俺の顔を見ては笑い、心配事があると、占いを見てくれと言って来た。

一年たつと、俺は松葉杖で歩けるようになった。その頃から俺は毎夜、看護婦の溜り場である詰所に遊びに行くようになった。

病院の詰所、それは独特の雰囲気を持った奇妙な場所である。

俺がその詰所で関心を抱いたのは婦長の香椎紀子であった。香椎は四十歳、独身で、色白、小太りの女であった。十八歳の時、女学校を出ると、直ぐ看護婦を志願し、ミッション系の、この病院に入ったのである。

香椎は日曜以外は、勤務が終っても白衣のまま詰所に坐り込み、若い看護婦を相手に真面目くさって、喋り続けていた。子供のような性格で、若い看護婦を叱るような事もなく、この面から人気もあったようだ。

普通こんな時の話題は、医員や患者の陰口だが、香椎は、そんな事には興味がないらしく、喋る事と言ったら、新聞の三面記事についてである。即ち香椎は新聞を四種類取っていて、三面記事を隅から隅まで読み、それについて、あーの、こーの、と喋るのである。それが香椎の人生の楽しみであった。

こんな話題なら、俺は得意中の得意なので、直ぐ香椎の良い話し相手になった。それだけで香椎は信用した。香椎は俺の事を、すばらしく頭の良い人だ、とみなにふれ廻った。

俺は時々、香椎の意見に反対した。それは重にセックスに関する場合であった。香椎は真赤になり、むきになって喰ってかかった。セックスによって、大きな犯罪をおかすという事が、香椎には分らないらしかった。いや分らない、というより、老嬢のこけんを守るため、意地になって認めないのかもしれない。認める事は、今迄歩んできた香椎の人生が水泡《すいほう》にきす事であった。

一年半ぐらいから、俺は松葉杖なしで歩けるようになった。医者に言わすと、奇蹟的だ、という事である。

俺が看護婦の岡部伊津子に逢ったのは、春の陽が、柔かく病舎の窓から射し込む三月下旬の事であった。小児麻痺になって以来、小便の出も悪く、性欲も著しく減退していたが、その頃になると、手足と同じく俺の性器の機能も、もとに復し始めていた。俺は女の肉体を欲した。が、昔と違い、どんな女でも良い、というわけにはいかない。俺も、もう三十になっていたし、長い間の禁欲生活の終末をつけるにふさわしい女と関係したかった。

だがそんな相手はなかなか見つからない。こちらが良い、と思っても向こうが相手にしなかった。俺は良く浜谷の事を思い出した。考えて見れば、浜谷との情事だけが、俺の一生にとって、最も人間らしい生活であったようだ。

さてその日、俺が廊下に出ると、香椎が詰所の前にぼんやり立って、庭のほころびかけた桜の花を眺めている。酷く侘《わび》しそうな姿であった。が俺は独身の中年女のそんな姿を見ると、妙に意地悪い気になる。手前が勝手に独身を通して来たのだ。人なみの面と身体を持っているのに臆病からか、プライドからか男をさけて来たのだ。今更そんなポーズをしても、誰も同情はしない。香椎は俺が近づいてもじっとしていた。見せつけているな、と俺は思った。しかもそんなポーズを見せつける相手として、俺は恰好の男だ。だが、俺はわざと足音をしのばせると、香椎の後に近付き、両肩をぐっと握った。

香椎は、ぶるぶると背を慄わすと、吃驚《びっくり》したように振り返ろうとした。

「嫌や、誰れ!」

いやに少女じみた声であった。

俺は無言で肩の肉をぐるぐるとやると、右手で香椎の乳房をなでた。香椎は飛び上って俺を睨んだ。

「なにをするのよ」

「二十のようなおっぱいだな」

「助平……」

香椎は変に掠《かす》れた声で叫ぶと、逃げるように詰所に入った。続いて中に入ると、三人の看護婦が一斉に俺を見た。或る者は露骨ににやにやしていたし、他の者は固い表情をしていた。どうやら詰所の外での、二人のやり取りを聞いていたらしい。

俺はとっさに右手を押えると、「痛い、痛い」と顔をしかめてみせた。弓田という陽気な看護婦が、注射針をガーゼに包みながら、

「どうしたん？」

「罰があたったんだ」

「へえ、あんたでも罰があたるの……」

弓田はちゃかすように言った。もうしめたものである。俺は処理台の上のガスコンロに手をかざすと、

「婦長さんの胸に手をあてたら、急に張れあがった、婦長さんはやっぱり、異性を知らな

い処女の女神だ」

皆どっと笑った。香椎も救われたように笑った。勿論看護婦の笑いは、底に、婦長に対する嘲笑《ちょうしょう》を含んでいる。が、単純な香椎はそれに気付かない。

俺は得意気に手を振った。が、俺の手は、はた、と停った。詰所の隅で一人血沈を見ていた見知らぬ看護婦の視線が、俺の演技を砕いたのだ。ねばりつくように俺を凝視した瞳が、それは俺だけに分る俺への嘲笑に満ちていた。俺の正体を見破ったような、嘲笑であった。

色の浅黒い太った鈍重な顔である。何気なく見れば、田舎娘が始めて白衣を着たようなやぼったい女であった。年は二十七八か。

だが、俺は何故か、その視線に俺の存在をおびやかす敵を感じたのだ。

その看護婦は俺と眼が逢うと、何気ないように、また血沈に視線を移した。その女が、岡部伊津子だったのだ。それから俺は、岡部に注意するようになった。

岡部は、この病院生え抜きの看護婦ではない。半年前看護婦募集に応じてこの病院に入ったのである。内科に来る前は外科に居た。

岡部は何時も一人のようであった。他の看護婦がぺちゃぺちゃ雑談をしている時でも、仲間に入らなかった。また他の看護婦のように稽古事をするでもなく、夜は勤務が終ると必ず何処かに外出した。帰って来るのは、門限切り切りの十一時頃である。

香椎は本能的に岡部を嫌ったようである。この婦長には珍らしく、岡部が居ない時は、牛だとか、仕事がのろい、とか悪口を言った。

そのくせ、面と向っては、よう言わなかった。岡部の腰や胸のボリュームは、香椎を圧迫したらしい。

その夜も俺と香椎は、新聞をひねり廻しては、記事から生み出した空想を、次から次へと喋りまくっていた。俺はたまらなく愉快だった。昼間トランプ占いを見てやった百貨店の女の子が、俺の言葉の魔術にかかり、恋人と別れる事を決心したからだ。ねっとり絡《から》みつくような肌の、黒眼のうるんだ美しい女だった。おそらく別離を言い渡された恋人は、気も狂う程悩み苦しむだろう。心を許し合った男よりも、始めて、たった十分間逢った俺の方が、女を支配しているのだ。俺は、喋りながら、けっけっけ、と笑い続けていた。

その日の夕刊には、愛人の新妻が殺した女の事が大々的に報ぜられていた。

それによると、妻のある男との愛欲生活を清算しようとした女が、男の妻君の所に、今までの関係を詫《わ》びに出掛けて行き、かえって妻君の激怒にあい、ミシンの踏み台で、叩き殺された、というのである。

この記事は、香椎を始め、看護婦達を興奮させた。丁度重症患者も少く、内科の看護婦の大半が顔をそろえていた。

香椎は真向から、殺された女を非難した。恋人の妻君に逢いに行くなんて、その動機はなんであろうと、厚かまし過ぎる。男との生活を清算しよう、と思うなら、先ず男と別れてから、手紙で詫びるのが当然だ、と言った。

常識的な意見である。

然し看護婦の多くは、殺された女に同情し、妻君の気持の狭い事を責めたてた。

不思議な事は、男を非難する者がいない事だった。やがて俺が口を開くべき番が廻って来た。一座は期待して俺の口元を眺めた。

俺はゆっくり周囲を見廻した。窓越しに、第一病棟の屋上の、巨大なタンクが、黒々とした姿を、星の煌《きらめ》く夜空に浮べているのが、見えた。その時、何故か俺は、それが気になったようである。

俺は、えへんと咳払いして、

「この結論は一つだ、男の助平心だよ」

皆、どっと笑った。薬棚のガラスががたがた揺れた。香椎は顔をしかめて手を振り、

「いやらしい」

と黄色い声で叫んだ。

「まあ待って下さい、これは極めて常識的な問題だが、人類普遍の真理を含んでいる。先ず第一に考えねばならないのは、男が愛人に、妻君と別れる、と言っている事だ。これは男が愛人との関係を断ちたくない証拠である。ところが、別の記事によれば、だな、彼は

妻君と別れる意志もなさそうだ。端的に説明すると、彼は愛人を精神的に愛したのではない、肉欲だけで愛したんだ。愛人の方は、始め精神的に男を愛していた。しかし一年程つき合っているうちに、男の性格のあらが眼につき出したんだね。だから次第に男と別れようと思い出した。が、かなしいかな、丁度精神とは反対に、肉体が言う事をきかなくなった、よさが分って来たんだね」

「やめてよ」

香椎は悲鳴をあげた。だがこの度びは、誰も笑わなかった。俺を見詰める多くの瞳に、熱っぽい色が浮ぶのを見て、俺はにやにやした。いよいよ俺の計画通りになって来たのだ。俺はこの話の結末を、露骨な落ちに、持って行く積りだった。人間に対する、愛に対する復讐、生れながら欠けているものを、言葉で汚す事で、俺は悪魔的な喜びを感じていた。

岡部伊津子が入って来たのは、丁度この時である。俺は煙草を出すと火をつけ、にやにやしながら、岡部の出て行くのを待とうとした。が、岡部は意外にも壁の傍のレザーの長椅子に坐ると、

「面白そうね、なんの話？」

と傍の深川に尋ねた。岡部の出現によって、熱っぽい緊張は崩れ、珍らしい岡部の仲間入りに、皆の視線は、俺から岡部に移り始めた。

俺は舌打した。香椎は、岡部がこんな話題に口を入れたのが興味あるらしく、

「ほら、新聞にのっている新妻の殺しよ、あんたはどう思う、この人は、男の助平心がいけない、と言うのよ」

と真面目な顔をして言った。

岡部は俺を見た。俺はなんとなく、ぎょっとした。岡部は今までの話を、ドアの外で聞いていたのではないか、俺は何故かそう思った。岡部の唇は皺《しわ》のない、濡れたような唇だった。鈍重な顔の中で、眼と唇だけが、変に血生臭い感じだった。

俺を見る岡部の眼に、また嘲笑が浮んだ。

「私は男の助平心が原因ではないと思います、男の人の肉体が不完全だったんじゃないかしら、本当に女を喜ばす能力を備えていたら、こんな悲惨な事件は起らなかった、と思いますわ」

一座は岡部の言葉に、あっけに取られた。そして、部屋の中は寒くなる程、しーん、となった。

「女郎みたい」

香椎が怒って言った。が、岡部は平然としていた。

「不潔な意見のようですけど、それに眼をふさいでは、この事件の真相は掴めない、と思います、女ってそんなもんですわ」

岡部は言うだけ言うと、さっと立って部屋を出て行った。俺の身体はすーと冷えていった。岡部は俺の恥部を見事に刺した。今日まで隠していたが、俺は人並以上の性欲を持っていたにも拘らず能力は人並以下だった。早漏だったのだ。それは美を感じ得べき鋭い神経を持った身体が、醜悪であると同じ意味で、地獄の苦しみだった。そして岡部は、俺のそれを見抜いていたのだ。その視線は言っていた。

「あなたは、その能力があるの？」

女達のその生理の前には、俺の言葉の演技など一文の値打もなかった。陽の光りを浴びた吸血鬼のように、俺は血の気を失い、そろそろと、詰所から出た。香椎がなにか言ったが、俺は立停らなかった。

その日から俺の占いは狂い出した。例の調子で喋ろうとしても、言葉が喉につかえどもった。岡部の鈍重な顔と、生臭いような眼が、どこからか、俺を見ていた。一体あいつは何者だろう。そう言えば何処かで逢ったような気もする。生を享けて三十年、病院だけが、憩いの安らぎの場所であった。故郷であったが、岡部の存在は、俺の安らぎをぶちこわしたのだ。

最も俺を不安に落し入れたのは、岡部の検温だ。この時は、いやでも二人切りにならねばならない。「お邪魔します」と言って岡部はのそっと入って来る。本を読んでいても占いをしていても、途端に俺は息がつまった。

岡部の手が俺の脈を取る。肉の厚い盛り盛りした手が、骨張った俺の手首を握る。むくむくした乳房が白衣を張ち切れそうに押し上げている。俺も始めは、なんとか話し掛け、会話の間に、俺がつけ入る事が出来る隙を発見しようとした。が、その顔と同じように、この女は無口なのだ。はあ、とか、へえ、とかだけしか返事をしない。と言って俺に無関心なのではない。無関心であれば、俺も縁なき衆生《しゅじょう》と黙殺する事が出来る。

だが岡部は、なにか俺に関心を持っている。そして俺を嘲笑している。

ようやく、俺は俺の院内における生存のため岡部を屈服させるか、放逐《ほうちく》せねばならないと決心した。俺は盛んに香椎をたきつけ、岡部にあたらせた。大体看護婦のくせに、毎夜外出し夜遅く帰って来るのはけしからん。男と遊び廻っているに違いない。俺の中傷はそんなものであった。オールドミスの本能で香椎は岡部の生理を嫌悪していたから、得たりと俺の尻馬に乗った。

「あんた、ガーゼ洗ったの、なにをしてんの、夜遊びするだけが能やないのよ」

岡部を怒鳴る香椎の声が詰所から聞えて来る。だが考えてみれば、そのような手段で、岡部をやっつけたとて、俺は救われるだろうか。それは単なる表面的な復讐だけであって俺の存在の本質を刺された傷はいやされはしない。そのためには、矢張り俺は俺の手で、岡部を屈服させねばならないのだ。

俺は先ず、岡部の部屋を探す事にした。この病院の看護婦の寮は、病室を利用していた。ドアの上には名札がかかっているが、幾ら探しても岡部のはない。まさか看護婦に聞くわけにも行かず、俺は毎晩、何処か隠れた部屋はないものか、階段の隅の物置部屋とか、三階の人気のない電気室の付近とか、はては地下の手術室や屍室まで探して歩いた。だが見つからない。

或る夜十二時過ぎ、俺の部屋の筋向いの、脳梅毒の患者が突然暴れ出した。つき添っていた妻君が悲鳴をあげた。俺は酷く興味を覚えのこのこと出掛けていった。ドアの外から窺《うかが》うと、妻君がひーひー言っている。なにをしてやがるんだろう、と俺はドアを開けた。

ふんどし一つの裸の男が、俺をはったと睨んだ。ガラスが割れ床の上に散乱している。

突然男は、けもののように吠えると飛び掛って来た。逃げる暇もなかった。俺は部屋の中に引きずり込まれ、床にぶち倒された。

男はガラスの破片を握ると俺の上に飛び掛った。俺は渾身《こんしん》の力を込めて、ガラスを持った男の手頸を握って防いだが、非力な、小児麻痺上りの俺の力など問題ではない。男の臭い息とよだれで俺は眼もあけられなかった。ガラスの破片は、正確に俺の喉の一寸上まで下りて来た。助けてくれ、俺は喚《わめ》けるだけ喚いた。人の気配がした。岡部が傍に立っていた。「早く、このガラスを、ガラスを」

が、岡部は身動き一つしなかった。まるで俺が殺されていくのを待つように、冷然と眺めている。もうだめだ、と思った時、俺は血生臭い岡部の眼に、はっきり、俺に対する憎悪のきらめきを見た。

どっと二三人の看護人が飛び込んで来た。俺は失心し、看護人によって自室に運ばれた。

この事件は病院をわかせた。俺は危険を省みず、妻君の危難を救った英雄としてもてはやされた。ただ、香椎だけが、俺の部屋を尋ねしみじみ言った。

「一人前の力もないくせに、気狂いに手向うなんて、あんたほんとに馬鹿よ」

俺は不思議に腹が立たなかった。この老嬢の顔には、俺に対する好意がはっきり現われていたからである。俺は発熱しぼやっと沾《うる》んだ眼で香椎の顔を見ていたが、つと手を香椎の首に廻すと抱き締めた。香椎は卒倒せんばかりに身体を硬直させ、にぶくもがいた。俺は白衣の上から、少女のような香椎の小さな乳を握った。何故か俺はこの時、生みの母の事を思った。

俺は香椎から手を離すと、ベッドの上に転った。香椎は真赤な顔をし、俺の頬をぴしゃりと擲《なぐ》って出て行った。

岡部が入って来たのは、入れ違いぐらいであった。裸電球がにぶく、侘《わび》しい保健部屋を照らしていた。蛾が電球の廻りをいそがしげに舞っている。それは小さく遠い所を舞ってるように思えた。俺は柔かい空間の中に置かれたような夢幻状態にあった。岡部の顔も身体も小さく見えた。岡部は体温計を振ると、黙って差し出した。俺は首を振った。

「検温しないの？」

咽の繃帯は、さっき香椎と暴れたので、傷口から出た血で滲んでいた。

「君は俺を殺したい程憎いらしいな、何故そんなに憎いんだ？」

岡部は俺の額に手をあてた。俺は岡部の手を払いのけた。

「熱が高いわね、夢見てるのかしら……」

と岡部は言った。

「意識ははっきりしているよ、俺はあの夜の事を言っているんだ、俺があの気違いに喉を刺されるまで、君はなにもせず黙って見ていた、何故だ、理由を言ってくれ」

岡部は微笑した。岡部の顔が大きくなった。鈍重な顔の中の眼が牙をむいたのを、俺ははっきり感じた。

「貴方あの奥さんを助けようと思って、部屋に入ったんじゃないでしょう。奥さんの呻き声が聞えたので、興味半分に覗いたんでしょ、気狂いの夫婦が、どんな交りをしているかと思って、私、ちゃーんと知ってる」

「嫌やな事を言うね、君は色気狂いか！」

「そうかもしれないわ、でも貴方のように実のない色気狂いではないわ」

岡部はくるっと振り向くと、部屋を出て行った。俺は呆然として岡部の後ろ姿を見送っていた。もう間違いない。岡部は明かに俺の事を知っているのだ。どうしてだ……岡部は一体誰だ……だが、俺はどうしても思い出せなかった。

俺はその夜遅く三階の屋上に出てみた。午前一時頃だったので、屋上には誰もいない。

俺は屋上の隅にあるお稲荷《いなり》さんと石柵の間に入った。他の病棟は殆んど灯を消している。ついている窓は、重症患者の部屋と詰所ぐらいだ。何気なく慢伝病棟に眼をやった俺は、あっと思った。物置ばかりである筈の一室に灯がともっており、女がベッドに寝転んでいるではないか。しかも、それはまさしく岡部であった。俺は息を呑み、喰い入るように見続けた。この病院は、大体看護婦の希望で、部屋を選ぶ事になっている。とすると、岡部は何故たった一人、あんな物置部屋の間の淋しい場所に住んでいるのであろう。人嫌いにしても異常過ぎた。なにか秘密があるに違いない、と俺は思った。が、直ぐ灯は消えてしまった。

それから毎晩、俺は人が寝静まるのを待って屋上に行き、岡部の部屋をうかがった。灯がついている時も、大抵カーテンがかかっており、中は見えなかった。時々岡部の姿がカーテンに写る事があった。岡部は部屋の中で、裸で居るのではないか、と思ったのだ。乳房と言い、腰部と言い、そのシルエットは見事なボリュームと曲線で、身につけているものがあれば、こんな見事な線は出ない筈である。だが岡部が灯をつけている時間は僅《わず》かであった。

なにも得られないまま日がたった。その晩はいやに蒸暑く、風一つない夜であった。岡部は勤務が休みで、朝から姿を見せなかった。

十一時半頃灯がついた時、俺は予感に慄えた。灯は直ぐ消え、岡部は珍らしく窓を開けた。勿論部屋の内部は見えない。が、俺は辛抱強く部屋を見続けていた。二時頃ぱっと灯がついた。裸体の岡部と裸体の男がベッドで絡みあっていた。全く一瞬だった。岡部は直ぐ手を伸し灯を消した。

俺の身体は電気に打たれたようにしびれた。筋肉隆々とした男の腰部が、痛い程、俺の網膜に焼ついていた。これ程たくましい赤裸々な男女の絡み合いを、俺は今まで見た事がなかった。俺は呻いた。俺が女と関係する時俺は重に唇を用いた。俺の貧弱な身体は、そうしなければ、女を喜ばす事が出来なかったからだ。浜谷の場合もそうだった。また、その故に浜谷は喜んだのだ。

翌日俺は、岡部が検温に来るのを待ちこがれた。岡部の顔は何時ものとおり鈍重であった。俺は圧迫をはね返すように勢込んで言った。

「岡部さん、昨日はお楽しみだったな」

岡部は聞き直すように俺を見た。

「分らないかい、昨夜はお楽しみだな、と言っているんだ」

岡部は眉をよせた。この女が眉をよせたのは始めてである。俺は黙っていた。次に喋るのは岡部の方からだ。

「どうして知ったの？」

今度は前のようには、ごまかせなかった。

「見ていたのだよ」

「見てたの……」

と岡部は言った。が、岡部は顔色一つ変えなかった。いやそれ所か、岡部は顔全体に嘲笑を浮べて、

「それで、どうだと言うの？」

「おい、それではすまないぜ、看護婦の寄宿舎に男を呼び入れ、裸で絡みあっているなんて、一寸あつかましいじゃないか……」

俺はやや声を大きくした。流石《さすが》に岡部は、俺の捨鉢な気迫に押されて、顔をこわばらせた。唇を歪めた。

「俺をなめたらあかんぜ、今夜部屋に行くからな、一人で待っているんだ、俺が君の身体を欲しがってるなんて思ったら、大間違いだぞ、何故俺を嘲笑した眼で見るか、何故俺を殺そうとしたか、その気持を詳しく説明するんだ」

事実、俺は胸が焦《こ》げる程それを知りたかったのだ。俺の病院生活の安穏を始めて破った女。たとえそれが俺の恥部に触れる事であっても、俺は岡部の口から直かに聞きたかった。その理由さえ分れば、また対策も立てられる、というものだ。

その夜十二時過ぎ、俺は岡部の部屋にしのんでいった。俺はノックせずドアを開けて中

に入った。電燈はついていたが、部屋の中には誰も居なかった。綺麗に片附けられている。畳の上に手紙があった。

　この手紙を貴方が見る頃には、私は大きなトランクをさげて病院を出ているでしょう。始めて詰所で逢った時、私は直ぐ貴方だと気付いた。貴方のその特異な顔を、私がどうして忘れる筈がありましょう。貴方が私を覚えてなかったのは無理はないと思います。当時私は白いマスクをつけていたし、一週間に一度ぐらいしか顔を合さなかったから。と言えば思い出しましたか、そうです、私は浜谷さんや貴方と同じく、あの東満の病院に居たのですよ。当時私は十八歳でした。あの荒涼《こうりょう》とした原野の中で、私達赤い看護婦が、病人相手に、どんなに暗い青春を送っていたか、今思い出してもぞっとします。その中でせめてものなぐさめは愛でした。愛と言っても、異性との愛ではありません。同性同士の愛でした。私は逢った瞬間から浜谷さんが好きでした。浜谷さんに話しかけられると心が慄え、触れられると身体が慄えました。私は男を愛するように、もの狂おしく浜谷さんを求めました。考えてみればあの人の細っそりとしたうなじ、真白い肌、祈りという名が示す神秘的な雰囲気、私にないそんなものが、私を惹《ひ》きつけたのでしょうか。だから浜谷さんが、私の求めに応じてくれた時、私は死んでも良い、と狂喜しました。ただ私達二人に共通したものがあったのを、二人は関係してから知るようになりました。それは身体の欲望が普通の人以上に強い、という事です。貴方が入院するまで、私達はお互いに心行くまで求め合い、しっくりした関係を続けていました。だが、貴方によって、その関係が破られたのです。一体浜谷さんが惹かれた貴方の魅力ってなんでしょう。私は今でもはっきりと分りません。細いしなびた身体、お猿のような変な顔、私の眼からは、嫌悪以外のなにものも見えない貴方と、浜谷さんは関係してしまったのです。私は貴方を憎みました。白いマスクの上の私の眼が、憎悪に光っていたのを気付かなかったとは、貴方もよっぽど、浜谷さんに気を取られていたのですね。私は浜谷さんを責めました。だが浜谷さんは私の言う事をききませんでした。その代り貴方との関係は一々私に話してくれました。どのようにして貴方達二人が愛し合ったかを詳《くわ》しく知らせてくれました。それによって私達はまた燃え、お互いに求め合ったのです。貴方は、貴方と愛し合っている浜谷さんが私とも関係があったと知って、どんな気がしますか？奇妙な三角関係が続きました。がそのうち、私は浜谷さんだけが男を得ているのをぼやっと眺めているのが、馬鹿らしくなりました。私は或る衛生兵に、求められるまま身体をまかせました。貴方と正反対の岩のような男でした。その男によって、私は女の身体の喜びを心ゆく迄満足させられたのです。でも私は、浜谷さんが好きでした。私って妙な人間なのですね。強い欲望を満足させてくれる男がありながら、心の何処かで切ない程浜谷さんを求めたのです。私の容貌は美しいとは言えません。そんな女が、夢みるような初恋の喜びを味えるとは思えません。少女の時分からあきらめていました。ところがそれを与えてくれたのが浜谷さんなのです。私のような女にとっても、そのようなものが、どれ程大切であるか、貴方にはお分りでしょうか。

　衛生兵を知ってから私は、浜谷さんと貴方の関係が、私とその男のように、肉体的にぴったりしたものではないのを知りました。浜谷さんの話を良く聞いておれば分ります。どうやら貴方は、肉体的な能力が、普通の男よりもおとっているのでは、ないでしょうか。

　私はその点を浜谷さんに言いました。でも浜谷さんは、それで充分満足している、と言うのです。私は増々貴方への憎悪をつのらせました。何故なら、浜谷さんの心が、だんだん貴方の方に傾いていったからです。

　丁度その時分ソ連軍が侵入して来たのです。浜谷さんが貴方と一緒に逃げる、という事を聞いた時の私の驚愕……私はどうしても浜谷さんを行かせてはならない、と思いました。色々考えた末、私はあの岩のような私の男に一つの頼みをしました。浜谷さんを征服してくれ、と言ったのです。本当の男から、本当の肉の喜びを味わせてやってくれ、と言ったのです。それのみが、浜谷さんを思い留まらせるたった一つの手段だと思いました。私は浜谷さんを納骨堂に呼び寄せました。男は喜び勇んで中に入りました。結果は貴方の御存知の通りです。貴方は無知な岩のような男に負けたのです。女って侘《わび》しいものですわね。貴方のでたらめな占いで、ころりと人生が変る程、惨めな存在なのです。

私が詰所で始めて逢った時、貴方を嘲笑した理由が分りましたでしょうか。

そうそう、祈りさんは、私達と一緒に中共軍に摑まり、中共に連れて行かれましたが、病気で亡くなられました。私は頑丈さの故に助かったのです。

私の夫は、貴方と同じような病弱者です。今も九州の病院で脊髄カリエスで寝ています。はっきりいうと、私は夫を憎悪しています。女の欲望さえ満足させない夫なんて、意味ありませんものね。

気狂いに貴方が殺されかけた時、私がとめなかった事について、貴方は腹を立てているようですね。でも私は意識してとめなかったのではありません。あの裸の男が、たくましい身体に汗を流し、貴方の喉を突こうとした姿を見た途端、私の身体にしびれるようになって、手足の自由が利かなかったのです。

これは本当です。私は殺人なんてだいそれた事の出来る女でも、思う女でもありません。


俺は読み終った途端、俺は全身の血が氷結したような寒さに襲われた。寒さは薄い霧となって全身に行き渡り、血管の隅々にしみ込んだ。

俺はこの蒸し暑い夜に、歯をかちかちさせて慄えた。

なにも考えられなかった。が、俺は俺の生命の終末が来た事だけは、はっきり悟った。

岡部と男との、裸の絡み合いが生々しくよみがえった。あの光景にくらべれば、俺が女と関係する行為など、猿がのみを取る行為と何等変らない。考えてみれば、俺の人生にはしっかと、身体と心に喰い入ったものが、なに一つなかったようだ。そう言えば、俺のどんな行為も、総て喰い入るものを求めて、空しく足搔《あが》いた足搔きに過ぎなかったようである。

だが足搔きにしろ、俺は今まで力一杯やって来た事を後悔はしない。それがあるから俺は死ねるのだし、俺はやはり、猿ではなく、人間だったと思う。

深夜の競走

一

今年も空梅雨《からつゆ》といわれたが、六月の終りごろから陰気な雨が降り出した。雨雲が低くたれ、糸のような雨が終日止まない。四日も五日もそんな日が続くと、健康な人々でも気分的に参ってしまう。とくにこたえるのは、日傭い労働者であり、病人である。病人の中でも、数年も入院している慢性療養者には全くやり切れない。まして、明日に希望の持てない神経系統の患者は、窓の外を眺めるだけで気が狂いそうな気分におち入るのは無理がなかった。

そんな雨の中を、松葉杖をついた一人の男が、阿倍野交叉点にさしかかった。他に視線が向かない傘をさした通行人も、この男に眼をとめると、ほう、といった顔になった。

当然である。男は番傘の柄をズボンのバンドに深く差し込んでいるのであった。両手が使えないから、それも仕方がないが、どう見てもおかしな恰好であった。傘が前に倒れそうになると顎で押え、男はゆっくり交叉点を渡っていった。

男の名は佐々木万郎《まんろう》という。阿倍野のY病院の神経科に、もう五年も入院していた。病名は脊髄癆《せきずいろう》、腰部の運動神経をスピロヘーターでおかされているのだ。古いやつだから、どんな薬も利かない。サルバルサンはもとより、ペニシリンの大量療法、熱療法と、ありとあらゆるものをやったが、だめであった。現在四十五歳、初期感染は二十七歳だから、十三年間潜伏し、四十歳で腰に来たのであった。

途中で信号が赤になった。せきを切られた奔流のように、自動車の群れが万郎に向って押しよせて来た。が、万郎は歩調を変えない、いやそれどころか、彼は、大軍に一人で向う荒武者のように立ちはだかるのであった。

「こらっ、くそったれ！」

万郎は棒立ちになり、右の松葉杖を手に持って、向って来る車に振り廻した。歩行者など眼中にないような運転手でも、これには仰天し、慌ててハンドルを切り、危うく万郎の傍をすり抜ける。万郎は信号が青になるまで奮闘すると、またゆっくり交叉点を渡った。

万郎は十時頃、やっとY病院に戻った。息を切らしながら、ガラス戸にもたれ傘を抜いていると、万郎の隣りの病室の浦上宗明が、附添婦の矢部ばーさんの肩に手をかけ、よっちよっちと、歩く練習をしていた。

浦上宗明はベンゾール中毒で、両手両足が不自由であり、顔面神経麻痺で、左の口もとが下っている。宗明は万郎を見ると嘲笑するようにいった。

「おーい、また、儲かったか……」

言葉が明瞭でない。ふんと万郎は肩を張った。

「ふん、また赤坊みたいな真似さらしよって、そんなことで足が治ったら、わしは逆立ちして世界中、歩き廻ったるわ」

万郎と宗明は絶えず口喧嘩ばかりしていた。それに碁がたきでもあった。碁がたきというのは、口喧嘩をしても本心は仲が良いものだが、二人はそうではなかった。お互なんとなく虫が好かないのであった。万郎は金は一文もなく医療保護患者だが、宗明は女房の定子が天王寺で菓子屋をやっており、生活に不自由はない。そのくせ、口喧嘩にしろ、顔を見ると口をききあうのは、社会から疎外されている神経系統患者同士のつながりであった。つまり、憎悪と仲間意識が混合しているのであった。だから、万が一、どっちかが良くなると、残るのは憎悪だけであった。

宗明は廻らぬ口を思い切り歪めた。

「ふん、お前みたいに、毎日毎日、パチンコばっかりやっとったら、腰が冷えて、今に足腰、立たんようになるぞ」

「なにぬかす、わしの方は、もう直ぐええ薬が出来るんや、それでいっぺんや」

「大きな口たたくな、六六で治らんやつが、どんな薬で治るんや」

「やかましい、ど中風め、この前の競走みい、わしの大勝やないか」

「くそっ、吠えるな、どいざり」

万郎はドアにもたれ、宗明は矢部ばーさんの肩に手をかけ、心だけが空間を駈けめぐって格闘した。眠そうな顔をしていた受付の小使は、眠気を醒まされ、何時《いつ》ものことだが、あきれた顔をして眺めていた。口元に微笑が浮んでいるのは、吾が身が健康であることの幸せを認識しているためであろう。

二三分経過しただろうか、矢部ばーさんが、にやっと、欠けた歯をむき出した。

「さ、さ、休みはこれくらいで充分や、行きまひょ、行きまひょ」

万郎は憎々しげに、二人の後ろ姿を見送っていたが、唾を病院の床に吐いて歩き出した。

万郎が炊事場の横を通った時、附添婦の富田かな江と、山川きい子が、患者の噂話に花を咲かせていた。がらがら声でまくしたてているのは、富田かな江であった。

富田かな江は四十八歳、大柄で顔もつやつやし、気性も強い。女郎上りという噂があるが、真偽は誰もしらない。Y病院の附添婦たちのボスであった。

かな江は、同じ神経科でも、万郎や宗明のような、運動系統障害と異り、精神障害の患者についていた。患者は三浦栄といって、二十三歳の女教師であった。憂鬱病患者であった。

「なあ、ほんとにあきれるやないか、うちの栄さんいうたら、頭悪いくせに、メンスの時は、絶対わてに身体さわらしよれへんね、そやよって、パンティもなにも、べとべとや、傍へ寄ってみい、猿みたいに唸りよるわ」

「かないませんなあ」

「そんな時はな、ええ方法あるんや、一時間か二時間、ほっといてな、それから猫なで声で、こういうんや、そんなよごれたもんしとって、ほら今日は、栄さんの恋人が会いに来はる日でしたやろ、いっぺんに栄さん嫌いになって、逃げはりまっせ……するとな、あの患者、おばさんすみません、いうて脱ぎよるねん、おかげで、こんな夜中、洗濯せんならん」

外来者が聞いたら、眉をしかめるような言葉だが、じめじめした病院の中に、病人がうごめいている神経科病棟では、これが普通の会話であった。彼等も彼女たちも、みなあくどい会話で、絶望的な雰囲気に対抗しているのであった。

富田かな江は、松葉杖の音を聞いて口を閉じた。かな江は、山川きい子をその場において、炊事場を飛び出して行った。

間もなく、山川きい子は、かな江が佐々木万郎をののしっている声を聞いた。

万郎はかな江に、かなりの金を借りている様子であった。佐々木万郎は、足こそ悪いが、鼻筋はなかなか通り、昔一寸《ちょっと》した二枚目であった。勿論今は顔は荒れはて、老残のかげがしのびよって来ているが、若い時はさぞ、女を泣かしただろうと思われる、そんな往年の面影がまだ残っていた。

細君の久子は、飛田の近くの旅館に勤めているが、別れないで、毎月小遣いを持って来ているのは、その顔のためだろう、と附添婦たちは噂していた。

山川きい子は、なんとなく聞き耳をたてながら洗濯を始めた。ふん、といった顔だった。

二

午前八時、看護婦が朝の検温を取るため、病室を廻った。十七号室は佐々木万郎の病室であった。二人部屋であるが、ここ半年程万郎一人が使っていた。設備の悪い病院で、この頃入院患者が少なくなっていた。

万郎は毛布をはいで眠っていた。

「佐々木さん……」

といおうとして看護婦は持っていた検温器を落してしまった。佐々木万郎は、口を開け、微かに舌を覗かせて死んでいたのである。

当直医が飛んで来た。医者はひと眼見るなり叫んだ。

「殺されたんだ」

寝巻の襟元が乱れ、頸部がはれていた。解剖の結果は次の通りであった。

死亡時刻は、午前二時から二時半、死因は手拭《てぬぐ》いかそれに類したものによる絞殺であった。

直ちに、A署に捜査本部がもうけられ、刑事連中が捜査にかかった。人生の敗残者や、不幸な人間ばかりがうごめいている神経科病棟の殺人であった。しかも殺された男は、再起不能の脊髄癆患者である。張切り甲斐のない殺人事件であった。犯人は直ぐ検挙されるだろう、というのが捜査当局の見方であった。

ことに、その日は雨が降っており、窓から侵入すれば足あとが発見される筈だが、全くないところをみると、犯人は内部の者に違いなかった。

ところが、調査を始めてみると、そんなに簡単な事件でないことが分って来た。

何故なら、脊髄癆患者を殺すだけの、動機が発見されないのであった。始めは、喧嘩かなにかで、恨みを抱いた者の犯行ではないか、と簡単に見ていた捜査当局も、真剣にならざるを得なかった。

刑事たちが、集めた調査を総合すると、次のようなものであった。

佐々木万郎には細君が居た。久子といって飛田近辺の梅海旅館の女中をしている。三十八歳、万郎との間に一人の女の子が居た。

中学三年で、娘は姉のもとに引き取られている。

久子は、月二回の休みには必ず万郎のところにやって来て、溜っている洗濯ものをし、幾許《いくばく》かの小遣いを与えて帰っていた。万郎を捨てて逃げないのは、余程万郎に惚れているためか、または今時珍しい貞女である、という噂であった。

　外部から、万郎を訪れる人間といえば、久子一人であった。ただ、万郎は足が不自由なくせに、夜間良く外出する。パチンコが好きで入りびたりらしいが、今までのところ、パチンコ店以外、何処に行っているかは不明であった。パチンコ店では、プロ仲間と顔見知りであるが、そんな連中の恨みを買っている様子はないし、病院まで訪ねて来た者はいない。

　院内関係者としては、喧嘩相手の浦上宗明が居るが、彼には万郎を殺さなければならない程の動機はないし、また大の男の頸を、布切れで締め殺す程の力が、ベンゾール中毒で手足の悪い宗明にはない。

　今一人、万郎には良く小遣いを貸してやっている富田かな江が、捜査本部では一応容疑をかけ得る人物、ということになった。

　附添婦の中には、かな江と万郎の仲を噂する者も居り、またかな江が最近、今まで貸した金を返せ、と万郎を責めたてている、と告げる者が居た。

「富田かな江は三浦栄という精神分裂患者の附添いです、前身は女郎上りという噂なのでその点追究しましたが、本人は否定しています、六年前附添婦になるまでは、全国各地の旅館を転々としていたらしいですよ、アリバイに関しては、栄の病室に居た、ということですが、栄は現在睡眠療法をやっており、抜け出ても分りません、それに睡眠療法をやっていなくても、精神分裂ですし、証人の価値はないでしょう」

と富田かな江を調べた刑事は松木捜査主任警部に説明した。

松木警部は、この事件が想像以上の難事件だ、ということが分った時、酷く興味を覚えた。大学出の三十七歳の警部は、職業上の興味以外のものをこの殺人事件に感じたのである。興味といっては語弊があるかもしれない。それは、自分たちの周囲にはない、そんな人間関係の複雑さを知りたい、という欲求であった。

彼がそのことをA署の部長刑事にふと洩らすと、四十半ばの部長刑事は、にやっと笑った。

「主任、そんな複雑なもんなんてないですよ、もっと単純なものです、今のところ吾々の盲点になっているだけで、解決すれば、なんだ、ということになりますよ」

こんな事件で、盲点が出来る、というのがおかしいじゃないか、松木警部はそう思ったが、口には出さなかった。主任警部は一般刑事のように、飛び廻って調査するということはしない。彼は夜分にでも一人、白紙の状態で、この事件を調べてみることにした。

松木警部はその夜、梅海旅館を訪れた。その旅館は阪堺《はんかい》線に沿った旧飛田遊廓の向いにあった。勿論このあたりの旅館は連れ込み旅館であった。それも夜の女などが客を連れ込む最低のもので、そうでない泊り客といえば、日傭いや、金のない愚連隊などであった。

梅海旅館はその中では、まだましな方であった。一応黒板塀に、見越しの松などがある。

松木警部が訪れたのは十時前だったが、玄関に入ると、声一つ聞えない程静かであった。酔いどれや子供たちがその辺りで騒ぎ廻り、余りにも騒々しいからそう感じたのかもしれなかった。

出て来た久子を見て、松木警部はなんとなく吐息をついた。青い顔で、痩せてはいないが、やはり長年の苦労が眼窩のあたりに、翳りとなってにじみ出ていた。警部が直感的に感じたことは、五年間も脊髄癆の亭主を良く捨てなかったものだ、ということであった。

噂は、やはり噂だけの根拠がある。久子は美人ではないが、けっして醜いという顔ではなかった。松木警部は久子を近くの喫茶店に連れて行った。昔の日本女性の典型的な顔であった。旅館のおかみは、余り良い顔をしなかったが、警部の名刺を渡すと、慌てて態度を変えた。

「奥さん、これは病院の噂ですが、病院では奥さんを、今時まれな貞女だといってますよ」

「そうですか、別に熱心に看病したわけでもありませんし、貞女といわれるようなことはありません」

久子は話している最中、殆んど松木警部の顔を見なかった。視線を、テーブルの紅茶茶碗のあたりに注いだままであった。

松木警部が最も不思議に思ったのは、重荷以外の何物でもない夫を、良く捨てなかったな、ということであった。会話の最中、万郎の名が出ても別に表情を変えないし、悲しがったり、思い出したりするような様子は全くない。まるで他人事のように話すのであった。

「失礼ですけど、結婚は恋愛でしょうか、それとも、見合でしょうか？」

「見合でございます」と久子は低い声で答えた。そして松木警部の質問に答えて、過去のことを話した。それによると久子が結婚した当時、万郎は塗料店を九条新地の近くで経営していた。松島遊廓の傍であった。夫婦仲は普通であったが、万郎は気の弱さから、仲間に誘われて遊廓に行った。病気を移されたのは、その時分であった。

「そんな病気、まあ人にはいえないような病気にかかった御主人のことを、奥さんはどう思われました？」

この時、松木警部は無表情な久子の顔に走った瞬間的な感情の起伏を見逃さなかった。それは、久子の翳りのある眼窩のあたりを起点としたようであった。

「腹が立ったでしょう？」

久子は頷いた。この時、松木警部は、ふと、万郎の男性能力は、どうなっていたのだろう、と思った。もし可能なら、久子との間が切れていない、一つの理由になり得る、と思ったのだ。が、これは今聞くにはしのびなかった。医者の説明を聞いてから、もう一度当ってみて良い、と考えた。

「奥さんは御主人に毎月、どのぐらいお渡ししていたんですか？」

「はい、二千円です」

子供は中学校三年で、久子の姉の家に預けているという。姉夫婦は昔は商売をやっていたが、今はなにもしていないらしかった。養育費などもかなり入れているのだろう。旅館の収入を尋ねると、食事付で八千円、ということであった。あんな場所の旅館だから、チップを出す客も、少ないだろう。と、すると、毎月二千円、万郎に渡すということは、久子に取っては、大変なことのようであった。

「これはかんじんなことですがねえ、奥さんは御主人が治る、と思っておられましたか？」

久子は黙って首を振った。医者もはっきり、再起不能といっていたらしい。

「それじゃ、御主人を一生、みられる積りだったんですね……」

久子はそれに対して、直ぐには返事をしなかった。なおも尋ねると、分りません、と呟くようにいった。これは久子の答が正しかったようだ。分らない、というのが本音であろう。結局松木警部は、不得要領のまま、久子と別れた。亭主が脊髄癆という、いまわしい、しかも再起不能の病気にかかったことは、その妻にとっては、残酷きわまりない出来事である。月二度、世話をしに行くのも、余程の気持がないと行けない、梅毒患者の細君という久子の立場は、口やかましい附添婦を始め、院内の総《すべ》ての人間にとって、好奇心の対象であり、かげ口の焦点以外のなにものでもなかったからである。

松木警部の見るところでは、久子は万郎をそんなに愛しているようには見えなかった。いや、神は人間に対し、こんな場に立ち到ってもなお配偶者を愛する程の寛容さを与えなかった筈だ。

では久子を万郎につなぎとめていたものはなにか。忍従か、あきらめか、子供の父親ということか。しかし、それは久子が自分の気持を説明しない以上、分らなかった。

松木警部は係りの刑事に、万郎と久子の昔の夫婦仲を徹底的に調査するように命じた。

そして、現在久子に、男が居ないかどうか、ということの調査も……。

三

犯人は内部の者である、と思われていたが、それも当てにならないことが分った。廊下の突き当りのドアが、患者の手で何時も開けられていたことが、分ったからだ。表玄関の門限は十一時なので、附添いなど外出して遅くなると思うと、外出前に内側から鍵を開けておくのであった。神経科病棟の患者や附添婦たちには、公然の秘密になっていた。当直の小使いも、知っていたらしいが、小使いたちは附添婦とは友だちであり、見て見ぬふりをしていたのだ。

このうらさびれた病院に泥棒が入るとは考えられなかった。

松木警部は日曜日に病院を訪れた。神経科の主任科長に面会を申し込むと、日曜日に病院に来ている、というので来たのだ。

科長は五十年輩の温厚な医者であった。科長は佐々木万郎の病気について、次のように説明した。

「少しでも良くなる、という可能性は先《ま》ずないでしょう、今だと大量のペニシリン療法で全治するのですが、佐々木さんのように長い潜伏後発病した、俗にいう三期症状は、とてもだめです」

「男としての能力はどうでしょうか？」

「さあ、そういうことは質問しませんし、はっきりしたことは分りませんが、医学的には可能な筈です、ただ精神面が非常に左右しますし……」

科長もその点に関しては自信がなさそうであった。男性能力があるとないとでは、犯罪の一つの事由である情痴という面で大きく違ってくる。科長は、万郎が夜、外出しているのを知っていた。それを禁止しなかったのは、人間としての思いやりのようであった。それに院内に閉じこめておいても、精神的に内訌《ないこう》し、かえって良くない、と判断していたようであった。

神経科といっても、このY病院は、精神系の患者と運動神経系統の患者の二種類を含んでいた。同じ神経だから一緒のようなものだが、厳密にいえば、治療その他の面で根本的に違う。どうやらこの科長は、精神系統が専門のようだった。

松木警部は看護婦に案内されて、佐々木万郎が居た十七号室に行った。今は他の患者が入っていた。精神系統の患者であった。窓の直ぐ隣りは別な病棟があり、一階だけに陽が当らない。右隣りの十八号には、喧嘩相手の浦上宗明が居り、左隣りの十六号は山添という患者であった。これも精神患者で被害妄想がこうじ、同僚を傷つけた男である。

ドアが僅かに開いていた。松木警部がふと覗くと、山添はベッドに坐り込み、しきりに指をこすっていた。なにをしているのだろう、と眺めていると、こすっているのは、指ではなく、指輪であった。山添は人差指に唾をつけ、可愛くてたまらないように、赤い玉をなでるのであった。

松木警部は、不思議に思って看護婦に尋ねた。二十ぐらいの看護婦は露骨に眉をしかめた。

「はあ、あれは奥さんの指輪なんですけど、奥さんが来ない間、あんなことをして待っているんですよ」

聞いてみると、山添の被害妄想は、細君を誰かに奪われはしないだろうか、という妄想であった。造船所の工員だが、同僚をスパナで擲《なぐ》ったのは、その同僚が細君を誘惑しようとしている、と妄想したためであった。

「大丈夫なんですか、こんな普通の部屋に入れておいて」

と松木警部は素人らしい質問をした。

「ええ、始めは勿論鉄格子の部屋に入っていたんですが、非常に回復したので、一般部屋に移したんです、今では、自分の病気も良く自覚してますし、日曜日ごとに来られる奥さんを大人しく待っていますから、心配はいりません」

と看護婦は答えた。が、松木警部は、あの指輪の石をなでる手付は、女を愛撫する手付に良く似ている、と思った。山添はそんな気でいるのではないだろうか。彼は看護婦がいっているように、この患者が非常に回復しているとは、思えなかった。山添には附添婦は居ない。

次に松木は喧嘩相手だという、浦上宗明の部屋を訪れた。宗明は他の患者と碁を打っていた。刑事は、あれ以来何度となく宗明の部屋を訪れている。宗明は松木を見て、碁を止めようとしたが、松木は終るまで観戦するといった。松木警部も碁は好きな方であった。しかし、警部が傍で見ていて、碁などやれるものではない。宗明は平気だったが、相手の打つ手が乱れてしまった。

「刑事さんには、もう何回もいいましたけどなあ、あんな男殺しても、しょうがありませんよ、もし殺したやつがあるとすると、気違いでしょう……」

気違い、という言葉を聞いた時、松木警部はなんとなく、山添の恰好を思い出した。が、万郎の部屋からは、証拠になるようなものはなにも出ていない。指紋もない。狂人が発作的に殺せば、なにかの手掛りになるようなものが発見されるのではないか。

犯行は明らかに細心の注意力でなされていた。狂人の犯行とは思えなかった。

「良く口喧嘩されていたようですが、いったいどうしてです？」

「だいたいわしはね、万郎みたいなやつは大嫌いなんです、話しすることというたら、昔関係した女の自慢と、パチンコの自慢ばっかりですしね、それに、死んだもんのこと悪口いうのは可哀そうやけど、一寸陰険なとこありましてなあ、店潰れてから、一時、山師みたいなことやってたそうですよ」

「それでも良く、碁を打った、ということですが」

「そりゃね、お互こんな身体やし、しょうがありません、好かんやつでも、身体障害者には、障害者同士の、健康な人には分らん、気安さがあります、わし等は、坐るにも、碁を打つにも、普通の人のようには、早うやれません、健康な人の前やったら、気い使わんならんことでも、その点なんの気兼ねもいらん、というわけですよ」

　まずい質問だった、と松木警部は思った。

「こんなこと妙な質問ですが、女関係は全然なかったんでしょうか……」

「それがですなあ」と宗明は眼を光らせた。「はっきりいうと、わしはあの方はあかんのです、またそんな気もありませんけどな、ところが万郎のやつは、パチンコで儲けた時は遊ぶと、いいよるんです、これは、わしは嘘やと睨んでましたが、一時、富田という附添いのばーさんですよ、こいつと出来た、いうて、せっせと金をせびってましたからな、富田のばーさんもばーさんや、なにもあんた、あんな病気の男となあ……」

「ほう、そうすると、浦上さんは、関係あった、と思っておられるわけですか？」

「がめついばーさんやよってなあ、あんな男に金貸したところを見ると……」

宗明は頬をかいた。指が慄えていた。健康人なら、それだけで怪しまねばならないところだが、宗明のは病気であった。

「しかし、最近は返済を迫られていたそうですが……」

「そう、万郎が嘘ばかりいうて返せへんからと違いますか、富田のばーさんも年も年やし、色よりも欲の方が強よなったんですよ」

松木警部が会った富田かな江は、宗明のいったような、ばーさんではなかった。額にくっきり横皺こそ刻み込まれていたが、赭《あか》ら顔で肉付は良く、骨太で、男の一人や二人は充分相手が出来そうであった。

松木警部が会ったのは、栄さんという女患者の部屋であった。富田かな江も、たびたび刑事連中の訊問を受けているが、眼付を見ても、松木に反感を抱いているようだった。

それは、富田かな江の過去の生活から生れたものに違いなかった。

「わてが、万郎はんに金を貸したのは、始めは同情したからです、そうですな、最初は千円、次に千円、三回目に二千円、とにかく全部で五千円ぐらいでしたわ、ところが返す、いう期限が来ても返せへんし、折角同情して貸したのに、裏切られたと思たら、えらい腹がたって、それからきつう催促しました」

「しかし、佐々木に返すあてがない、ということは始めから、分っていたんだろ、何年も同じ病院に居るんだし、彼が奥さんから貰う小遣いだけで生活している、ということは知っている筈じゃないか」

「それが、返すあてがある、とはっきりいうたんですよ、なんかして金が入る、いうてましたわ……」

松木警部は苦笑した。すると、富田かな江は馬鹿にされたと思ったらしく、一膝乗り出した。

「警部はん、わてはな、十七の年から四十過ぎるまで、旅館の女中勤めをやったんですよ、これでも人を見る眼はある積りでっせ、あの時の万郎はんの口調は嘘やなかった、そう、今、警部はんがいいはったように、万郎はんが奥さんから貰う小遣いだけで生活してはったのはよう知ってます、せやけどな、ものごとは表と裏とありますやろ、今いうたんは、表、私が金を貸したのは裏ですよ」

松木警部は緊張した。彼はハイライトを、かな江にすすめた。

「裏というと、被害者はなにかしていたのですか、裏口の儲けを……」

「そこですがな、これはわての勘ですね、あてはその勘にかけたんだす」

かな江の言葉には、大阪弁、京都弁、標準語など、色々交っていた。噂では女郎上りだが、松木警部は、本人のいうように、各地の旅館を転々としたのだろうと感じた。

「噂では、あなたと万郎さんとは、仲が良かった、ということだが……」

松木警部はほこ先をかえた。「ふん」と富田かな江はいった。顔にも言葉にも軽蔑が現われていた。万郎に対する軽蔑に違いなかった。

「阿呆らし、なんであてが、よいよいを相手にせんなりまへんね」

松木は、二人の関係に関しては、かな江の言葉を信じることにした。

四

万郎と久子の過去の生活を洗っていた有田刑事が、二十年前、二人の隣りに住んでいた、煙草屋のおかみを探し出すことに成功した。

有田刑事は、いき込んで警部にいった。

「いや、しなびたばーさんでしたが、口だけたっしゃで、詳しく話してくれました。ばーさんの話によると、万郎いうやつは、しょうがない道楽息子で、細君は泣き通しだった、ということですよ」

万郎は十六七の商業学校四年ぐらいから、近くの松島遊廓に遊びに行ったらしい。そのため、五年で放校になった、ということであった。親父が怪我をして働けなくなったので、万郎に店をまかせたのだが、その条件として取らした嫁が久子であった。そうでなければ勘当し、店は潰れても良い、と万郎の父は、決心していた。つまり万郎は、仕方なく久子を貰ったわけである。そんな万郎のところへ良く嫁に来たものだが、久子の両親が万郎の父に義理があった、という話である。今では考えられないことであった。

「結婚して二三日めに、もう万郎は、細君を、おかめ、おたふく、といってののしったそうです、それでも親父さんが生きている間は、遊廓通いはおさまっていたらしいですが、三年めに親父さんが死ぬと、またぶり返したそうですよ」

おそらく、万郎が病気をうつされたのは、その頃だろう、と警部は思った。間もなく万郎は店を潰し、久子と子供を連れて生れた土地を去った、ということであった。それ以後の万郎夫婦のことは、ばーさんは知らなかった。

一方、久子の男関係を洗っていた刑事は、久子には、男が居ないらしい、と報告した。その刑事は、梅海旅館を良く知っている、売春係りの刑事を通して調べたのであった。

売春係りの刑事は、梅海旅館の下働きの男と顔見知りで、その男には貸しがあり、情報を得たのであった。勿論刑事は、下働き以外の聞き込みも、徹底的に行なった。

「梅海旅館は、一人で泊めてくれるだろうか」

「そりゃ、泊めてくれますよ」

と刑事は不思議そうに答えた。

「今夜は一人で、のんびり旅館にでも泊るか、吾々のような、いそがしい亭主族には、そんな夜もあって良い」

と松木警部はのびをしながらいった。

その夜、松木警部は梅海旅館に泊った。一番良い部屋を取った。おかみに、久子を係りにしてくれ、といった。

「あの女じゃないと、だめですか」

「かまわないけどな、じゃ今から警察に来て貰おうかな、この旅館は売春させてる、という投書も来ているんだよ」

と松木警部がいうと、おかみは顔色を変え、急に愛想良くなった。良い加減なことをいったのだが、どうやら事実らしかった。松木警部は売春には関心がない。内々、売春防止法の意義を疑っている一人であった。理由のない婦女子の暴行殺人を絶えず扱っている警部は、その殆んどが、性に飢えた若者の衝動的な犯罪である事実から、眼をそむけるわけにはいかなかった。

久子は、松木の顔を見ると、はっとしたようであった。容疑者というものは、最初よりも二度めの時の方が、内心を表情に現わすものだ。

おかみが命じたのであろう、夕食を運んで来たのは、久子であった。松木警部は、久子のしゃくで、旨そうに盃を傾けた。

「どうです、一杯……」

松木が盃を差し出すと、久子は、どうもすみません、といって受けた。松木には、これは意外であった。彼は久子が、遠慮すると、考えていたからである。大人しそうな外見に似ず、相当ふてぶてしい女かもしれない、と松木は思った。おたふく、おかめ、と万郎は怒鳴った、というが、色は白いがそんな感じがする顔だ。昔の日本婦人のそれも庶民の典型的な容貌であった。

「相当いけるくちですな」

「そうでもありませんけど……」

「こんな場所の旅館では、のんびり一杯やる客は少ないだろうな」

「はあ、でも二回も三回も泊られるお客さんの中には、酒びたりの方もおられます」

「あんたは確か大阪生れなのに、大阪弁が余り出ませんな」

「そうですか、六年程東京に居たせいかも、しれません」

「そうすると、御主人が発病前に、こっちへ戻ったんだね」

松木警部はなるべく柔かい言葉を使った。こうして泊り込んで、酒の席で話を聞こうとしたのも、久子の気持をほぐしたいからであった。が、話題が、万郎のことに触れると、久子の言葉が、急に少なくなった。

松木警部は、別な方から持ってゆくことにした。

「あんたも、お気の毒だと思う、でもこうして元気で真面目に働けるのは、なによりですよ、この春だったか、夜の女が病気の亭主を殺した事件があったが、亭主は結核だった、僕が係りだったんだが、女の話を聞いて、涙が出そうになりましたよ、気の毒で、亭主は散々ごく道をし、あげくの果てに、女房に身体を売らして生活していたんだが、そんな亭主でも捨てずに居るという、女の悲しさがあわれでね」

「どうして、殺したんですか？」

と、久子が尋ねた。久子の方から尋ねて来たのは始めてであった。しめた、と松木警部は思った。

「そんなにまでして亭主を養っているのに、その亭主が自分の友だちに手を出したからです」

警部は盃を自分の口に持って行きながら、久子の反応をうかがった。久子は頷いた。

「男って勝手ですからねえ。でも私だったら殺したりはしません」

「ほう……」と警部はなんとなく唸った。

酒をすすめると久子は黙って飲んだ。

「なあ、この間、あんたは、夫婦仲は普通だったと、嘘をいったでしょ、うちの刑事が調べたところでは、万郎さんは、絶えずあんたを、ののしり通していた、ということじゃありませんか、近所では、あんたのことを、気の毒だ、憐れだ、といい通していたそうじゃないか、どうしてそんな嘘をいったの……」

久子の形相が変った。久子は化け猫が正体を現わしたように、唇を嚙みしめ、松木警部を睨みつけた。温和《おとな》しい顔だけに、かえって凄さがあった。

「誰がいったのか知りませんけど、人の生活のこと、放っといたら良いんです」

「それもそうだけどね、しかし、おかしいじゃないか、そんなにあんたをいじめた亭主がだね、勝手なことして病気を貰い、不自由な身体になった、普通なら、ざまみろ、と捨てるのが、当然じゃないかな、僕には分らんな、あんたが、亭主につくす気持が、なにかあるんじゃないかね……」

「逃げるなら、うちの人が元気な時に、逃げてますわ、病気になったからといって、今更、あの長い間の苦しみを……」

突然久子の眼尻から涙が一粒流れ出た。それは一粒だけであった。久子は爆発しようとした激情をこらえたようであった。

「警部さん、私はね、うちの人を殺した人を恨んでるんですよ、私は、うちの人があんな浅間しい病気になって、始めて生甲斐を感じたんですよ、私を妻あつかいにしなかったあの人が、私がお金を持って行くと、私の眼の色をうかがい、私が少しでも冷たい態度を取ると、偉そばりながらも、胸の中で不安におびえる姿を、……腹が立って擲ろうとしても、私が一歩二歩下ると、どうすることも出来ず、赤坊のようにばたばたもがくあわれな恰好、あの人が生きている限り、私はあの人のめんどうを見る積りでしたとも、ええ、生きていて欲しかったですよ、八十までも百までも生きていて欲しかったですわ……」

五

松木警部は、胸がつかえ、泊る予定を変更して慌てて家に戻った。家には妻と三人の子供が居た。妻とは見合結婚だったが、警部は未だかつて、妻に荒い言葉を吐いたことがない。泊るといって出た夫が、突然帰宅したにも拘らず、当り前のことのように、自分を出迎えた妻を見て、松木警部は妙な気になった。

「どうしたの、今夜は妙ね、なにをそんなに見ているの、私になにかついてる？」

蒲団を敷きながら、妻は不思議そうにいった。

「妙子、お前は俺に不平はあるか、隠さずにいってごらん」

「なにをいってるのよ、不平だらけだわ、家は狭いし、来年になると孝一は高校ですよ、勉強部屋の一つぐらい欲しいわ、それにあなたの生活は不規則だし、お隣りのように、家族そろって、遊びに行ったこともないじゃありませんか、あなたの仕事の性質を考えて、黙っているだけですよ」

松木警部は、腕枕をし、畳の上に仰向けになった。彼は今まで色々な事件を扱い、それに伴い、暗い人間関係、男女関係を見て来た。が、夫に対して久子のように、陰湿な復讐感を満足させながら、生きていた妻を見たことがない。が、久子が嘘をいっているとは思えなかった。とにかく男には理解出来ない気持であった。いや、普通の家庭の妻にも理解出来ないだろう。一種の性格異常者なのだ。

そう思いながら、松木警部は、ふと久子のことを妻に話して見る気になった。彼は今まで自分の仕事について、妻に話したことがなかった。松木警部は、蒲団を敷き終え、三歳になる子供を寝かしている細君に、今日の出来事を話した。

「どうだ、お前にも分らないだろう、そんな女の気持は……」

細君は、嫌ねえ、と眉をひそめた。

「でもねえ、その女の人、そんな気持の半面、殺された夫を、愛していたのじゃないかしら、そりゃ、そんな復讐的な気持もあるけど、それは一種の女の独占欲の変形だと思うわ」

愛だって……松木警部は腕枕をはずし、顎をなでた。彼は今まで、細君から愛などという、甘ったるい言葉を聞いたことがない。

すると、細君は真面目な顔で、

「もしね、愛がなかったら、当然、病気が再発する前に別れていると思うのよ、それに男の人だって、そんなに女遊びをしていたんだから、本当に嫌いな女だったら、追い出しているんじゃないかしら、それを追い出さないでいた、というところは、女の人の忍従以外に、男の人にも、この女は俺の妻だ、という、なにかがあったと思うのよ、そうじゃないかしら……」

松木警部は吐息をついた。平凡な自分の女房の意見が、ふと、最も正しい、という気がしたからである。

万郎殺しに、久子は無関係に違いない、彼は急にもやもやしていたものが、取れたような気がした。

翌日、捜査本部に投書があった。自分はY病院の附添婦であるが、富田かな江と佐々木万郎の関係を盗み見した、もしそれが万郎の殺人事件に関係があるなら、知らせたい、という文面であった。最後に電話番号が書かれ、そこに電話していただければ、連絡がつく、というのであった。

捜査陣が躍り上ったのも無理はなかった。かな江と万郎の間に肉体関係があったとすると、今まで考えられなかった、情痴という線も浮き上って来る。

早速、電話がなされた。若い女が出た。A署だというと、女は、

「姉さん、警察から電話よ、しょうがないわね」

と女が叫ぶのが聞えた。代って出たのは、投書主である山川きい子であった。松木警部は寺西部長刑事を連れて、自らきい子に会うことにした。警部はこの事件に、異常な程興

味を抱いていたのであった。

電話のある家は、妹夫婦がやっている阿倍野の飲屋であった。山川きい子は、附添婦を止め、手伝っていたのだ。

附添いを止めた原因は、富田かな江と、大喧嘩をしたためであった。かな江が、自分の患者である栄さんを余り乱暴に取り扱うので、山川きい子が、看護婦に訴えたことが、かな江に、ばれたのであった。かな江は附添婦のボスであり、かな江に睨まれると勤務が出来ない程、かな江には権力があった。それは、かな江が、看護婦連中に対して、つけ届けは絶やさないし、上の連中をたくみに操縦しているからである。

「確かこの春でした、私が夜の九時頃、屋上に行ったんです、忘れていた洗濯ものを取りにです、屋上に出る階段の踊場の左側に、物置がわりの部屋があるんですよ、古畳が敷いてあって、予備の蒲団なんか積んであるんですが、そこを通りかかると、男と女の声がしたんです、私はてっきり逢引やと思て耳を澄ましていました、その声は富田と万郎はんのものでした、間違いありません、それで、私、そっとドアを開けて隙間から覗いたんです、電燈はありませんが、月の光が部屋の中に差しこんでいて、よう見えました、二人は、裸になって、つるんでおりましたわ、壁に松葉杖が立てかけてあったのが、はっきり分りました」

山川きい子は、かな江と喧嘩して、病院を止めるまで、うるさいから、黙っていた、と説明した。

直ちに、富田かな江が警察に出頭を命じられた。かな江は、病院に居た時と同じように威勢が良かった。が、万郎と密会していた光景を見た者がある、嘘をつくと益々怪しまれるぞ、と部長刑事に一喝されると、打ってかわったように、あっさり、万郎との関係を認めた。

「嘘をつく積りやありませんでしたんや、でも、あんな病気の人と深い仲になった、ということが知れたら病院におれませんから、隠しとったんです、万郎はんをわてが殺したなんて、めっそもない、わては全然しりません、深い仲、いいましても、本当の関係はなかったんですよ、わては万郎はんにだまされとったんです、まあ、万郎はんは割合ええ顔してますよって、私は憎からず思てました、昔から、あんな顔の人は好きなんです、万郎はんも、わての気持を見抜いたと見えて、近付いて来たんです、万郎はんはあんな病気ですけど、菌は脊髄にかたまって、ほかには散りません、看護婦さんに聞いてよう知っとったんで、みんなが思う程、わては気になりませんでした、似たような病気を、わても昔、移されたことがありますから……わては万郎はんがその気なら、めんどう見てもええぐらい思てたんですよ、男を一生喰わすぐらいの金は、こう見えても持ってます、だから万郎はんが貸してくれ、いうまま、千円、二千円、と貸したんです、ところが警部はん、大嘘ですね」

かな江は、顔を歪めて、大きく手を振った。

「なにが嘘なんだ？」

「一人前のようなことというてましたけど、あの方、全然、あかんのですよ、役に立たんのですよ、あんた……」

とかな江はテーブルに唾を飛ばした。

かな江は、山川きい子が盗み見したという物置部屋で、それを確かめたのであった。

つまりかな江は、万郎にだまされていた、というのであった。万郎に男の能力がないことを知った時、かな江の熱はつきものが落ちたように、なくなった。

かな江が、万郎に、金を返せ、と迫り出したのは、それ以後であった。

「わてが、なんで万郎はんを、殺さんなりませんのや、殺したら、お金、戻りませんよ」

とかな江は、徹底的に万郎殺しを否定した。万郎が裏で、なにかしているかもしれない、と松木警部にいったのは、その場のいい逃れだ、といった。昔、そんな男に、かな江は金を絞られたことがあった。ふとその男を思い出し、あんな風にいったのだ、とかな江は説明した。

捜査は全く行き詰ってしまった。

が、松木警部は諦めなかった。警部には、あの人間のすえた匂いと薬の匂いの入り交った暗い神経科病棟の雰囲気が、気になって仕方なかった。

その夜、十一時頃、松木警部はY病院を訪れた。病院は静まりかえっていた。廊下の明りは辺りを照らしているようでいて、なにか自分の発している光を惜しんでいるようだった。

神経科病棟に来た時、彼は杖をついたり、壁にもたれたりしている、四五人の患者の群れを見た。附添婦も居た。

「なにをしているんです？」

と彼はその一人に尋ねた。

「浦上さんと角野さんが競走しているんですよ……」

「競走ですって……」

松木警部は、理由が分らず呟いた。附添婦が説明した。つまり、足の悪い者同士、どちらが早いか、院内の廊下をひと廻りする、競走だ、という。

今競走しているのは、浦上宗明と、角野という小児麻痺患者であった。

角野は大人になってから小児麻痺にかかり、ここに、もう七年も入院している、ということであった。

間もなく、二人が廊下の外れに現われた。松木警部は思わず眼をそむけた。血なまぐさい現場を見続けて来た警部にとって、その光景は、今までと違った意味で大きな衝撃であった。

角野は壁に手をかけ、足をもつれさせながら歩いていた。

はあはあという息の音が、ここまで聞えて来そうであった。

そして宗明は……彼は廊下を這っていたのである。

「この前の、万郎はんと、宗明はんの競走は凄かったなあ……」

一人の患者がいった。この時は、接戦であったが、万郎が勝っていた。ところがゴール前で、宗明が万郎の足にしがみつき、離れなかった、というのであった。

「そうだった、あの時は、万郎さん、凄く怒ってぼろくそに怒鳴ったなあ」

と今一人の患者が相槌を打った。

健康な人間は、自分の健康をもっと大切にせねばならない、松木警部はそう呟きながら彼等の傍を離れた。

が、警部はふと宙を見詰めた。その時の負けた宗明の恨みが、ただごとではないような気がしたからだ。

しかし、宗明には、万郎を絞殺するだけの力はない。

事件が迷宮入りになり、捜査本部が解散という日、神経科の科長が松木警部のもとを訪れた。

山添という被害妄想狂の患者が、万郎が死んで以来、次第に病状が悪化し、狂暴性を発揮したので、鉄格子の個室に入れたのだが、俺が万郎を殺した、と口走るようになった、というのであった。

「細君が、万郎と関係したので、締め殺した、というんです、精神病患者のいうことですし、当てにはなりませんが、一応お耳に入れとこうと思いまして」

「ほう、で、どうですか、医者としての真偽の御判断は？」

と松木警部は、身体を乗り出すようにして尋ねた。

「どうして、そう思ったんだ、と私が質問すると、浦上という患者がそういった、というんですよ、それでこれは、私の分野ではなく、警察の分野と思ってやって来たんですが」

科長は何故か、しきりに額や首の汗を拭いた。

松木警部の眼が輝いた。

「有難うございました。良くお知らせ下さいました」

浦上宗明は、間もなく松木警部の訊問に、その事実を告白した。

競走に負け、万郎にののしられたことが、口惜しくてたまらず、ふと思いついて、被害妄想の山添に、万郎と細君が関係あると、中傷したのである。

「殺すとは思わなかったんです、入院前、スパナで同僚を擲った、ということを聞いてましたので、今度もその程度かと思いまして、まさか、殺すとは……申訳ありません」

松木警部の脳裡に、廊下を這っていた宗明の姿が浮んだ。

彼は、司法警官になって始めて、法律も及ばない深い犯罪があることを知ったのである。

法王の牙

一

新しくＴ医大の第二外科主任教授になったのは、大河原則世であった。四十七歳、年にしては破格の出世である。

Ｔ医大は、私立の名門Ｋ医大系統で、教授たちの殆んどはＫ医大出身だった。大河原則世も勿論そうで、Ｋ医大高崎外科の門下生であった。Ｋ医大の主任教授高崎博士は、肺外科の権威であり、持前の社交性から、ジャーナリズムにも華々しくもてはやされ、一部からはボス的な存在に見られていた。

大河原が四十七歳で、Ｔ医大の主任教授になれたのは、勿論、高崎博士の力があずかって大きい。

肺癌の手術をおえた大河原は、Ｔ医大附属病院の科長室に戻った。レントゲン撮影で、絶望的なことも分っていたし、手術は後輩の宇田助教授を主執刀者とした。また、この二三日、大河原はこのような大手術に専心出来ない、心理状態にあったのである。

誰にも云っていないが、妻の優子が突然家出したのであった。何時《いつ》ものように、外出用の和服姿で、ハンドバッグを持って出、そのまま帰って来ないのであった。

全く突然である。書置もない、家出するような原因も考えられない。が、とにかく、家から居なくなったのは事実であり、実家にも親類にも立寄っていないから、家出と考えるより仕方なかった。

宇田助教授が入って来て、患者の経過が思わしくない旨述べた。

「当然だよ、問題は手術後、何時間生きておれるかだ、息を引き取るまでのデーターは、克明に取っておいてくれ給え、だめだと分っていて、手術を強硬に依頼する家族はめったに居ないし、このような臨床例は余り少ないからね……」

大河原は、まあ坐り給え、と宇田に椅子をすすめた。宇田は三十五歳。やはりK医大出身で気鋭の助教授であった。大柄だが色は白く、額が広くいかにも医学徒らしい。が、捲くり上げた白衣の袖から出ている腕の毛は白い肌に似合わず濃い。

大河原としては、一人ぼやっとしておれば、ますます不安に陥りそうなので、宇田を相手に喋っているのは、せめてもの救いであった。

癌などで重症患者の場合、家族の依頼で手術してみるが、それは形式的で、なにもせず閉じるのが常識であった。

今度の患者の場合は、家族による強硬な依頼があったが、百パーセントだめだと判断すれば、大河原も手術は命じなかっただろう。九十九パーセントはだめだが、残りの一パーセントにひょっとすれば、という可能性がないでもなかった。

勿論、その可能性は口実で、宇田に実験台を提供したようなものである。宇田もその点は気付いている筈であった。

大河原は娘の加代子の相手に、ひそかに宇田を考えていた。

加代子は亡妻、郁子との間の娘で現在、日東女子大学に通っている。来年卒業であった。

郁子は十数年前、終戦直後に病歿した。戦時中の苦労がたたったのであろう。

大河原はクアラルンプールで、二年間の捕虜生活の後、内地に帰って来たのだが、大河原の顔を見るまでに、郁子は亡くなっている。

十二年前、三十五歳で、大河原は現在の妻、優子と再婚したのである。

優子は大河原と十三違いで当時二十二歳であった。高崎教授の姪であった。

高崎教授のすすめで貰ったのだが、高崎博士が子供のある大河原にどうして優子を貰ってくれるように云ったのか。大河原は、当時不思議だった。

ただ、彼は出世のはやみちだと思ったことは確かだし、事実、彼の異例の栄進は、それから始まった。

「時に、一寸《ちょっと》話は違うが、君はうちの加代子を、どう思うかね」

「どう思うかとおっしゃいますと……」

「結婚の相手としてだよ」

「はあ、そりゃ……」

宇田は一寸顔を伏せた。白い顔には別段表情といったものが現われていない。

「私としては、この上もない喜びですが、何分、年が違いますし、加代子さんが、どうおっしゃいますか……」

「年が違うと云っても、十三四歳の開きだろう、この頃の若い娘は昔と違って、君ぐらいの年輩で、地位も生活力もある男性を、かえって頼もしく思うんじゃないかな、じゃ、加代子がうんと云ったら、君は承諾してくれるんだね」

「はは、この上もない光栄です」

が、宇田の顔は、そんな言葉に拘らず、手術をしている時のように、無表情であった。医者の、このような無表情さに慣れている大河原だが、この時は何故か不快なものを感じた。君は、その言葉通り、加代子を貰うことを喜んでいるのかね……そう思って、大河原はふと眉をひそめた。

高崎教授から、優子を貰ってくれないか、と話があった時、自分も宇田と同じような表情でいたのではなかったか、と思ったからである。

それは、普通の男女が結婚する場合、当然主条件となるべき、相互の愛が欠けているためかもしれない。

　戦前の家を主体とした見合は、戦後非人情な結婚としてかなり反省されたが、医学界における閥関係の結婚は、戦前の見合と何等かわるところがなかった。

大河原は、娘の結婚話を口にして、ふとその点に気付いたのである。しかも大河原は、

そのために、加代子と宇田との結婚をあきらめる気にはならなかった。

加代子には、一月程前、宇田について感想を求めた。

「結婚の相手として悪くはないわ」

　と加代子は答えている。

「時に、秋の学会に提出する論文の方はどうかね、もうそろそろ時期だよ」

「はあ、もう殆んど完成しました、二三日うちには提出、出来ると思います」

　宇田の提出テーマは、やはり肺手術に関するものであった。大河原との共同研究テーマである。それは、肺手術の血管縫合に、宇田が開発した特別の器具を使用することにより、縫合時間をずっと短くし、容易にするものであった。

　学会に論文を提出し、会場で研究発表を行うためには、あらかじめ講演内容を事務当局に提出しておかねばならない。事務当局ではそれをパンフレットにし、学会が始まる前に、研究発表を行う全医学者たちに、参考資料として送付することになっている。

　婦長が、宇田を呼びに来た。手術した患者の血圧の降下が酷いという。

二人が出て行ったあと、大河原は電話のダイヤルを廻した。家には女中のきよ子が居る。

「奥さんからは、なんの連絡もないかね」

「はい、御座いません」

大河原は力無く受話器を置いた。高崎教授には、まだ細君の失跡は告げていない。ただ、昨夜、優子が訪れなかったか、と高崎教授の夫人に電話したが、真相は話していない。夫人の話では、優子は姿を現わしていなかった。

今夜戻らないようなら、明日はどうしても警察に知らさねばならないだろう。

優子に対する怒り、優子の身の上に対する不安、事実が明らかになった後の世間の眼、いろいろな感情が、大河原の胸を暗くした。彼は妻の問題で、こんなに心労せねばならないとは、夢にも思っていなかった。

初秋の陽は、窓ガラス越しに柔かく室内を照らしている。大河原は、廻転椅子にうつろな顔をして身体をもたせ、煙草を吸った。

煙草は日に二十本は吸うが、象牙のパイプがニコチンを吸収し、指は染まっていない。

昔は骨張ったごつい指だったが、中年になってから不思議に肉がついた。身体と同じような贅肉だ。

大河原は、陽に映える自分の指を、ぼんやり眺めた。数え切れない人間を助け、そして殺して来た指だ。彼の指は手術のためにだけあった。普通なら、指は当然、女を連想させる。だが、大河原には女と指は関連しない。

大河原は、なんとなく眉をひそめた。何故か、優子が男と一緒に逃げたのではないか、そんな思いがふと湧いたからである。

その思いは、大河原を狼狽させた。彼には優子が、いや教授の妻が男をつくるなど、想像さえ出来なかったからである。

二

優子は無口であった。高崎教授の紹介で見合した時から、そうである。優子は、高崎教授夫人の妹の娘であった。両親が亡くなり、女学校を出てから、ずっと高崎教授の家にいた。

優子に取って、高崎教授夫妻は親代りであった。

生れながらの性質か、両親の居ない孤独感が優子を無口にしたのか、大河原には分らない。ただ、高崎教授から話のあった時、大河原は高崎閥の一人として結婚すべきだ、と決心したのである。いや、そんな決心は不要であった。

彼は、主任教授に名答案を出すような気持で結婚したのである。

優子は中肉中背であった。容貌は十人なみか。面長で、眼、鼻、口が離れている。だから、少し離れてみると、美貌の部に入るだろう。が、面と向き合うと、間が抜けた感じがする。大河原は、優子に対して、嫌悪も好感も特別いだかなかった。

彼は外科医によくあるように、精神は強い方であった。と云って、それに溺れるタイプではなかった。彼が優子の身体を求めたのは手術のあとが多い。最近はそうでもないが、結婚した当時は、肺結核の胸部整形術が盛んで、大河原は週のうち三日は手術を行った。手術は或る点サジズムに通じる。血を見、肉、骨を切るせいか、手術後は、身体の疲労とは反対に、精神的に欲求した。

薬の進歩で胸部整形が少なくなるにつれ、手術の日も少なく、それにつれて、優子との肉体関係も少なくなっていった。

大河原は、夫婦関係で、妻を喜ばし、自分も満足するというタイプではない。遊び人ではないし、女性に対してそのような繊細な気持は持っていなかった。

閨房《けいぼう》技術などは頭から軽蔑していた。夫の身体が頑健で夫婦関係の際強ければ、妻は自然に満足するものだ、と思っていた。現に、加代子の母であった亡妻郁子は、それで満足していたようだ。

ただ、優子は、亡妻よりも、性感は薄いようであった。欲望も強い方ではなく、自分の方から欲求したことは、数える程しかない。

行為に入ると、大河原の攻撃に耐えるように、低い声で呻いているだけであった。しかも、声には、山場がなく、始めから終りまで同じ調子であった。声を出す以上、感じている筈だし、大河原はそれ以上、優子の身体を開発することはしなかった。

一体、優子と自分との夫婦生活は、なんであったろう。大河原が、人生において副次的な問題だと考えていた夫婦問題に、悩まされ考えねばならなくなったのも、優子が家出したためである。

その日大河原は学校を出ると、なんとなく繁華街に足を踏み入れた。真直ぐ家に帰る気がしなかったのである。大河原は、タクシーの運転手に、新宿、と云った。彼は関西の山村の小地主の息子であった。

K医大の予科に入学した当時、この盛り場の雰囲気が好きで、下宿に戻ると直ぐやって来たものだが、一年後には行かなくなった。クラスメートたちは、新宿で飲んだりなどは余りしなかったからである。

昔とは、なにもかも変っていた。大河原は他国に来たような気がした。昔は、飲屋では学生が放歌し、わが世の春といった酔顔で歩き廻っていたが、大河原が見る限り学生らしい人物は居ない。

その代り、スラックスや細いズボンの若者たちが、とげとげした顔でたむろしており、元気の良さそうなハイティーンは、動物のような顔と匂いを発散させていた。

おそらく、そんな連中の中に、学生も居るだろうが、T医大生などとは、全く違った人種に違いない。

　T医大では、大河原は神様のような存在であった。廻診となれば、助手やインターンを連れ、殿様行列のように院内を歩き廻る。行き交う人間は、患者であれ看護婦であれ、最敬礼する。医者連中もそうだ。主任教授は、数は多くはない。院内において、大河原の命令が届かない所は少ない。

　帰宅時間になれば、運転手付の自動車が、病院か、学校の入口で待っている。たまに、交際でバーに行く時もあるが、銀座の一流バーであり、そこまでは自動車だ。

　ところが、新宿を歩いている大河原には、主任教授として、彼を取り巻いているすべての権威が取り払われていた。行き交う若者たちは、大河原がのそのそ歩いていても、教授どころか、人間が歩いているような顔もしない。向うからやって来て、突き当りそうになっても、身体もよけない。最敬礼にばかり慣れている大河原が、はっとして自分から避けようとすると、勢よく肩に当り、邪魔なおやじだ、と云わんばかりに睨む。

　なかには、大河原を突き飛ばしておいて、

「ぼやっとするなよオ、眼玉があるんかよオ」

　聞き慣れない言葉で罵声を発する男もいた。若者たちから見れば、病院の廊下を胸を張って、出来るだけゆっくり歩く大河原のような歩き方は、確かに邪魔で眼ざわりに違いなかった。

らなかったのは、若者たちが発散する原始的なエネルギーや、ニヒルな刺激が、現在の大河原の不安な心を捉えたからであった。

今までの権威と思考で判断出来ない、妻の失踪という事態は、大河原には無縁だった。無法的な雰囲気の中から、なにか判断への手掛りが生れそうな気がしたからだ。

大河原は花園町の方に歩いていった。旧赤線地帯は、暴力バーと化し、キャッチ女給や夜の女がうろうろしていた。筒のような髪を顔の上に乗せた女たちは、大河原を良いかもと見て、つき纏い、相手にされないと見ると悪態を吐いた。

三光町から花園町に通じる狭い道を歩いていて、大河原はふと一軒の飲屋に入った。

彼はビールを注文した。隣りではスリムのスラックスの青白い顔をした若者と、十六七の少女のような女が、ビールを飲んでいた。化粧は濃いが、少女の眼は澄んでいた。

「お客さん、病院に行って来なさったね」

飲屋の親父が云った。薬の匂いがするという。大河原はなんとなく頷いた。この飲屋では自分が主任教授であることは、知られていない。大河原は急に心細くなった。どうしてこんな場所に来てしまったのだろう。

昨日までは、いやほんの二時間前までは、考えもしなかった行動を取っている。

大河原はビールを飲みながら、ポケットの煙草に手をやった。ケントであることを思い出したが、ふとピースはないか、と親父に云った。

「おい、一寸ピース買って来てくれ」

親父が叫んだ。大河原は慌てて狭い飲屋の店内を見た。隣りの男女以外、誰もいない。カウンターと、後ろの板壁の狭い調理場には、親父だけである。

が、板壁の向う側から、女の返事がした。

「一つ？」

板壁の向う側に誰か居るのだ。大河原は頷いた。「一つだよ」と親父が云った。

暫くすると板壁の一隅が開いた。よく見ると戸になっている。覗いたのは二十一二の、これも毒々しい化粧の女であった。女は窺うように大河原を見た。

「有難う」

と大河原は百円を渡した。釣は要らないよ、と云うと、親父が代りに「どうも」と答えた。看護婦などが、大河原のために用事をしても、彼は、礼など云ったことはない。ああ、と頷けば、まだ良い方で、仕事の最中など見向きもしない。

大河原はビールを飲みながら考えてみた。この変化はなんだろう。この場の雰囲気に押されたためか。それにしても、大河原の礼の言葉は余りにもすらすらと出た。

突然彼は、田舎から出て来て、新宿をぶらついた、二十数年前の自分の姿を思い出した。

大河原は、長い間、栄進と権威主義の世界に押し潰されていた。もう一つの、人間らしい気持が、自分の心の一隅に残っていたのに、気付いたのであった。

優子の突然の失踪により、信条としていた生活感が崩れ、不安になり、なにかよりどころを求めてこの余りに人間臭い世界にやって来たのだ。そして、きっと長い間眠っていたものが、眼を醒ましたのだった。

大河原はふと、この自分の思い掛けない変化を、優子の失踪に当ててみた。

そこには、今まで想像もつかなかった、妻の失踪の可能性が存在していた。妻も人間である。どんな変化が突然訪れるかもしれない。

それが、的を射ているかどうか、分らないが……

三

その夜、大河原は遅く自宅に戻った。女中と加代子は、大河原を心配して、まだ起きていた。

大河原は先《ま》ず、娘の加代子を書斎に呼んだ。加代子とこうして、二人切りで向いあうのは珍しい。

加代子は、親の欲目なしに見ても美しい方であった。

「実はお母さんのことだがね、やっぱり、明日警察へ捜索願いを出す決心になった、場合によっては新聞種になるかもしれない、君も友達などの手前具合悪いだろうが、我慢して欲しい」

　加代子は澄んだ眼で大河原を見詰めた。

「私は構いません、でも、お母さん一体、どうしたのかしら……」

「君との間は、うまく行っていたんだろうね」

　加代子は、まばたきした。

「うまく行くも行かないもないわ、大学へ入ってから、殆んど話したこともないし、顔を合わせることだって、余りないもの……」

「顔を合わせることがない？」

「だって、お父さんは夕御飯はめったに、家ではたべないでしょ、私もお友達と一緒の場合が多いし、帰って来ても、直ぐ部屋にこもってしまうし……」

「じゃ、お母さんは夜は何時もテレビを見ているわけか？」

「ええ、一人でテレビ見ているんじゃないかしら、時々、きよと一緒に見ていることもあるようよ、だいたい、お父さんが余り放っておくからよ、ねえ、私、煙草吸うわ」

　加代子は大河原の返事も待たず、丸テーブルの上の、銀の煙草入れから一本取った。

「なんだ、君、煙草を吸うのか……」

「誰だって吸ってます」

「お父さんの前で吸ったのは、初めてだね」

「今までは、怒られそうだから隠していたのよ」

「じゃ、今日は怒られない、と思ったのか」

「だって、お父さん、お母さんのことで頭が一杯でしょ……」

加代子は微笑を浮かべた。大河原は今更のように、加代子から、眼を離し過ぎていた、と思った。大河原が理解出来ない一人の女に、加代子は成長しているようであった。まさか男を知っているということはあるまい。きめの細かいいかにも娘らしい加代子の肌に視線をやりながら、大河原は眉をひそめた。

「そうか、お前もそんな口のきき方をするようになったのか……」

加代子は黙っていた。が、一寸吸った煙草を苦々しそうに灰皿で消すと、

「はっきり云うと、私もお母さんのこと心配してるの、小学生だった頃から、私を育ててくれたんですから、それに加代子に対するお母さんの愛情は、まま母のような冷たいものじゃないわ、もしお母さんの失踪が家出なら私にも責任があります、大学に入るようになってから、そんなお母さんの無知な愛情がわずらわしくて、家でも避けるようにしたんです。それまでは、一緒にテレビを見ていたけど、加代子が避け出してから、お母さん一人でテレビ、見るようになったんです」

加代子の言葉には、大河原がはっとした程鋭いものがあった。

「しかし、そのくらいのことで、黙って家を出るなんて、考えられない」

「そりゃ、そうよ、ただ、加代子にしてみたら、私の側からこの問題を考えてみたいの、かりに、加代子に原因があるとすると、それ以外にないもの、それにね、お父さん、お母さんが居なくなってから、私、反省してみたんだけど、私が学内の或るグループのようにぐれなかったのは、やっぱり、お母さんのおかげだもの、ああ、憂鬱だわ……」

大河原は静かに云った。

「君が、そんなことを悩む必要はない、ひょっとすると事故かもしれないし、優子だけの理由があったのかもしれない、それに、加代子が最初云ったように、私が放って置き過ぎたためかもしれない、ただ、それだけで、家出をするなんて異常だ、なにか、原因があれば別だが……家出と直接結びつくような……」

加代子は、ちらっと上眼使いに大河原を見た。なにか、もの云いたげな視線であった。

「加代子、なんでも良い、気がついたことがあったら、云ってくれないか？」

「お父さん、お気づきにならなかった？　私、最近、お母さん、なんとなくそわそわしていたような気がするんだけど、それに顔付も何処か落着かないようなところがあったわ、この一週間ぐらい」

加代子が去った後、大河原は、加代子の言葉の意味を真剣に考えてみた。妻の態度には余り関心がなかったので、気が付かなかったが、そう云われてみれば、確かに妙な点があった。

一週間前のその夜、やはり手術があり、家に戻ったのは、十一時頃であった。緊急の手術のため、夜行ったのだ。手術があった夜、優子と夫婦関係を持つという習慣は、現在も変っていなかった。平均すれば、最近は、月六度ぐらいである。四十七歳の夫と、三十四歳の妻との夫婦関係としては、標準ではないか。

余り遅くなれば、病院に泊るつもりで、大河原は、十二時までに帰らなければ、戸締りして寝るように、家に電話させておいた。

優子は家では化粧をしない。外出する時は薄化粧をするが、余り顔は構わない方であった。ところが、その夜は薄化粧で大河原を迎えた。勿論、今になって思い出すことで、彼はその時は特別気にかけなかった。化粧を平常しない妻が、突然化粧するというのは、考え方によっては、その裏に重大な心理の綾がある筈である。そうなさしめた原因がある筈であった。大河原が人間関係に繊細な人間であれば、おかしい、と思ったであろう。

ただ、彼は、

「今日は、外出したのか？」

と尋ねただけであった。

「ええ、一寸」

と優子は答えたようだ。

大河原は、家に帰っても、必ず医学書を一二冊拡げる習慣があった。臨床家にしては珍しく学究的でもあった。その間、優子は紅茶にウィスキーを入れて運んで来る。これも習慣であった。深夜、医学書をひもとく主任教授と、紅茶を運ぶ妻。一見、その風景は、平和な暖かいものであった。

ただし、人間関係は、そんな風景と何等かかわりないところに、その本質がある。

二人が隣りの寝室に入ったのは、十二時を過ぎていた。

大河原はベッドは嫌いだ。それは彼が山村の出であるためだろう。

手術があった夜、夫婦関係に入る前、大河原は必ず、優子に手術の模様を話した。

まあ、怖い、大変ですわね、助かるかしら、優子の返事はきまっている。大河原も、別に優子へ返事を求めているのではない。彼は自分に云い聞かせているのだ。うがった見方をすれば、妻との肉体関係に入る前の、大河原の前戯であるかもしれなかった。

黄色の肌、メスで裂かれる黄色い脂と薄桃色の肉、白い骨、赤黒い肺、それ等の一つ一つが、喋っているうちに眼前に浮かび、大河原は妻の身体を求める状態になるのであった。

この場合、優子は夫が手を伸ばしてくるまで、何時もじっと待っていた。十二年前、結婚した時から、この習慣は変らない。

大河原に抱かれると新妻のように眼を閉じ、あとは、夫が成す通りに従う。

ところが、その夜、優子の態度は少し違っていた。どういうところが、とはっきりは云えないが、行為そのものに、積極的であったようだ。

身体の動かし方、息使い、それに何時もの山場のない平面的な声に、その夜は高低があった。時には継続し、大河原を抱く腕にも力があった。そのせいか、大河原は何時もより早く終ったようだ。

優子の身体は珍しく汗ばんでいた。

全くうかつなことだが、大河原はその原因に考慮を払わず、現象だけを、もの珍しげに受け取った。

「君は、薄い方だと思っていたが、そうでもなかったんだな、結局晩稲《おくて》だったんだよ、普通は結婚して一年めぐらいに、歓びをはっきり覚えるものだが、君の場合は十年かかったというわけだ」

「私、変りましたかしら……」

優子は低い声で云った。ああ、どうやら一人前の女になったようだね、と大河原はあくびをしながら答えた。

暫くして優子が、なにか云ったが、大河原は生返事をしただけであった。彼はことのあとの満ち足りた眠りに陥り始めていたのである。

ただ、中年の夫婦の交りというものは、相手の変化によって、身上相談によくあるように、夫婦生活が一新するというものではない。余程、夫なり妻なりに対して愛情を抱いていなければ、新鮮な気持で新しい生活を成し得ないものである。

だから、大河原は、優子もどうやら中年女の旺盛さを会得した年になったな、ぐらいで、その後も、優子に対する態度は変らなかった。

しかし、加代子に、優子が、そわそわしていた、と云われてみると、確かに、その夜からのようであった。

もし、優子の化粧と身体の変化が、単に偶発的な出来事でなく、原因があるとするならば……

突然、大河原は深い絶望感に襲われた。優子に男が出来たのではなかったか。

四

翌日、大河原は大学を休み警察に出掛けた。彼が私的なことで休んだのは初めてである。警察では、どうして、もっと早く捜索願を出さなかったのか、と強い注意を受けた。

大河原の社会的な地位を重んじて、態度は丁寧であったが、優子の失踪をそれだけに、かなり重大に受け取ったようだ。

思い当る節はないか、と尋ねられたが、ないと答えるより仕方なかった。夫婦生活の微妙な変化など、喋られるものではない。

「この件は、新聞社に発表しないでいただきたいのですが……」

「そりゃ、御希望でしたら、成るべく秘密裡に捜査しますが、でも、新聞に発表した方が、奥様が見つかる可能性が、ずっと大きくなりますよ、迷宮入り事件の公開捜査よりも、家出人の捜査の場合は、新聞の力は偉大ですからねえ」

「そうですか、それによって、妻の気持が追いつめられる、という心配もあります、万が一、そんなことになれば、警察にお願いしたことがあだになりますから……」

大河原は、そのことよりも、名誉を気にしたのであった。係官は、勿論、大河原の気持は見抜いたに違いない。一寸気まずそうな表情になったが、その怖れも確かにありますね、と云って、成るべく新聞社に気付かれないように捜査しよう、と約束した。

大学教授夫人・謎の失踪、センセイショナルな大きな見出しの記事を想像すると、大河原はぞっとした。

警察から出た大河原は、久し振りにK医大を訪れた。警察に行った以上、一応優子の親代りである高崎教授に報告しておく義務があった。

大河原の気持は暗かった。T医大の主任教授になった、と云っても、高崎教授の権威の前には、大河原の地位など問題にならない。

高崎教授に見離されるということは、T医大の主任教授の地位を放擲《ほうてき》することであり、将来が抹殺されることであった。

学会における発表は困難になるし、高崎閥から総すかんを喰えば、T医大にも居られない怖れがあった。医学界の閥はそれ程激しいのである。

勿論、官立系からは相手にされない。

K医大は、白堊《はくあ》の瀟洒《しょうしゃ》な建物であった。その附属病院はT医大の倍はあるだろう。円形で、建築学の粋をこらし、内部設備も近代医学のすべてを備えている。

高崎教授は、丁度講義中であった。彼は大学の教授室で恩師を待った。

盆暮には、優子を連れて十年間、挨拶を欠かしたことはない。

高崎教授は六十近いが、五十前に見えた。赭《あか》ら顔で額は禿げ上っているが、顔には皺はなく艶々《つやつや》している。

髪の毛が薄いのは、男性ホルモンが旺盛なためであろう。

「よう、どうした……」

大河原の顔を見ると、高崎教授は磊落《らいらく》に声をかけた。ざっくばらん、というのが高崎の評判であった。親分肌のところがジャーナリズムに受け、ボス的な地位を保たせているのであるが、なかなかの計算家であることは、大河原も良く知っていた。

昔のような単純な社会ならいざ知らず、現代のような人間相剋《そうこく》の上に形成される複雑な社会でボス的な地位を得るためには、余程の計算家であることが条件だ。

丁度、昼だったので、高崎は食事に誘った。大食堂は病院の地下に、グリルは一階にあった。

大河原の話を、高崎教授は黙って聞いていたが、

「まずいな、そりゃ」

と吐き出すように云った。感情を害されることは分っていたが、これ程冷やかな言葉を端的にぶっつけられるとは、思っても居なかった。

「はあ、申し訳ありません」

「警察に知らせたことは、なんと云ってもまずいよ、新聞社の方は大丈夫なんだね」

「はあ、そりゃ、勿論……」

と大河原は云ったが、さすがにむっとした。優子はなんと云っても、高崎夫人の妹の娘であり、高崎夫妻が親代りになっていたのである。

そんな体面上の問題より、優子の身の上を先ず心配するのが、当然ではないか。

大河原自身、体面上の心配は勿論あった。が、夫としての、妻に対する心配も次第に強くなって来ている。これは、長年連れ添った夫婦の感情であろうか。

高崎教授は、優子を愛していない。ふとそう思った時、暗い疑惑が大河原の胸を満たした。

結婚する時、高崎教授は、優子をわが娘のように可愛がっている口吻《こうふん》であった。

だから優秀な弟子である大河原に与えたのだ、と……

あの時、大河原は、子供のある再婚の自分に、そんな可愛がっている姪を、どうしてくれたのだろう、と不思議に思ったものだ。

その思いが、再び勃然《ぼつぜん》として湧き上ったのである。

「原因はなんだね、まさか良い年をして喧嘩して家を出たのでもないだろう……」

ずけずけ云うのは、高崎教授のくせであった。学問上のことなら、それがまた威厳でもあり魅力でもあるが、問題が問題だけに、大河原はますます不愉快になった。

しかし、それを顔に出すわけにも行かない。

「はあ、それが、全然見当がつかないんです、なにか原因でもあれば、まだ、こんなに心配はないんですが、加代子も、余り話こそしませんが口答え一つしたことはないし、優子の愛情には感謝しています……」

「なんにもないのに、突然居なくなった、というんだね」

ウェイトレスがスープとパンを持って来た。高崎教授は考え込むように、窓外の庭園に視線をやっていたが、黙ってパンをたべ始めた。

仕方なく、大河原もスプーンを手に、スープを飲み始めた。この高崎教授の態度にも、疑惑がないことはない。

高崎教授としては、当然、大河原の家庭の事情についていろいろ質問すべきではないか。これでは見方によれば、高崎教授の方に、なにか優子の家出の原因がありそうな態度でもあった。

「先生、結婚前の優子に、なにか思い当るような点はなかったのでしょうか？」

大河原は思い切って尋ねた。高崎はスプーンを口に運びかけていたが、途中で停め、

「それは、どういう意味かね？」

「はあ、いえ、別に深い意味はありませんが、その、私と結婚する前に恋愛関係とか……」

結婚後十二年たって、大河原がこんな質問をしたのは、全く馬鹿げているし、滑稽でさえあった。それは当然十二年前に、なされなければならない質問であったからである。

「優子が、なにか云ったのかね？」

「いいえ、なにも云いませんし、私も聞きませんでしたから」

「ありゃ、君、生娘だよ、年こそくっていたが生娘だよ、私は君を見込んでやったのだ」

大河原はなんとなく頭を下げた。しかし、男関係というものは、親の眼の届かない場所でなされるものではないか。

まして優子には両親がない。今初めて知ったが、高崎教授は口程の愛情を抱いていなかったようだ。大河原は、見識高い教授夫人の顔を思い出した。夫人は、高崎教授の恩師の娘でもあった。

あれでも、夫人にだけは頭が上らないらしい、というのは高崎教授に対する噂の際、必

ず出る言葉であった。あの夫人が、優子をそんなに可愛がっていただろうか。

男だが、高崎夫婦には、二人の子供が居るのだ。

優子は、高崎教授の家では淋しかったに違いない。夫妻に隠れて男と関係していた、という推定は考えられないものではない。

ただ、優子だけを見ると、そんなことは考えられなかったが……

大河原が俯向いて、黙々とフォークとスプーンを動かしていると、高崎教授も漸く冷静さを取り戻したように、いろいろ質問し始めた。

「君に限って、ないと思うが、女性関係の方はどうなんだい？」

「私のですか？」

「うん、そうだよ、奥さんに取って、亭主の女性問題が一番悩みの種だからね、まあ、あったってどうこういうわけじゃないんだが、要は奥さんに知られているか、どうか、という点だよ」

「その点なら、私は清廉潔白です」

大河原は一寸憤慨したように云った。高崎教授はあきれたような表情を浮かべたが、君は相変らず固いんだね、とすると本当に妙だね、優子の失踪は……分らない、と云ったように首を振った。

「とにかく、新聞の方だけは徹底的に押えなくっちゃまずいよ、私の方からも手を廻しておこう」

どうやら、それが優子の失踪に対する高崎教授の結論であった。

全く妙なことだが、優子の身の上に対して急激に強い心配、不安が湧き上って来たのは、高崎教授と会ってからであった。

無口なおとなしい妻は、ただ一人、この都会の雑踏の中で、どうして生きているのか。

それは、結婚して初めて、妻に対して覚えた、愛に似た感情であったのかもしれない。

もし、かりに優子に男がいたのなら……この想像は大河原を酷く苦しめた。

それが世間に明らかになった場合、大河原の名誉は深い傷を受ける、しかし彼が苦しんだのはそのこととは全く異質の、嫉妬に近いものであった。

高崎教授の冷酷さを眼の前に見て、大河原は、妻に対する愛情を初めて知ったのだ。

五

高崎教授の厳命がなかったなら、彼は優子を発見するため、新聞社に発表しても良い気持になっていた。

三日、四日、とたっても優子の消息はない。

その夜も、大河原はまた、女中のきよ子を書斎に呼んだ。あれから、何度問いただしたかしれない。しかし、初めのうちは、まだ自分の体面を顧慮したような質問だったが、この頃は、その内容に恥も外聞もなくなった。

「じゃ、奥さんに、男から電話がかかったというのは、一度もなかったわけだね」

「はい、生命保険、銀行、その他、奥様にかかる電話は、一年に二三度ぐらいだったと、思います、電話のベルが鳴っても、私が居る場合は、奥様が直接出られるということは、一度もありませんでした、先生にかかった場合でも、私が聞きまして、メモしておく習慣で御座いますから……」

きよ子は、大河原の故郷の女である。二十六歳になるが、てきぱきした性質で、話すことには、信用がおけた。

「君は、奥さんが居なくなる一週間前、奥さんが家で薄化粧していた日があったのを覚えているかね」

そうだ、これを聞くのを忘れていた、と大河原は眼を光らせた。

「はい、覚えています」

きよ子は即座に答えた。

「そのようなことは、今まであったかね？」

「いいえ、外出されましても、帰られると直ぐ落されました、ただあの日だけは、薄化粧に変えられました、余り珍しいことだったので、私はつい、奥様、お美しいですわ、と申しました。それで良く覚えていました」

「優子はどう答えた？」

「はい、非常に嬉しそうな顔をなさいまして、私もこれから、美しくなるわね、とおっしゃいました」

「しかし、家で化粧していたのは、確かあの日一日だったね……」

「はい、翌日からはなさいませんでした」

大河原でなくても、これは確かにおかしいと思う筈であった。今までの習慣を破るようなことをして、これからもそうする、と云ったのに、ただ一度切りで元に戻ったというのは、そこに何等かの理由があったに違いない。

問題はやはり、あの夜だ、と大河原は思った。

きよ子の話では、優子は時々、昼、一人で外出はしていたらしい。百貨店に行ったり、映画をみたり、そんな程度だが、週に二日ぐらいは、外出していた、ということである。加代子が大学に入り、優子を避け出したから、優子には、全くすることがなくなったのだ。

有閑マダムの典型的な条件を備えたわけである。優子はおとなしい方だから、酒を飲んだり、ゴルフに行ったりしない。

もし優子がその気ならば、そんな方に発展し、男性と火遊びする時間も金も、充分あった筈である。大河原は、大学の月給は、全部優子に渡していた。七万ぐらいになるだろう、勿論大河原の場合は、月給以外の収入の方が多かったが、これは研究費や、部下たちとの交際費に殆んどつかっていた。それでも、貯金は、三四百万は、ある筈である。

優子の失踪で、もう一つ妙なのは、優子が金を殆んど、持って出ていない点であった。ただ、大河原の知らないへそくりがあれば別だが、たいした額ではない筈であった。

きよ子にいろいろ質問した結果、大河原は、一つ二つ手掛りになるような点が得られたように思えた。

先ず第一は、薄化粧で大河原を待った日、一体どんな変化が優子を襲ったのか。華やかさがその日一回切りであったのは、いかなるわけか。

つまり、きよ子の話だと、薄化粧の日の翌日、優子は珍しく、青ざめて、遅く帰って来た、というのだった。

「まあ奥様、御気分が悪いのですか？」

ときよ子は玄関で尋ねた。優子はそれに対して返事をしなかった、という。

きよ子を帰したあと、大河原は日記を繰ってみた。彼は病院日誌以外、手術のあった日は、簡単に感想などを、自宅で書く習慣があった。

九月二日であった。耐薬結核菌で左上肺葉に大きな空洞をつくっている二十八歳の男性が被手術者であった。内容は肺葉摘出手術である。九月二日か、九月二日に一体なにがあったというのだ。優子の心境を一変させたようななにかがあったに違いない。

そして翌三日は、更にそれをひっくり返すような、なにかが……自分の居ない間、映画と百貨店に行くのがせめてもの楽しみであった、という優子のささやかな性格が、今更のように大河原の胸に迫って来るのであった。

優子の部屋は茶の間の隣りにあった。深夜大河原は、加代子ときよ子が寝静まるのを待ち、優子の部屋に入った。庭に面した六畳であった。

三面鏡、整理箪笥、総桐の大きな箪笥、小物箱、五色の抽出《ひきだ》しがついた小物箱の上の、ガラスのケースには、こけしが一杯ならんでいた。整理箪笥の上には博多人形があった。白い線画のようなその人形は、主の居ない電燈の光に幻のようであった。

雰囲気とか情緒というものに無縁であった大河原も、消えた妻の部屋に、深夜一人で居ると、なにか身に迫るような淋しさを感じた。大河原は三面鏡の前に坐ってみた。精力的な、看護婦や医者たちから怖れられる、権威の象徴がそこにはあった。

彼は昔から、時々鏡を見て、満足するくせがあった。父は彼の学費のため土地、山林を売りつくした。医学への情熱に出世への欲望が肩をならべた頃から、大河原は今のような自分の顔に慣れたものだ。その通りになった。

が、彼は今、なんとなく自分の顔が空しいものに思えた。妻が居なくなったための、気弱さからか。

箪笥には鍵がかかっていた。整理箪笥には下着類などが入っている。鍵は部屋にはない。多分ハンドバッグに入れて、持って出たのであろう。なにが無くなっており、なにが残っているか、大河原には、さっぱり分らない。もっと妻に関心を持っていたら、何等かの手掛りを、この部屋から得られたかも知れない。

が、彼は初めて手術の光景を見た時のように、うろうろするばかりであった。

廊下に面した戸障子の傍にデコラ張りのたたみ机があった。

大河原は、部屋の中のもので、開けられる抽出しはすべて開け、日記類はないか、手掛りになるものはないか、と探してみた。

勿論なにも見当らない。女性特有の身の廻り品がきちんとおさまっていた。

それは白々しく、冷たい感じを大河原に与えた。優子は大河原に、いささかの愛情も抱いていなかったのではないか。

清潔に整頓された身の廻り品は、大河原にそんな思いを与えた。彼は、優子が、自分をどう思っているか、ということなど、今まで考えたことがなかった。

大河原は押入れを開けた。そこには優子のものではなく、大河原家のものが、入っていた。客用の蒲団、時季外れの器具、大河原はデコラ張りの机に向って坐った。黄色いシェードのスタンドがある。優子はここでなにをしていたのか。テレビを見ない時は、きっと本を読んでいたのだろう。

加代子の話相手になれないくらいだから、高級な本ではあるまい。婦人雑誌、映画雑誌、その他の小説本に違いなかった。

部屋にはなかった。そう云えば読み終ると女中のきよ子に渡していたようだ。

どんな本を読んでいたのだろう、明日にでも、きよ子に聞いてみよう、と思った。

寝室は隣りの部屋であった。大河原は電燈を消し、寝室に戻った。

きよ子が敷いた一つの寝具が、大河原の眼を射た。

六

優子が失踪して一週間たった。警察でも、なんの手掛りも摑んでいない。警察が殺人事件の調査のように、近所や女学校時代のクラスメートの聞き込みを行ったので、優子の失踪は、かなりの人々に知れ渡った。

捜査官は、新聞で発表するようにかなり強硬に迫った。

「K医大の高崎先生から、新聞社の方に手が廻っている様子ですが、われわれとしましては、調査の結果、非常に云い難いですが、かなり重大な危惧を抱いています」

「どうしてでしょうか？」

「かりに、奥さんに他の男性関係が現われたとしたら、その男と一緒に生活しておられる、というケースも考えられますが、今度の場合、その方の線が全然ないのです、それに、奥さんが何処に行かれた、という目撃者も居ない、先生のお宅を出られ、駅に行くまでは、奥さんの姿を見た者も居るようですが、駅以後、ぷっつり消息が絶たれている……」

「しかし、もし家内の身になにかあったとしたら、かりに殺害されたとしたら、当然死体が……」

　大河原の脇の下には冷や汗が流れていた。

「そこですよ、今までのところ、われわれとしても、奥さんは御無事で居られる、と思っています、でも人間の弱さでしょうか、一人で悩めば、救いがなくなるものです、ふとした拍子に、どんな思い切った行動に出るかも分らない、われわれとしては、記事にすることによって、二つの効果を期待しているんです、一つは、奥さんの姿を見た者か、現在居られる場所の知人から通報のあること、今一つは先生が、奥さんが戻られるのを暖かく迎えるお気持で居られる点を、奥さんにお知らせし、帰心をつけることです」

　捜査官の言葉には、確かに筋道が通っていた。大河原の顔には苦悩が現われた。

「はあ、その点は、私自身としましては、最初とは気持も変り、新聞に発表しても良い、という気になっています、ただ、優子の親代りであり、私の恩師である高崎先生の意向もあることですし、私一存では決めかねるのです、どうでしょう、取りあえず広告を出してみたい、と思いますが、二段付出しぐらいで、優子、安心して帰れ、心から待つ、というような表現では？」

捜査官は頷いた。

「そりゃ、直ぐやっていただきたいですね、でも、広告と新聞記事では効果が違いますからね、高崎先生のお考えはお考えとして、居なくなられたのは、先生の奥さんですからね」

捜査官は、歯がゆそうに云った。彼には、医学界における師弟関係の鉄の規律が理解出来ないのであろう。

優子、安心して帰れ、という広告なら、知らない者が見れば、誰だか分らない筈だ。これなら高崎教授だって文句は云うまい。いや、それより高崎教授は、どうして新聞記事になることを、ああまで反対するのか。

自分の名が出る、と心配しているのだろうか。

が、優子は現在、大河原の妻であり、高崎教授の名まで出る心配はないだろうに。

この点、高崎教授に話してみようと思っていると、教授から電話がかかって来た。話したい件があるから、今夜自宅に来るように、という電話であった。

大河原は、夜の手術を宇田にまかせ、代々木本町にある高崎教授の家を訪れた。

そこは高台になっており、見はらしは実に良い。教授の家は、白い木柵に囲まれた敷地二百坪、建坪は四十坪ばかりのかなり豪華なものであった。

白い木柵の内側に、バラが生垣のように庭を取り巻いている。数年前、高崎教授がドイツに旅行した時、ドイツの農家からヒントを得て建てたもので、いかにもK医大の主任教授らしい、がっしりしたものであった。

女中が、大河原を応接室に案内した。

「やあ……」

高崎教授は和服姿で入って来た。大河原は立って鄭重《ていちょう》に挨拶した。高崎教授は鷹揚《おうよう》にこたえ、家内も後で来るが、と云ってソファに腰を下ろした。

厚い口元に微笑を浮かべている。柔かい感じの微笑であった。大河原はわが眼を疑った。こんな大変な状態にあるのだ。この微笑の意味はなんだろう。

教授の表情の毛程の動きにも、弟子たちは心意を探ろうと緊張する。大河原も、もう何十年と、高崎教授の表情ばかり、窺って来た。

が、彼の経験に照らし合せても、教授のこんな微笑は初めてであった。

「あとで食事をしよう、家内の手料理だが、まあ、それまでなにか飲むか……」

高崎教授は応接間の一隅の洋酒棚の前に立って大河原を振り返った。

「どうだい、ブランディは？」

「はあ、結構です……」

高崎教授は、ヘネシーの瓶を持って、またソファに坐った。

女中が水と、オードブルを運んで来た。

「ブランディのグラスを頼むよ」

高崎教授は自分で、大河原のグラスにブランディを入れた。こんなところが、磊落な性格として、弟子たちに好かれるのであろう。

高崎教授はグラスを暖め、うまそうに飲みながら、今年の学会は癌部門で大変だろう、と云った。

中部地方の某県の名もない医師が癌の新薬を発明、これが良く効くというので、週刊誌などが取り上げ、その医者は勢い込んで学会でも発表する、というのであった。

優子の方に話が移らないので、苛々《いらいら》したが、相槌を打たないわけにはいかない。

「実際、効くのでしょうか？」

「そりゃ効くだろう、十人のうち一人でも効けば、癌の場合は、画期的な薬だよ、ところが、あのなんとかいう薬は十人中、半数近く効果があるらしい、まあ、外国じゃノーベル賞ものだね」

「Aさん、お困りでしょうね」

Ａというのは自他共にゆるす癌学界の最高峰で、高崎と同じくジャーナリズムに人気があり、癌のことなら自分が最高権威だと思っている、典型的な権威主義者であった。

「そりゃ困るだろう、われわれの方は手の技術がものを云って、薬は余り影響ないが、癌専門家にすれば、画期的な新薬が出るということは脅威だろうよ、自分の権威が地に落ちるんだからね……」

一流大学の教授たちに取っては、医学はすでに人命問題を離れ、栄誉と権力につながる学問となっていた。

病気を治すのは目的でなく手段で、目的は医者としての栄誉であり、権力であった。学会は、それを目的とした闘争の場であった。

「実験データーを学会に発表されれば、癌には薬はなく、早期治療しかない、というＡさんの従来からの意見も、根本からひっくり返りそうですね」

すると高崎教授は、愉快そうに笑った。

「その心配はいらんよ、田舎県の田舎医者、多分、学会で発表出来ないだろう……」

「はあ……」と大河原は云った。学会の裏は良く知っていたが、まさか、Ａがそれ程まで画策するとは思わなかった。しかし、Ａが本気で、その医者の発表を停めようと思えば、停める力はあるのだ。

「なにを驚いているんだ、君もＴ医大の主任教授じゃないか、私は君を、私の後継者だと思っている、どうも君は、政治力がまだ少ないようだね」

云われるまでもなく、大河原は、自分でもそれに気付いていた。高崎教授の力がなければ、ひょっとすると、主任教授どころか、教授にもなれず、助教授でいたかもしれない。T医大で、大河原がふんぞり返っていたのは、その弱点を糊塗《こと》する一つの姿勢でもあった。

「それで、優子のことですが……」

「まだ戻らないのか、まあそんな鬱陶《うっとう》しい問題は後廻しにしよう、時に、昨日、学会の事務当局から連絡があったんだが、宇田君、血管縫合の新手を発明したらしいね」

「はあ、私の見る限り、素晴らしいものだと思います、私も全面的にバックアップしてるんですが……」

「いやあ、そのことだがね、これは僕が、君にもっと早く知らせておくべきだったんだが、僕の助言でね、うちの長尾君が、似たようなものをつくったんだよ……」

「それは、それは……変なところで競争になりましたね、こりゃ、どうも」

大河原は思わず頭を掻いた。高崎教授は、微かに眉を寄せたが、口辺の微笑は崩さなかった。

「大河原君、聞えなかったかな、僕のヒントでね、うちの長尾君が同じようなものをつくったんだよ、それと組み合わせて、肺手術の簡易化について、研究論文をこの学会で発表するつもりなんだよ、私の弟子の間で、競争が起っちゃ、こりゃ具合悪いじゃないか……」

そして、高崎教授は豪放に笑い飛ばした。

七

「はあ……」と云った切り、大河原は口が利けなかった。教授は大変なことを命令しているのだ。つまり、宇田に因果を含めて、血管縫合に関する研究発表を取り止めさせろ、ということであった。

大河原は視線を伏せた。宇田は彼に取って愛弟子であった。加代子の結婚相手、にも予定している人物であった。

それより、そんな残酷な命令を受けた、宇田の胸中は、想像するだけで、大河原自身の胸が痛むようである。

「先生、あれは宇田君が心血を注いだ成果です、私の口から……」

大河原は懇願するように云った。高崎教授の口辺から微笑が消えた。

「君、十二年前の、君の学会発表のことを忘れたのかね」

大河原は、はっとした。十二年前の思い出が、昨日のことのように脳裡によみがえったのであった。

大河原の研究テーマは、空洞患者の肺葉摘出に関するものであった。当時はまだ、肺葉摘出は、困難視されていたのである。

ところが、学会発表前になって、都内のD病院の瀬内川博士が同じテーマの発表を行う予定であることが分った。

瀬内川博士も高崎教授の弟子で、大河原の兄弟子に当った。ただ、大学附属病院ではなく一般病院に居たため、高崎教授は、大河原の論文を生かし、瀬内川の論文発表を取り止めさせたのであった。

が、瀬内川は高崎教授に反抗、発表しようと画策した。すると高崎は、瀬内川の破門を高崎閥の全員に通達し、学会事務当局にも働きかけて、発表を押えてしまった。

高崎閥の一員でありながら、閥から破門された瀬内川のみじめさは、医学界内部の封建性を知る者でなければ分らない。

つまり、高崎教授の息のかかっている、すべての医者から、ボイコットされるわけであった。

瀬内川は間もなく、D病院にも居たたまれなくなって、やめた。その後、自由の天地を求めてアメリカに渡ったというが、今、どうしているか、大河原は知らない。

大河原は、やがて、どんなに残酷でも、宇田に因果を含める以外、仕方がない、と思った。

「先生、分りました。私から宇田に申します」

「いやあ、分ってくれればいい、次の学会には、宇田君の身が立つよう、私も全面的に協力しよう、その点は、宇田君に、よく云っておいてくれ給え、じゃ、そろそろ食事に移ろうか、もう用意も出来た頃だろう」

大河原は、食欲など全くなかった。

高崎教授が大河原を呼んだのは、優子のためではなく、宇田の発表を押えるためであった。弟子たちには見せたことのない奇怪な微笑もそのためであった。

医学界の閥により栄進し、目的を達したにも拘らず、大河原は、今、自分の居る世界に、嫌悪を感じたのである。

高崎教授夫人は、冷たい陶器のような顔をしていた。もう五十を過ぎている筈だが、色白で肌は若く艶があった。

ただ、整い、高い鼻筋だが、小鼻が狭く、いかにも冷たそうな感じがする。めったに笑ったことがない。

弟子達は、高崎教授以上に、教授夫人に気を使った。

食卓は、庭に面したテラスに置かれていた。

「優子は、まだ戻らないのですか？」

夫人は光のない眼で大河原を見た。これだけの美貌でありながら、眼に光がないのは、どういうわけか。

「ほんとに御心配をおかけ致しまして、申し訳ありません」

「良い年をして、困った女《こ》だこと、ほんとに人騒がせな、一体、何処で、なにをしているんでしょう？」

「はあ、そのことですが、実は今日、警察に参りまして……」

大河原は、夫妻の顔を見較べながら、捜査官が新聞記事にするよう、強く要望したことを述べた。その理由も話した。

「君は勿論拒絶したんだろうね」と高崎が云った。

「はあ、でも、私としましてはやはり優子の身の上が心配なものですから」

「大河原君、君の名誉はどうなるんだ、主任教授としての君の名誉は？」

「勿論それも考えました、しかし、優子は私の妻です、名誉よりも妻の安否の方が大切に思えるんです」

大河原は必死であった。優子の家出は学閥以外の出来事である。俺は、妻を取り戻す権利を犠牲にしてまで、高崎教授の命令通り動かねばならないというのか。

嫌だ、これだけは嫌だ、大河原は教授夫妻を前にして、人間の最後の権利として、これだけは守り抜きたいような気が、猛然と湧いて来た。

「大河原さん、優子は私たちに取っては、娘同然です、優子への不安で、高崎も私の胸も潰れそうなのですよ、でもそのために、新聞記事や週刊誌で面白おかしく取り上げられ、あなたがもの笑いの種になるのが、高崎には、たまらないのです」なんという巧妙な云い廻し方だ。

「でも奥さん、お言葉を返すようですが、ぼやぼやしていて、もし優子に……」

「大河原さん、優子はそんな気の小さい女ではありません、図太過ぎる程、図太い娘です、それは、あの女を育てた、私たちが良く知っています、ねえ、あなた……」

教授夫人は教授を見た。大河原はこの時、夫人の光のない眼が、氷のように冷たく輝いたような気がした。

「うん、そうだ」

高崎教授は、なんとなく生返事をしたが、

「大河原君、僕も優子は、万一を気遣うような気の小さい娘じゃないと思う、どんな境遇でも生き抜く女だよ、それに、そのうちきっと戻る、家出の原因がないんだからね、慌てて、記事に出して、翌日にでも戻られたら、馬鹿馬鹿しいじゃないか、もう少し待ったらどうかね……」

「大河原さん、その方が良いですわ」

と夫人がまた光のない眼に戻って云った。先生、あなたたちは、優子をほんとに、愛しているんですか、大河原は叫び出しそうになるのをやっと押えた。

「大河原君、私は新聞記事だけなら、まだ良いと思うんだよ、でも新聞にのれば、必ず週刊誌が飛びつく、私も多少、ジャーナリズムの世界は知っている、恰好の週刊誌種だよ、週刊誌の場合は、徹底的にほじくるよ、優子が私たちの姪であり、君がそれを貰い、出世したと、勘ぐるだろう、勿論、現在の栄進は君の実力だが、週刊誌はそう取らない、取れば記事にならないからね、私には週刊誌の見出しが分るようだよ、学閥裏の悲劇か、……」

「先生、分りました、もう少し待ってみます」

大河原は、がっくりとうなだれた。

妻の家出は、夫婦の問題であり、学閥外のことだと思ったが、やはり閥から抜け切れなかったのか。

大河原は、自分の責任を、はっきり感じた。

八

大河原は家に戻ると女中のきよ子に、優子がどんな本を読んでいたか、と尋ねた。

彼は、及ばぬながら一刑事となって優子の行方を探す決意を、高崎教授宅からの帰り途、抱いていた。

　そのためには、学校も休むつもりであった。

「はあ、奥様からいただいた雑誌は、読んだあと纏まったら屑屋に払い下げています、映画の本とか、小説の本とか、そんなものです」

「そうか、みな屑屋に売ってしまったか……」

　大河原は残念そうに云った。

「でも、『婦人読本』だけは、私、ずっと残しています、いろいろな点で、役に立つものですから」

『婦人読本』は、家庭の主婦を対象とした、名の通った婦人雑誌であった。別にそんなものを見ても、手掛りになるとは思わなかったが、一応、調べてみよう、と思った。

　女中部屋の押入れに、二年分程きちんと積まれている。大河原は、最も新しい号から、ばらばらめくっていった。

　ひょっとすると、失踪の刺激になるような記事でも掲載されてはいないか。そんな微かな思いがあったからである。

　大河原は一番新しい九月号の目次を開いた。

　彼の眼は、ふと、美容ドックについて、形成美容学は夫婦生活に変化を与えるか、というようなタイトルと、サブタイトルの文句に停った。医者だから、医学に関したものに、眼が行くのは当然だが、夫婦生活に変化を与えるか、という言葉が気になったのだ。

彼は記事の頁を開いた。そこに白衣姿で写っている美容医師の写真を見た時、大河原はもう少しで、雑誌を取り落すところであた。

その写真の主は、縁無眼鏡こそかけているが、十二年前、高崎教授の力で、学会発表を押えられた、瀬内川博士であった。大河原は慄える手で雑誌を持ち直し、その記事を読み始めた。同じ外科であるが、整形美容ならともかく、形成美容医学なんて、大河原は聞いたことがなかった。

読んで行くうちに、余りの内容に、大河原は呆然とした。つまりセックス医学なのだ。いや、医学と呼んで良いかどうかは分らない。処女膜の張り変え、膣の狭窄《きょうさく》化、冷感症の治療、その治療内容が詳しく書かれていた。

とくに、大河原があきれたのは、冷感症の治療であった。水圧治療と、バイブレーターの両方法が、専門用語で難しく書かれているが、医者の大河原が読むと、原理は簡単であった。つまり、刺激療法なのだ。

瀬内川の言葉も掲載されている。形成美容は、アメリカでは大流行で、文化の発達した国の女性程、セックスを最高度に享受しようという意識がはっきりしており、それに対して少しも恥かしさを抱いていない。つまり、女性の知性がセックスの感覚と一体化している、と述べていた。

分ったような、分らないような言葉だが、読む女性になってみれば、なにか有難そうに聞えそうだ。

瀬内川の略歴には、K医大卒はなかった。アメリカ、ノースウェスタン大卒、アメリカにおいて学位を授与となっていた。よくここまで身を落したものだ。大河原は愕然とした。

優子が九月二日の夜、訪れたのは瀬内川のところに違いなかった。

長い間、応接間で待たされた後、瀬内川が現われたのは、夜の十時を過ぎていた。瀬内川は、丸々と太っていた。

「やあ、お待たせしました大河原先生、御覧の通り大繁盛ですので、はっはっは……」

瀬内川は腹をゆすって笑った。余り儲かり過ぎて馬鹿馬鹿しいのか、大河原に対する過去の含みのため、わざとそんな態度を取ったのか、大河原には分らない、が、彼はそんなことは、どうでも良かった。

「瀬内川さん、私が今日訪れましたのは、優子についてです、九月二日、つまり二週間前、優子がここに参りませんでしたでしょうか？」

「ああ、高崎先生の姪ごさんで、大河原先生と結婚された、つまり、奥さんですな、来られましたよ……はっはっは」

「えっ、やっぱり、一体なんの目的で……」

「ここは、看板にもある通り形成美容ドックですので、ちゃんとその目的で来られたんですよ」

「瀬内川さん、あなたは、妻の身体を……」

大河原は思わず拳を握り、わなわなと唇を慄わせて瀬内川を睨んだ。

「ほう、大河原先生、どうしてそんなに私を睨むんですか、患者の依頼にこたえるのは医者の勤めじゃありませんか、私から誘ったわけじゃなし……」

瀬内川は、縁無眼鏡の奥の眼を細めるようにして大河原を見た。昔の生真面目さは片鱗も残っていない。余りにも凄じい変りようであった。おそらく、あの事件が瀬内川の人間を全く変えてしまったのだ。

「瀬内川さん、つい昂奮し過ぎて許して下さい、実は、妻が一週間ばかり前、失踪したのです、警察でも全力を挙げて、捜査して貰っていますが、まだ分りません、私は『婦人読本』であなたの記事を読み、ひょっとして優子が来たのではないか、と思いまして……」

「ほうそれじゃ、奥さんの御失踪と、私の治療が関係あるというわけですか？」

「はっきりそうとは、ただ、九月二日以来、妻の態度がなんとなく変ったように……一体優子は、どう云って、あなたのもとに来たのでしょうか？」

「普通の患者さんと一緒ですよ、どうも夫婦生活がうまく行かないが、御自分の身体に欠陥があるのではないか、とおっしゃって御相談に見えられたわけですよ……」

瀬内川の眼にこの時残酷な光が宿った。大河原はうなだれた。恥辱のため、顔が青くなった。

「大河原先生、あなたは御主人だし、奥さんのお身体が冷感症であった原因をお話ししても良いでしょう、奥さんの場合は、身体に欠陥があるんじゃないんです、大抵そうですが、精神的な問題です、つまり、奥さんは、大河原先生と結婚される前、高崎先生に暴力で身体を奪われ、その後半年間、一方的な関係を続けられていた、奥さんは高崎夫人の眼を怖れ、良心の苛責と高崎教授に対する恐怖から女性の歓びを生むべき培養体を凍らしてしまったのです、ところが、教授との関係が教授夫人に発見された、だから教授は慌てて夫人と相談の上、奥さんを大河原先生と結婚するように、計られたという訳ですよ」

大河原は飛び出る程に眼を見開いた。彼はおそらく、狂人のような顔になっていたに違いなかった。

「瀬内川さん、それは本当ですか？」

「私も医者のはしくれです、嘘は申しませんよ、だいたい、治療効果をあげるため、私は患者の御希望に応じて、精神分析も行ってあげるわけです、奥さんはすべて告白されましたよ、高崎教授が私の研究発表を抑えて、大河原先生をバックアップしたのも、奥さんの問題を早く片付けるためです……」

「幾ら精神分析だと云っても、そんなプライベイトな問題を聞き出すなんて、まさかあなたは催眠術を……」

「はっは、そこまでは申し上げる必要はありませんよ、ただ奥さんは翌日来られて、昨日話したことは内聞にしてくれ、とおっしゃいましたがね……」

「そ、それで君は……」

「私は正義のために、高崎教授の仮面を剝《は》いでやります、と申し上げました」

「そ、それだ、優子は自分の喋ったことが、貴様の口から公になるのを怖れ、不安の余り、家に居るのが耐えられず、姿を隠したのだ……」

大河原は立ち上った。

両親を亡くし、伯母のもとに引きとられたと思ったら、伯父に暴力で犯され、品物のように子供のある中年男に嫁がされた女。結婚生活十二年後に、婦人雑誌で伯父のもとに出入りしていた弟子が、セックスドクターになっているのをふと知り、せめて肉体の面においても、ささやかな幸せを得ようと訪れたら、その男は伯父と夫への復讐のため、うまく、利用し、秘密を喋らしてしまった。

しかも、大河原の家庭を破壊しようと、瀬内川は、喋ったことを種に、優子をおびやかすようなことを云ったのだ。

大河原には、一人の孤独な女が、夫のもとを離れ、一人行方をくらました気持が、痛い程、理解出来た。

「いんちき医者め、貴様が優子を……」

「なに、どちらがいんちきだ、高崎が手をつけた傷ものを、有難く押しいただいて出世したような貴様の方が、よっぽどいんちきだ、貴様には、あの時の俺の絶望、苦しみは分るまい、自分が生きていた世界が、忽然と俺に背を向けた時の絶望がな……」

突然、大河原は唇を咬《か》みしめると、外に走り出た。

彼は妻に、自分の愛情を訴えるべく、最後の頼みの綱である、新聞社に向ったのである。

優子に告ぐ、過去におけるいっさいの君の秘密を水に流す。愛している。直ぐ戻れ……

大河原は、新聞記者に発表する、妻への呼びかけの言葉をぶつぶつ呟いていた。

さ迷える魂

一

安平伊勢子が神戸の某私立病院の内科看護婦主任として大阪からやって来たのは夏の終りであった。伊勢子はそれまで大阪の国立病院で、やはり主任看護婦だったのである。三十八歳になる。私立病院に移ったのは、その病院の主任看護婦であった金森梅子が家庭生活に専念するため離職し、空席が出来たからである。金森梅子は国立病院のレントゲン技師と十年前、結婚していた。

伊勢子と梅子は、梅子が国立病院に居た時代の友達だった。かねがね梅子が止めることを聞いており、その時には移りたいからと、頼んでいたのである。

安平伊勢子が大阪の国立病院を離れたい、と思うようになったのは年齢のためだろうか。取りたててこうだ、という原因はない。無味乾燥な国立病院の生活に疲れたからとも云えよう。伊勢子が移った神戸の私立病院は三の宮の山の手にあった。病院の窓からは、神戸の街や波止場や海が絵に描いたように美しく眺められる。とりたてて原因を求めるなら、そのような美しい風景の中で生活したい、という程度であった。

　安平伊勢子の病院生活、いや看護婦生活はすでに二十年になる。戦時中、満州の女学校を出ると、看護婦に志願した。十八歳から二十歳まで、伊勢子は虎林の病院の看護婦であった。ソ連が進入して来ると同時に、軍医達とハルビンに逃げ、そこで中共軍に摑まった。伊勢子が日本に帰って来たのは二十三歳の年である。中共軍でも伊勢子は看護婦であった。だから、二十年間、伊勢子は看護婦として生活して来ている。

　安平伊勢子は五尺そこそこであった。小太りだが色は黒い。鼻は低く眼は窪んでいる。美人というには余りにも縁遠い顔であった。それでも若い時代は、くしゃくしゃして愛嬌のある顔だ、と云われたこともあった。が、三十八歳の今では、若い時代の愛嬌は長い灰色の生活で凍りつき、ふてぶてしい感じに変っている。事実、伊勢子はここ数年笑った記憶がない。若い看護婦からは怖れられ軽蔑されていた。戦時中の看護婦生活を思うと、今の若い看護婦は余りにもふしだら過ぎた。

　なにも男性関係だけを云っているのではない。勤務態度もそうである。しかし、伊勢子が若い看護婦に眼くじら立てたのは、数年前までである。今は傍観の心境に達している。そうでなければ、私立病院に移りたい、とは思わなかっただろう。

　国立病院に較べて、色々な点でもっとルーズな筈であった。

伊勢子は、その私立病院の寄宿舎に住むこととなった。寄宿舎は病院の敷地にあり、病棟まで歩いて百米の距離にある。

かなり大きな病院である。全科揃っており、新館病棟にはバス付の部屋もある。場所柄、客種は良かった。私立病院に取っては、患者は国立病院に較べて一層客的な要素が濃い。株式組織で、経営が赤字になれば誰も助けてはくれない。厚生省あたりも、私立病院には少しの援助の手も差しのべてはくれない。経営が行き詰れば解散以外方法はない。だから、私立病院では、国立病院に較べてずっと患者を大切にする。

しかしそんなことはどうでも良かった。安平伊勢子はこの二十年間に百万近い金を貯金している。仲間達が、遊び廻ったり、新しい洋服をつくったりしている時、黙々と貯蓄した金である。安平伊勢子が、百万近い金を持っているのを誰も知らない。

伊勢子は、二十八歳頃から結婚を諦めていた。美しく若い看護婦は、患者とさっさと結婚して行く。恋愛でない者は見合で……。

が、身寄りのない伊勢子に結婚の相手を世話してくれる者は居ない。かりに居たとしても見合の段階で破れるだろう。

勿論、伊勢子は処女ではない。二三度恋愛し身体を与えている。しかし恋愛と思ったのは伊勢子の方だけで、相手の男性は欲情の捌《は》け口にしたに過ぎない。ここ数年、伊勢子は男の肌を知らなかった。

女の生理はその点環境に順応する。伊勢子は女の欲望を忘れていたし、別段苦痛にも思わなかった。

内科の部長は水木康人であった。四十六歳、京都の官立大学の医学部出身である。部長の下に副部長と、二人の医員が居た。

副部長は田辺と云い水木の後輩である。医学博士であった。医員は高鍋と園池で、どちらも私大出身である。

田辺も高鍋も医学博士であった。田辺は四十歳、高鍋は三十六歳である。伊勢子が不思議に思ったのは、部長の水木が博士ではなかったことだ。

戦後医学博士は多産された、制度が変り、旧学位授与制度が廃止されることになったので、医者達は母校に戻って学位を得ることに専念したのである。病院勤めの医員達にこの傾向があった。

田辺も高鍋も、そうして学位を得たのである。国立病院では学位のない部長は居ない。どうして水木だけ学位がないのだろう。伊勢子はそれが気になって仕方がない。

休みの日、伊勢子は梅子を訪れて、それを尋ねてみた。

「私もはっきり知らなけど、大学を出られて研究されている最中に軍医に召集されたらしいわ……」

「そういう先生は多いわね、でも戦後、どうして取られなかったのかしら、病院勤めの先生なら学位はあった方が良いでしょう、田辺先生も高鍋先生も取っているのに……」

「学位なんか問題にしていないんじゃないかしら、良い家のお坊ちゃんだし、そんなこと気にする必要はないじゃないの？」

梅子はめんどう臭そうに答えた。家庭生活に入って、梅子は病院生活を忘れたいような様子である。そう云えば病院時代よりも梅子は太っていた。

「それはそうだけど……」

「感じの良い先生よ、下の者にも看護婦にも威張らないし、患者さんにも酷く受けが良いの、部長さんが良い方だと、部下の先生達も良いわ、兎に角、勤め易い科よ」

と梅子は答えた。梅子は伊勢子に較べてずっと美貌である。性格も明るく、昔から医者や婦長連中、若い看護婦からも好かれていた。梅子にそう云われればそうかも知れない。伊勢子は梅子と異り疑問な点があると、考え込んでしまう性格である。自分でそんな性格は欠点だと思っているが、なかなか治らない。伊勢子は休日には元町をうろついたり映画を見たり、メリケン波止場に行ってみたり、明るい神戸の街を楽しんだ。

海に迫った山はひだに富み樹々の濃淡が美しい。夜の灯はまた格別である。病院の窓から眺めても、街から山を望観しても、異国のような夢幻的な感じがする。山のない大阪に居た伊勢子は神戸の病院に来て良かった、と思った。

水木は五尺六寸ほどある。浅黒く男性的な風貌をしている。伊勢子に対しても実に親切である。ベテラン看護婦だが新しい病院ではまごつくことがある。水木は何時《いっ》も微笑を浮かべながらカバーしてくれる。伊勢子は直ぐ水木に好意を抱いた。今まで部長級の医者で、伊勢子を、こんなに優しく遇してくれた者はない。それに良く気を付けていると、他の看護婦よりも、とくに伊勢子に対して優しいようであった。時々、自惚《うぬぼ》れている、と思うことがあるが、男性には好意を持たれない、と思い込んでしまっている伊勢子がそう感じるのだから、あながち一人よがりでもないだろう。たとえば言葉遣いにしたってそうだ。

　他の看護婦には、なになにだ、と云うところを、伊勢子には、なになにだよ、とよをつける。これは大きな違いである。

　婦長の布川静江は五十二歳、小柄で皺のよった老婦長であった。熱心なクリスチャンで、日曜日には鐘の鳴るチャペルに行くのを、なによりの楽しみにしている。融通が利かず少し意地悪いところがあるが、伊勢子が接して来た数多くの婦長に較べると、ずっと扱い易い。

　安平伊勢子は毎日の勤めが楽しかった。国立病院の生活に較べて実に楽しい。灰色の空の下に居るのと、明るい陽を浴びている違いほどの相違があった。

　伊勢子は、梅子を訪れるたびに、水木のことをほめるようになった。ところが梅子は、そうなると反対に、水木の話題を避け始めた。

「誰にでも調子の良い先生よ、あれで案外冷酷なところがあるんだから、余りのぼせてはだめよ」

伊勢子は水を浴びせられたような気になった。

「のぼせるだなんて、でも、あなただって最初、水木先生のことほめていたじゃないの」

「私、家庭生活に入って、病院から解放されたような思いなの、余り病院時代の話はしたくないのよ」

冷たい言葉であった。伊勢子には病院の話題しかない。梅子だって一生の半分を、病院で過しているのである。病院の噂話が楽しみである筈ではないか。病院の話が嫌だ、というのは、伊勢子に来ないでくれ、と云うことか。伊勢子が少し顔色を変えると、梅子は云い過ぎたと思ったのか、

「そんな意味じゃないの、水木先生の話を聞くとまだ職場に居るような気がして落着かないのよ」

梅子は弁解するように云った。

伊勢子は黙っていた。水木と梅子の間に、なにか特別な関係があったのではないか。伊勢子が何時もの疑いを抱いたのはこの時である。

水木は山の手の立派な家に住み、美しい妻と二人の子供が居る。それに梅子も主人を愛しているようだ。伊勢子は何時もの嫌な性癖が出た、と自己嫌悪に陥りながら梅子のアパートを出た。梅子は買物に行くからと外に出、二人はアパートの前で別れた。

こうして三月たった。晩秋の或る日である。外来診察も終り、診察室に居るのは、水木と伊勢子の二人だけになった。

　診察室の外では、患者や看護婦がうろうろしているが、内部は空洞のように静かであった。

　淡路島の西に落ちた薄赤い晩秋の陽が、もの憂く診察室に射し込んでいる。陽は水木の新しい白衣を微かに染めている。診察衣は直ぐ汚れ易い。伊勢子は一月ほど前から、水木の白衣をせっせと洗濯していた。

　伊勢子は整理していたカルテの手を停めた。ふと伊勢子の頬が赤らんだ。水木がじっと伊勢子を眺めていることに気付いたからである。しかし伊勢子は色が黒いので、その赧《あか》らみは分らないであろう。

　水木の指にはさんだ煙草の煙が、ゆらゆら宙に漂って行く。薄紫で陽に映えて美しい。動いている人が居ないので、診察室の空気は微動だにしていない。

「先生、お茶でもいれましょうか？」

「ああ、そうそう、僕の診察衣何時も洗ってくれているのはあなただね、どうも有難う」

「いいえ、暇なものですから、それも仕事のうちの一つですわ」

「あなたは優しいんだね、それじゃ一つ甘えようか、今夜は僕の当直日でね、病院の給食はどうもまずい、てんやもんも決り切っているし、なにかおいしいおかずをつくってくれないかなあ」

「はい、私がつくるものでよろしかったら」

伊勢子は勢い込んで水木を見詰めながら答えた。

水木はふと視線をそらせると、大きく伸びをしながら、

「どれ、一寸《ちょっと》病室でも廻ってこようか」

伊勢子に横顔を見せて出て行った。伊勢子は水木の横顔に微笑が浮かんでいるような気がした。水木は実に良く病室を廻る。

二

部長に当直制度があるのは、やはりこの病院が患者サービスに徹しているからであろう。しかし部長でも当直は若手の部長だけで、五十歳以上の部長は当直しない。

病院を出て五分ほど行くと商店街がある。伊勢子は肉や野菜を買い、寄宿舎の炊事場で水木のおかずをつくった。水木のためにつくるのだと思うと非常に楽しい。

当直室は病院の二階にあった。午後六時頃、伊勢子は当直室のドアをノックした。

「ああ……」

水木の声だった。当直室は特等病室ぐらいの広さがあった。壁際にベッド、その傍に小

テーブルと椅子が二つ。

水木はズボンと茶のセーターという軽い姿で椅子に坐り、新聞を読んでいた。水木は新聞をテーブルに置いたが、伊勢子は夕食のおかずを持ったまま、入口に立ちすくんだ。水木は丁度明りに向かって新聞を読んでいたので影が水木の顔を蔽っていた。

その水木の顔は黒く陰気で、まるで別人のようであったのだ。

「どうしたの？」と水木が云った。

「はあ、いいえ、別に……」

明りを受けた水木の顔は何時もの水木である。光線の加減で変に見えたのだろう。

「おお、こりゃおいしそうだ、待ちこがれていたよ」

「おいしいかどうか……」

テーブルには病院の夕食が置かれていた。茶の入っている土瓶と茶碗がある。これは詰所の看護婦が持って来たのだろう。

「まあ坐り給え、食事をする時は一人でするより、話しながらする方が楽しい」

云われるまま伊勢子は水木と向き合って坐った。窓から神戸の街の灯が、まるで七色の宝石の炎が無数に煌《きらめ》いているように美しい。大きな船が波止場に碇泊している。伊勢子は何故か息苦しいような気持になった。伊勢子も緑色のセーターとスカートの私服である。口紅だけ薄く塗っていた。一昨年買った口紅である。セーターを着ると小さな乳房が僅かに盛り上って見える。昔から伊勢子は乳房は小さい方であった。その代り、三十八歳になった今でも、そんなに崩れていない。水木は、この病院生活はどうか、など尋ねた。

「安平君は結婚したことはないの？」

「はい有りません……」

「ほうどうして、いや、こんな質問をしちゃ失礼かな、男性なんか嫌いのようだね」

「そんなことありませんわ、運が悪かったんです、戦時中でしたので」

伊勢子はなんとなく自分の過去を話した。従軍看護婦の時代、中共軍にとらわれていたことから、内地に帰りただ一人で過して来たことなど……水木は頷きながら聞いていたが、

「そうだったの、安平君は虎林に居たのか、僕は林口に居たことがあるよ」

「まあ、先生……」

「大学を出て学位を取ろうと勉強している最中軍隊に取られたよ、東満を振り出しに中支、北支、野戦病院が多かった、苦労したよ、今でも砲弾の音が耳に聞えるようだな」

水木は思い出すように喋った。水木の声は妙に抑揚がなかった。それでも水木は正確に箸を動かし食事を終えた。煙草を咥《くわ》えた。水木は良く煙草を吸う。テーブルにマッチがあったので、伊勢子は取って火をつけた。

「どうも有難う、おいしかったよ」

煙草を咥えた水木の顔が傍に来た。この時、伊勢子は煙草をはさんだ水木の指が微かに

慄えているのに気が付いた。ニコチン中毒だろうか。

「先生、煙草吸い過ぎじゃありませんの」

「ああ、指が慄えているからそう思ったんだろ、これも戦争のためだよ、近くに砲弾が落ちてね、幸い傷は受けなかったがショックで意識を失ったんだよ、しかし、何処《どこ》かの神経系統に故障が出来たんだね、それ以来、身体の末梢神経が慄えるんだよ」

余り長く居てはいけない、と思って伊勢子は立ち上った。

「片付けますわ」

伊勢子が食器に手を伸ばそうとすると、水木の手が伊勢子の手を握った。はっと引こうとすると、水木は伊勢子の手を握ったまま立ち上り、抱き締めた。伊勢子は身体が竦《すく》んで声も出ない。あっという間に水木に抱きすくめられた。水木は背が高い。

水木は伊勢子の後頭部に手を廻すと伊勢子の顔を自分の胸に押えつけた。伊勢子は息苦しくばたばたもがいたが、水木は離そうとしない。恐怖や恥ずかしさよりも息苦しさで伊勢子は夢中になり水木のセーターを握って離れようとした。

「セ、先生、苦しい……」

伊勢子が呻《うめ》いた時、水木は後頭部の力をゆるめた。伊勢子はあえぎながら壁にもたれた。今度は水木の唇が伊勢子の唇を襲った。

間髪を容れない素早さである。伊勢子はでくの棒のように突立ち、眼を見開いたまま水木の唇を受けたのである。

水木が伊勢子の唇を離したのは数分後である。

「動かないで」と水木は初めて声を出した。

伊勢子はへたへたと床に崩れそうになるのをやっとこらえていた。水木は大股に歩くと、ドアの鍵を閉め、明りを消した。

「先生、いけせん」

吾に返ったように伊勢子は呟いたが、水木は無造作に伊勢子を抱きあげ、ベッドに運んだ。伊勢子は背は低いが肉付きが良く、十二貫八百ほどある。声を立てたり騒いだりは出来ない。自分だけではなく水木に恥をかかせることになる。

伊勢子は顔を蔽い水木のなすがままにまかせた。長い間眠っていた生理の炎は、急に復活はしない。それにショックが大き過ぎた。

伊勢子は男に初めて身体を与えた時のような、苦痛をともなった昂奮にただ息をはずませるばかりである。

「安平君は初めてじゃないんだろ」

水木は伊勢子の身体から離れると優しく尋ねた。余りにも声が優し過ぎる。それは、診察室で伊勢子に喋る声と何処か似ていたようだ。伊勢子は顔をベッドに埋めたまま答えなかったが、突然梅子の言葉が脳裏にひらめいた。

「調子の良い先生よ、あれで案外冷酷なところがあるんだから」

が、それは直ぐ消えていった。そんなことはどうでも良い、私はこの男を愛してしまった、と伊勢子は去りやらぬ昂奮の中で思い続けていたのである。

「余り長く居ると怪しまれるよ、さあ、もう帰りなさい」

水木が今度は静かな声で云った。はっと気がつくと、下半身になにもつけていない。

水木は服装をただし椅子に坐って煙草を吸っている。スカートはベッドからぶら下っていた。伊勢子は水木に背を向けて、スカートをはき、髪の乱れを直し、顔をそむけながら戸口に歩いて行った。

「食器を忘れているよ」

と水木が声を掛けた。

「済みません」と伊勢子は答えた。

二人が別れる時の会話はそれだけだった。

新しい生活が伊勢子に訪れた。水木は過去の男のように、宿直の夜の欲情の捌け口として伊勢子を抱いたのだろう……。しかし伊勢子に取っては生活が一変するほどの大きな出来事だった。

あの夜思い続けたように、伊勢子は水木を愛してしまったのである。

水木の伊勢子への態度は恐ろしいほど変らなかった。院内では相変らず優しく親切である。時には、突っけんどんな態度を取って欲しい、と思う時もあるが、少しも変らない。演技とは云え、二人の間には何事もなかったようである。伊勢子には、水木という男の真意が次第に分らなくなって来た。

　しかし、水木は、二週間めの宿直の日、また伊勢子に食事を運んでくれるように頼んだ。伊勢子が行こうかどうしようか胸の中で幾度も問答したが、それは形式的な問答だったようである。数年間男性をたっていて、尊敬する部長に肌を許したのである。どうせ結婚は諦めていた。この先、たとえ一時にしろ水木のような男が現われる可能性はない。

伊勢子に取って水木は、残された生涯の最後の男かもしれない。何時かは捨てられるだろう。半年先か、一年先か、いや、明日かも知れない、それでも良いではないか。

安平伊勢子は普通の女性のように愛情に対して夢は抱いていなかった。

その夜伊勢子は、水木に抱かれながら、長らく忘れていた女の炎を呼び起こしている。いや、それは、伊勢子が初めて味わった熾烈な炎だった。伊勢子は声をたてまいとして歯ぎしりした。きりきりという音は、伊勢子の耳には入らず、暗い当直室の中を駆けめぐったようである。

　水木は先夜のように伊勢子を一人ベッドに置き、椅子に腰を下ろした。

あれほど伊勢子を欲情の中に溺れさせたにも拘らず、水木は平静だった。

ベッドに顔を伏せながら生理の余韻を味わっていた伊勢子は、ふと水木の顔を見て、はっと眼を閉じた。

明りがないせいであろう、窓際の水木の顔は陰気で暗かった。新聞の影を受けていた先夜の別人のような顔である。

伊勢子は布団を顔に掛けた。水木の背後に暗い影があるのを伊勢子はベッドの上で知ったようである。

「センセ……」

と伊勢子は小さな声で云った。

「なんだい？」水木の声は優しい。

「私ね、何時捨てられても良いわ」

「馬鹿だね」

「ええ馬鹿よ、私は馬鹿だから幸せなの、でも嫌いになったら嫌いになった、と云って下さいね、私、黙って病院を出ますから」

水木はベッドに腰を下ろした。

「僕は君を捨てないよ」

「嘘、そんな嘘はつかないで、だって私のような女が、先生の気に入る筈はないもの」

「ひがんじゃいけないな、僕はそんなに値打ちのある男じゃないよ、兎に角、君を離したりはしない、君と僕とがこの病院に居る限り」

「きっと人に知られるわ」

「知られないようにするさ、噂になったって、知らないで押し通したら良い……」

「私には分らない、センセの気持が……」

「男女というのは、どんな仲でも分らないものだよ、君は君の想像を信じていれば良い、僕は手放さないから」

水木の声は静かだが、はっきりしていた。伊勢子は、その響きに真実に似たものを感じた。だまされているのだろうか。自惚れだろうか。が、伊勢子は何故か、水木の顔を見るのが怖ろしかった。

伊勢子が宿直室を出ようとすると、水木が思い出したように云った。

「一寸病室を見廻ってくるからね、三十分後に診察室に来てくれないか、薬を出すかもしれない」

「はい」と伊勢子は答えた。

その時間に伊勢子は診察室に行った。

明りはついていたが誰も居ない。午後九時である。ぼんやり待っていると、詰所の若い看護婦が顔を覗かせた。

「あっ主任さん、部長先生いらっしゃいません?」

「病室の方よ、なにか御用?」

「織戸さんが痛がってるんです、薬をくれって」

「病室の方を探してらっしゃい、ひょっとすると織戸さんの部屋にいらっしゃるかも分らないわ」

「はい」

看護婦が去って十分ほどして水木が戻って来た。白衣姿である。少し不機嫌そうだった。伊勢子は詰所の看護婦の言葉を伝えた。

「ああ、今行って来たよ、胆石で痛むのはしようがないなあ……」

「そうですわねえ、手術なさったら良いのに」

「それを嫌がるのが、患者の心理だよ」

水木は一寸冷たく云った。

伊勢子は悪いことを云ったと後悔した。水木は内科の部長である。自分の科の患者は自分の科に置いておきたいのが医者の奇妙な心理である。これは看護婦には理解出来ない医者だけの感情であろう。その点、国立病院では、私立病院よりも合理的だった。各科長が協議して、患者を別な科に移す場合がある。私立病院の方が、個人意識が強いようだ。

水木は織戸のカルテを出し、書きこむと燐酸コディンの粉末の処方箋をつくり、薬局に持って行って、貰ってくるよう、伊勢子に渡した。

織戸は麻薬使用患者である。織戸以外にも、この病院の内科には麻薬使用患者が入院している。腎臓結石、膵臓炎、直腸癌などの患者である。痛みが激しいので麻薬を使用する。薬局には若い薬剤師が当直で居た。

友人らしい男と話をしている。

処方箋を見て、なにか云い掛けたが黙って渡してくれた。伊勢子は診察室に戻った。

「先生、私が持って行きましょうか？」

「いや良いよ、僕が持って行く、どうも御苦労さまだったね……」

水木は何処か冷たく云うと伊勢子の手から薬を受け取り、ゆっくり病室の方に歩いて行った。伊勢子はぼんやり水木の後ろ姿を見送っていた。水木の影が長くゆらいでいる。

夜の院内の明りは暗い。その影は幻のように薄かった。

三

伊勢子は月に二三回の割合で水木と関係を持った。伊勢子に取って水木は離れられないものになっている。嫌いになったら、それを云ってくれたら、黙って病院を出る、そうあの夜云ったが、今となっては到底その自信はなかった。

伊勢子は秘かに日記をつけ出した。

○月○日、Mの気持はさっぱり分らない。半年前、私がMの前に立った時と今のMとは少しも変っていない、親切で優しい、私を心行くまで愛撫してくれる、しかし私は、Ｍが私に優しい言葉を掛け、私を愛撫してくれている時も、Ｍは全く別のことを考えているような気がして仕方がない、Ｍの魂が全く別なところをさ迷っているような気がしてならないのだ、いいえ、そんなことはどうでも良い、私に取って望外なこの幸せを、私はただ嚙みしみておれば良い、Ｍは私を離さない、と云う。Ｍは嘘をつかない人だ、私はＭの言葉を信じよう。

○月○日、二週間振りでＭに抱かれる、私は恥ずかしいほど燃えた、Ｍはどうして当直室でしか私を愛撫してくれないのだろう、Ｍは私と院外で会うのが嫌なのだろうか、人目を怖れているのだろうか、神戸が危険なら大阪に連れて行ってくれれば良いのに、人目をはばからない場所で力一杯Ｍに愛撫されたい、恥ずかしいことを書いてしまった、私はもう直ぐ三十九になる、私の顔は醜い、現在以上の幸せを望むのが間違っているのだ、この日記をつける前に鏡を見よう、そうでなければ醜いことばかり書いてしまいそうである。

○月○日、私とＭのことがどうやら噂にのぼり始めたらしい、Ｍにそのことを告げたが、Ｍは顔色一つ変えないで、何時かは知れるよ、気にするな、と云った。今日Ｍの診察衣を洗濯していたら婦長さんが、あなたも神の前で自分の心を洗濯しなさい、と皮肉を云った、私は三十九歳だ、神の前で裸になるよりＭの前で裸になりたい。

○月○日、Ｍの麻薬処理方箋がどうも多過ぎる、薬局に貰いに行くたびにぞっとする、薬局の先生達はなんとも思っていないのだろうか、私は今日初めてMの奥様が院長の姪であることを知った、そんなことはどうでも良い、ただそのために薬剤師達が黙っているとすると……ああ怖ろしい、そんな馬鹿な筈はない、Mが麻薬中毒だなんて、……私はなんという馬鹿なことを考えているのだろう。

○月○日、今夜昔のカルテを調べてみた。Mの命令だと云って三年前からのを……私の経験に照らし合わせても麻薬使用量は確かに多過ぎる、しかし麻薬中毒というのは、麻薬の使用量が増えるのが常識ではないか、Mがもし麻薬中毒だとするなら、Mは何年も前から中毒に掛っている筈だ、しかしそれにしては処方箋の量は三年間平均しているし、Mに中毒昂進者らしい兆候は現われていない、不思議でならない、私のかんぐり過ぎだろうか、怖ろしくてMにそんなことは尋ねられない、自分で自分の疑い深い性格が嫌になる、鏡を見よう。

伊勢子が自分の疑いを突きつめてみようと思ったのは、直腸癌患者にモルヒネの処方箋が出された時である。水木は例の如く伊勢子から薬を受け取ると自分で患者の部屋に持って行った。伊勢子は思い切って水木の後を尾行した。午後の五時前後で、付添婦達が炊事場でがやがやしている時である。

が、この時刻は見舞客も帰り病室はひっそりしている。その直腸癌患者は二階の個室に居た。水木は二階に上るとトイレに入った。伊勢子は癌患者と反対側の廊下に歩いて行った。少し行くと最近外来患者で入院した患者の部屋がある。伊勢子はノックして戸を開け、容態を尋ねた。無駄話をしながら水木がトイレから出て来るのを待とう、と思ったのである。水木はなかなか出て来ない、余り長く話していると患者が疲れるので、伊勢子はドアを閉めた。トイレに背を向け、ゆっくり廊下の突き当りまで行った。曲りながら窺うと、水木が患者の病室の方に歩いて行くのが見えた。伊勢子はくびすを返した。

今度は伊勢子がトイレに入った。トイレの中で数分費し、癌患者の部屋の前まで行った。鼓動が割れるように激しい。

外から様子を窺ったが、水木が居る気配はない。伊勢子はノックしてドアを開けた。異臭が鼻をつく。骨と皮のように痩せ衰えた患者は、ドアを眺める気力もないようである。

「痛み止めの薬貰いましたか……」

痛いのだろう、患者は微かに唸りながら頷いた。嘔吐しそうな悪臭が鼻を打つ。

「薬を包んでいた紙はどれですか？」

「先生に渡した」

患者は掠《かす》れた声で云った。伊勢子はどきっとした。水木はこの患者に薬を渡し、飲み終るのを待って薬包紙を受け取ったのだろう。

水木が何《ど》の患者にも親切で優しい、というのは院内の評判である。しかし、余り親切過ぎはしないか。だいたい薬を渡すのは看護婦の役目である。ふと見ると床に薬包紙が落ちていた。見覚えがある。伊勢子は急いで拾って病室を出た。

伊勢子は思わず息を呑み、一瞬眼を閉じそうになった。

直ぐ傍の階段の下り口に立った水木が、病室から出て来る伊勢子を見詰めていたからである。

今まで伊勢子が見たこともないような冷たい眼であった。

伊勢子は軽く頭を下げた。手の中の薬包紙を見られたらどうしよう。

水木が中毒でなかったら伊勢子がこの病室を訪れても、水木は変に思わない筈だ。しかし中毒だったら……水木は伊勢子が自分を怪しんでいるのに勘付いたに違いない。

（麻薬中毒者のうち知識階級の中毒者、とくに社会に出て働いている者は、自分が中毒であることを他人に知られまいと、全力を尽す、これは非知識階級中毒者との大きな違いである）

何時か読んだ外国の麻薬研究書の一節が、突然、伊勢子の脳裏にひらめく。

水木が近寄って来た。握り締めた掌の中で、くしゃくしゃになった薬包紙が汗ばんでいる。

もし見つけられたら……もうなにもかも終りだ、私はなんという馬鹿な真似をしたのだろう。

伊勢子は右手を本能的に白衣の後ろに廻した。

「なにをしていたの？」

「はい、この部屋の前を通りましたので、先生がいらっしゃるかどうかと思って、ドアを開けてみました、そうしたら、患者さんが苦しそうだったので……」

「院内で私的な感情を出してはいけないね」

「申し訳ありません、これから気を付けます」

別に追究せず水木は階段を下りて行った。

伊勢子は汗びっしょりになりながら別な階段から下り、下のトイレに入った。くしゃくしゃの薬包紙を拡げてなめてみた。モルヒネの味は知っている。薬包紙についている粉末はモルヒネに違いなかった。伊勢子は汚れたトイレの壁に手をつき大きく息をついた。

水木の態度は変らない。が、次の当直の夜、伊勢子が夕食のおかずを運ぶと、水木は外から取った丼ものをたべていた。

「今日はおかずを頼まなかった筈だよ」

水木は窓の方を向いて云った。

伊勢子はおかずを持ったまま、暗い穴に引き込まれるような絶望を覚えた。

「はい……」

「僕は、こそこそ他人の行動を探るような女性は嫌いだね」

伊勢子は泣き出しそうになるのをこらえた。唇を咬みじっと立っていると涙が出て来そうである。何時までたっても水木はものを云わない。たまらなくなって、食器ののった盆を持ったまま廊下に出た。涙が溢れて来た。

伊勢子はそれを寄宿舎に持って帰った。この病院では、主任看護婦以上は個室が与えられている。水木はやはり、先日の伊勢子の行動の意味を知ったのだ。おそらくあの癌患者に会って尋ねたのだろう。

なんということをしてしまったのだろう。伊勢子は、水木が麻薬中毒であるかどうかは、水木を愛している事実の前には問題でないことを感じたようである。

水木を調査する力など伊勢子にはなかったのだ、水木が中毒者であることを知って、伊勢子は水木と別れられるだろうか。出来ない。それでは水木の中毒を止めさせることが出来るだろうか。これも絶望である。

一時間ほど伊勢子は畳に坐っていた。何処からか看護婦達の笑い声が聞える。この病院では友達がいない。誰も伊勢子の部屋に入って来る者はいなかった。伊勢子はぞっとするほどの淋しさに襲われた。

水木に詫びよう、と伊勢子は思った。今、水木に捨てられたら死ぬ以外方法はないような気がする。伊勢子は顔を洗うと部屋を出た。人気のないのを見定め、当直室をノックした。返事がない。明りが消えているようだ。

伊勢子はもう一度ノックした。水木は眠っているのだろうか。耳を澄したが、なんのもの音も聞えない。ドアには鍵が掛っている。

水木は居ないようであった。

診察室に行っても居ない。詰所を覗いても居ない。水木は例の如く病室を廻っているのかもしれない。

もう一時間ほどして行ってみようと思い、伊勢子は病院の外に出た。

門の外は、坂道で神戸の繁華街に続いている。伊勢子は反対の方に歩いた。病院の裏側はひっそりした住宅街である。大きな家が並んでいる。それでも思い掛けない場所に高級中華料理店があった。夜の暗い道を歩く以外、身の置きどころがない。

角を曲ろうとして、伊勢子は本能的に身を引いた。邸宅の塀の暗がりに男女が立ち話をしている。男の方は水木らしかった。

二人は人の気配に別れたようである。伊勢子は急いで道の暗がりに身を隠した。電灯の明りに照らし出された長身の男は水木であった。水木は伊勢子には気付かず、表通りの方に去って行く。

女は誰だろう。伊勢子は身をひそめたまま水木の相手が出て来るのを待った。

三四分遅れて女が姿を現わした。

伊勢子は吾が眼を疑った。それは和服姿の金森梅子であったのだ。

一体どういうことだろう。

何時かの疑惑が当っていたことだけは確かであった。水木と梅子は普通の仲ではなかったのである。

その夜伊勢子は、水木の部屋を訪れる勇気を失っている。

四

伊勢子は梅子に会わねばならない、と思った。二人の関係を問いたださねばならない。そうは思うものの、もし梅子の口から、それが水木にばれたらどうしよう、と不安が湧く。伊勢子は眠れない夜を過した。

翌日はれぼったい眼で診察室に行った。患者達は早くから待っている。その日は水木の診察日ではなかった。午前中は院内回診で、午後からは往診に行く。住吉、六甲、明石あたりの裕福な家庭患者を水木はかなり持っている。往診患者は医師達に取っては非常に有利だった。裕福な患者は規定の往診料以外、車代として高額の礼をする。水木のように部長級になれば、その額も多い。一流大学教授の一回の往診料は三万から五万と云われている。それほどまではゆかないが、一万ぐらい包む患者は多い。

水木の月給よりも、そのような収入の方が多いのは明らかであった。

水木は往診患者にも、癌や胆石の患者を持っていた。

伊勢子には、水木が診察室に来ないのが救われた思いであった。今朝はなんとなく顔を合せたくない。頭が痛み身体から脂汗がにじみ出るようで、平静さも失っている。

午後、回診を終えた水木が診察室にやって来た。

伊勢子は視線を合さないようにして頭を下げた。だが、ちらっと見たところでは、水木は酷く機嫌が良いようである。

確かに伊勢子に笑い掛けたようだった。見間違いだろうか。

機嫌の良いのは事実だった。田辺や高鍋相手に愉快そうに喋っている。午後一時という時間は、診察を受ける患者が、廊下や椅子にぎっしり並んでいる。

が、医者達は昼休みの休憩を少しでも長く取ろうと、時間きっかりに診察を始めない。開始は大抵一時十分から十五分の間である。

ところが十五分を過ぎても、田辺副部長は患者を入れるように命令しなかった。水木が上機嫌で話しているからである。

浅黒い頬が少し紅潮しているようだ。

「だから僕は院長に云ったんだよ、病院も商売意識に徹して、もっともっと宣伝しなくちゃいかん、とね……」

部長会議の模様を話しているらしい。

院長は月に一度、部長以上と昼食を共にし、その席で色々意見を交換する習慣があった。

「部長、そうすると今期のボーナスは？」

高鍋医員が図に乗って喋っている。

「まだまだ先の話じゃないか……」

田辺副部長が笑いながら答えた。

婦長がたまり兼ねたように水木に云った。

「部長先生、もう時間です」

「もうお時間か、思い出すねえ」

田辺と高鍋が高笑いした。

水木の様子は少し異常だった。余りにも機嫌が良すぎる。

婦長が合図したので、伊勢子は廊下に向かって、

「大内さん、どうぞお入り下さい」

と患者の名を呼んだ。

水木は診察室の隣りの部長室に入っていったが、間もなく顔を出し、

「安平君、一寸……」

と伊勢子の名を呼んだ。伊勢子は若い看護婦に自分の代りをするよう命じ、席を立った。

水木は部長室で処方箋を書いていた。

「御用ですか？」

伊勢子は小さい声で云った。

「これ頼むよ……」

モルヒネ○・二グラムである。名越という膵臓癌の往診患者のものであった。

「はい」

伊勢子は黙って受け取り薬局に持っていった。薬を貰って診察室に戻ると、水木は鞄をさげて途中で待っていた。

「昨日は済まなかったね、気分が悪かったんだよ、許してくれ給え、君が来てくれるかと思って夜遅くまで待っていたんだが、淋しかったよ」

囁《ささや》くような言葉で詫びた。伊勢子の目頭がふと熱くなった。張りつめていたものが一気に溶けてしまいそうである。

「いいえ、センセ、私……」

「うん、良いんだ良いんだ、今日、外から電話を掛けるからね、四時頃……」

水木は伊勢子の肩を叩いた。

約束通り四時に電話が掛って来た。女の声で伊勢子を確かめたのち、水木が出た。

今夜暇か、と云う。はい、と答えると、大阪のＢＯという喫茶店で七時半に待っていると告げた。伊勢子が一寸黙り込むと、

「御馳走するよ、夕食はたべないで来てくれ給え」

「分りました」と伊勢子は答えた。

水木が伊勢子を外に誘ったのは初めてである。昼間の詫びと云い、昨夜からは考えられないほどの変りようである。

本当に伊勢子に悪いと思ったのだろうか。しかし、伊勢子はそれ以上水木の気持を詮索《せんさく》することを捨てた。昨夜の絶望を思えば、ただ水木の胸に顔を埋めたいばかりである。梅子のことも、今夜だけ忘れようと思った。余りにも幸せの少な過ぎた半生である。一夜でも、幸せを逃したくなかった。

伊勢子は部屋で化粧した。自分でも眼をそむけたくなるほど、疲れた顔だった。疲れが隠れるほど濃いめに化粧した。化粧した自分の顔を、伊勢子は余り知らない。六時に病院を出、阪神電車で大阪に出た。半年振りの大阪である。梅田の繁華街を歩いたが、懐かしさは少しもない。街への懐かしさは人生への懐かしさにつながる場合が多い。大阪の街には人生的な懐かしい思い出はなにもない。伊勢子は水木だけを求めて喫茶店ＢＯに入った。水木は待っていた。

水木は伊勢子をグリルに連れて行った。高級なグリルのようである。水木の顔は少し赤い。酒が入っているらしい。

水木は機嫌良く伊勢子に話し掛けた。大阪の街は懐かしいだろう、とか、たわいのない話ばかりである。昼の診察室の雑談を伊勢子に対して云っているようだ。

こんな話を聞くため、わざわざ水木に会いに来たのではない。もっと別な話がある筈だ。こんなつまらない話を聞くぐらいなら、黙って向きあっていた方が、どれほどましだろうか。

伊勢子には本当の恋愛の経験はない。だから愛しあっている男女というものが、どんな雰囲気か、どんな話をするのか見当がつかない。映画の恋愛は余りにも美し過ぎ、つくられたものであることは理解出来るが、こんなに無味乾燥な会話は必要ないではないか。

そう云えば、夜の当直室での、水木と伊勢子の関係は、肉体的なものが殆どである。職場では、水木に対する愛情を押えておらねばならない。当直室では、そんな雰囲気を味わう前に肉体関係に入ってしまう。

今夜こそ、食事をしながら、普通の恋人に似た感情を味わえると思ったのに……

伊勢子は次第に無口になった。

「どう、少し疲れているようだね」

「昨夜、寝られなかったんです」

「ごめん、ごめん、悪かった」

「いいえ、先生は少しも悪くはありません、私がいけないんです」

「来てくれると、待っていたのに……」

水木は抑揚のない声で云った。漸く雰囲気が出て来たようである。伊勢子の胸が次第に熱くなる。どうして来なかったの、と水木は尋ねた。伊勢子は答えられない。顔を伏せた。この時、水木の眼が、伊勢子の気持を洞察するように冷たくなったのを、伊勢子は知らなかった。

水木は表情を柔らげると、

「良いよ良いよ、これから喧嘩はしないでおこうね、約束だよ」

伊勢子の手を取った。伊勢子は周囲の眼が恥ずかしかった。各テーブルに居るのは、きちんとした服装の良い階級の客ばかりである。

そんな店で、病院の内科部長ともあろうものが、人目もはばからず女の手を握る。知人が居ないと云っても、余りにも大胆である。が、水木のこんな行為に、伊勢子は無条件で水木に溺れたくなる。

さっきまでの不服は飛んでしまった。

「先生、恥ずかしいわ」

「うん、じゃ出ようか……」

水木は満足そうに云って勘定を払った。

グリルを出、水木はタクシーを拾い、桜の宮のホテルに伊勢子を連れて行った。

桜の宮のホテル街は、川沿いにある。何軒あるのか見当もつかないくらい多い。

「君とホテルに来るのは初めてだね」

「ええ……」

伊勢子はきょろきょろ見廻した。かつて一度だけ来たことがある。十年前だった。こんなに豪華なホテルではなかった。

「バスに入ろう」

「先生、先に入って」

「一緒に入ろうよ」

「嫌、恥ずかしい」

そんな会話が、今までの総てのことを忘れさせる。伊勢子は、なにもかも忘れて燃えたかった。期待は裏切られず伊勢子は燃えた。声をあげそうになりはっと歯ぎしりし掛けるが、ここはホテルなんだという安心感が、声と共に昂奮の波となって体内を突きあげる。

波が引き、やがて周囲の壁が乱れていた視界の中で、きちんとおさまって来る。

水木は放心した伊勢子を静かに愛撫した。伊勢子は水木の胸に顔を埋めた。水木の鼓動は正確である。

「ねえ、どうして薬のことを鈴木さんから聞いたんだい？」

伊勢子の身体が瞬間固くなる。鈴木とは癌患者の名前であった。

「先生、聞かないで、お願い、怖いわ」

「僕に麻薬中毒の兆候が現われているかい？」

「いいえ、少しも」

「そうだろう、君は僕を愛してくれてるね」

「はい、愛してます」

「僕と別れたくないだろう」

「別れるなんて、そんな……」

「僕のことを調べたりしないね、昔、ある旗本は愛している腰元が、自分の愛をためそうとして秘蔵の皿を割ったのを憎み、その腰元の首を切った、知ってるだろう、お菊の話だ」

「先生、私、先生の愛をためそうなんて……」

「もう良い、もう良い、僕は君を信頼しているよ」

水木は伊勢子の背中をさすりながら云った。

五

春がやって来た。

伊勢子は、水木が麻薬中毒であるかどうか、極力考えまいとした。

しかし、一つのことを押えると他の方面にその吐け口が出る。水木と梅子の関係が気になって仕方ない。梅子とは暫く会っていなかった。

四月の第一日曜日、伊勢子は久し振りで梅子のアパートを訪れた。日曜日なので梅子の夫も居るかもしれない。金森は伊勢子が勤めていた国立病院のレントゲン技師である。伊勢子は良く知っていた。

留守かもしれないと部屋の前に立つとテレビの音が聞える。ドアをノックすると、金森の返事があった。金森は丹前姿でテレビの前に坐っていた。金森は真面目な男である。

食卓には、ビールとつまみものが置かれている。

「やあ、安平さんか、梅子は留守だが、まあお入りなさい」

「済みません、どちらへ行かれたんですか？」

「一寸親類へ、伯母なんですが、どうも身体の具合が悪くて、三四年前から心臓が悪く、寝たり起きたりしているんですよ、身寄りと云えば梅子しかないし、梅子も放っとくわけにはいかないらしい」

金森はくったくのなさそうな顔である。伊勢子は三の宮で買ったシュークリームを差し出した。

「やあ有難う、おや、安平さん少しやつれたんじゃない、余り働き過ぎたらだめですよ、身体だけが資本なんだから……」

二間続きのアパートだが、電化製品も揃い、生活は楽なようであった。十年も共稼ぎで働いたのだから、かなり貯蓄が出来たのだろう。金森と梅子の間には子供がない。何時だったか伊勢子が理由を尋ねると、

「レントゲンでやられたのよ、きっと……」

と笑っていた。梅子はそんなに子供を欲しがっている様子はなかった。

「まだ赤ちゃんつくらないの？」

話し易い男なのでこだわりなく尋ねた。

「梅子が病院を止《よ》したのは、子供をつくろうという気になったからなんですが、どうもだめだな、どちらに故障があるのか知らないけど……」

梅子と金森は同じ病院に居たが恋愛結婚ではなかった。事務局員が二人を結婚させたのである。見合結婚でもなく、恋愛結婚でもない。強いて云うなら友愛結婚と云うべきか。

二人の仲を見ていると、伊勢子は何時も羨ましくなる。理想的な結婚生活とは、二人のことを云うのではないか、伊勢子はつい先日までそう思っていた。が、水木と梅子が病院裏の暗い道で会っているのを見てから、伊勢子は見方を変えている。この一見なごやかな夫婦生活にも、なにか秘密があるかも知れないのだ。勿論、水木と梅子が会っていたと云っても、二人の間になにかあった、現にある、とは云えない。別な事情かも知れない。

伊勢子はそれを知りたさにやって来たのだが、梅子が留守では仕方がなかった。帰るのは夕方になるかもしれない、と云う。伊勢子は、梅子にそんな伯母があることは知らなかった。

「私、知りませんでしたわ」

「いいや、伯母の亭主が亡くなって、それから、梅子梅子と頼り出したんですよ……」

そういう事情なら、伊勢子が知らなかったのも当然であろう。伊勢子は、また来るから、と腰を浮かした。金森は退屈しているのだろう、まだ良いじゃないですか、用事がなければ喋って行きなさいよ、と引き止めた。

伊勢子が去年まで居た国立病院の、かつての同僚達の噂話を始めた。伊勢子にはさっぱり興味がない。それでも一時間ほどして別れを告げた。

「伯母さんて、何処にお住いですの？」

と伊勢子は何気なく尋ねた。

「長田区の××町ですよ」

「あら……」と伊勢子は呟いた。

「どうしたんです？」

「患者さんに××町の方が居ますわ、伯母さんのお名前は？」

「名越雅江と云うんです、変った姓でしょ、おや、どうしたんです？」

伊勢子の顔色が青くなったので、金森は驚いて尋ねた。

「いいえ別に、一寸眼まいが、失礼します」

それだけ云うのがやっとであった。伊勢子は夢中でアパートを出た。なんということだろう。名越雅江というのは、膵臓癌で、水木の往診患者である。水木は時々、名越雅江用のモルヒネを持って出ている。

金森は心臓病だ、と云った。癌を本人に隠すことはあるが、家族には隠さない。梅子が金森に嘘を云っても始まらないではないか。それに、梅子の伯母なら水木は伊勢子に事情を話すべきではないか。

疑惑というよりも余りにも怖ろしい事実のようであった。

偽カルテ、医者として最も恥ずべき行為である。内科部長の水木が……優しく親切で、部下の医員、看護婦、患者に最も評判の良い水木……

伊勢子は歩きながら額を押えた。

（麻薬中毒者は、薬の入手のためには、如何なる破廉恥な行為も、良心の何んらの苛責なく行う）例の研究書の一節である。

水木と梅子の関係も、おぼろ気に分って来たようだ。梅子は水木のために、伯母を癌患者にしたてたに違いない。

愛情のためだろうか、金のためだろうか、伊勢子は眼がくらむ思いで病院に戻った。

診察室の鍵は事務所にある。伊勢子は診察室に行き名越雅江のカルテを繰り、住所を調べた。

水木を裏切るとかどうかの問題ではない。どうしても真相を知りたかった。

名越雅江の家は小さな五軒長屋の一つであった。戦後の建て売りを買ったもののようである。日は暮れ始めている。

「御免下さい」

「どなたでしょうか？」

「病院の者ですが、金森さんいらっしゃいますか？」

「梅子なら三時頃帰りましたよ、今、戸を開けますから」

青い顔の五十半ばの婦人が戸を開けた。如何にも心臓病らしい感じである。伊勢子は丁寧に挨拶し、梅子さんの友達だ、と云った。

「いかがですか、お加減は？」

「ええ、有難う御座います、もう持病ですから……」

「心臓がお悪いのは大変ですね」

「心臓じゃありませんよ……」

伯母は急に警戒するような表情を浮かべた。そして黙り込んでしまった。梅子に云い含められているのではないか。それとも本当に癌なのだろうか。いいや、そんな筈はない。

水木のためにどう弁解してみても、偽患者に違いない。

伯母が苦しそうな顔になり肩で息をはじめたので、伊勢子が驚いて、大丈夫ですか、と尋ねると、

「長く立っているとしんどいんですよ」

と云って戸を閉めた。

その夜伊勢子は病院に戻る気がせず、なんとなく繁華街をうろつきメリケン波止場に出た。四月に入っているが、海の夜風は冷たかった。伊勢子と同じように突堤で、波止場の夜景を眺めている者も居るが、一人なのは伊勢子だけである。他は総て二人連れだった。だが伊勢子には、他の人々は眼に入らない。暗い闇の中に大きな外国船の明りがぼんやり眼に映るだけである。突堤に打ち寄せる波の音だけがいやにはっきり聞える。

山の方を眺めると、なだらかに這い上った灯群れの先の方に病院の灯が見えるような気がする。果して病院かどうか分らない。

伊勢子の眼は空《うつ》ろであった。

どうしよう、と伊勢子は思った。ここまで知った以上、自分の胸一つに秘めて、何気ない顔で水木に接することは出来そうにないが、捨てられるかもしれない、そう思うと胸が凍えそうだった。今の伊勢子は水木なしには居られない。水木が中毒者であっても構わない。そうなのだ、他の総ての人々が、水木に冷たい眼を向けようと、私だけは水木を愛し

ている、水木を裏切らないで水木について行く。水木は自分のそんな気持を知らないのであろう。伊勢子は率直に打ち明けるべきだ、と思った。水木だって、苦しみに耐えているに違いなかった。優しさ、微笑でとりつくろいながら、その内面は地獄の苦しみなのだ、伊勢子が当直室で直観的に感じたものは正しかった。

怖ろしいショックのあと、伊勢子を襲ったのは自己陶酔だった。

そうなのである。安平伊勢子は、水木に抱かれた夜から、水木という麻薬の中毒者になっていたのである。

伊勢子は自分が中毒者であることに気付いていない。

伊勢子は水木に自分が知っている事実を打ちあけ、梅子ともし関係あるなら、別れて貰おう、と決心した。伊勢子は夜遅く病院に戻った。

六

翌日は水木の診察日であった。伊勢子は水木がトイレに立った時、水木の手に紙片を渡した。幸いトイレには誰も居なかった。

紙片には、重大なお話があります、今夜八時半に大阪の喫茶ＢＯでお待ちしています、と書かれている。

伊勢子はそれを渡すと、直ぐトイレから出た。その日、伊勢子はなるべく水木の顔を見ないで働いた。余ほど気を取られていたのだろう、看護婦見習のようなミスをやってしまった。最後のミスは、注射液の間違いである。色で区別されているのにB_1のアンプルを注射筒に入れていた。

「安平君、その注射液は違うんじゃないかな」

患者に注射しようとした時声を掛けたのは、水木であった。水木は相変らず微笑している。伊勢子は自分の間違いよりも、あの紙片を渡しているに拘らず、水木がそこまで落着いているのが、気になった。

「安平さん、春だからと云って、ぼうっとしていてはだめよ」

と婦長が口をはさんだ。若い看護婦がくすっと笑った。伊勢子は狼狽しながら、

「すみません」

水木の方を見ると、水木は笑いながら頷いている。

「安平君の春か、微笑ましいね」

水木が冗談めかして云った。

「さては誰か良い人が出来たかな」

田辺副部長がとん狂な声をあげた。診察室は一瞬笑いに包まれたようである。間違われた患者も笑った。伊勢子はなんとも云えない屈辱を覚えた。冗談にしろ水木の言葉は、辛

かった。

それにしても、水木との間はかなり噂になっていたと思っていたが、田辺副部長の言葉から判断すると、本気に信じている者は居ないのではないか。

伊勢子は夕食を済まし七時頃病院を出た。平静な水木の態度を見ると、水木は紙片に書かれた文章を、さほど重大に考えていないようである。果してやって来るだろうか。伊勢子には不安であった。

伊勢子が喫茶ＢＯに着いたのは八時十分だった。八時半と時刻を指定した。が、伊勢子の危惧はＢＯに入った途端解消された。正面の席に水木が坐っていたからである。水木のコーヒーカップは空《から》であった。余ほど前から来ていたのだろう。

水木の顔には微笑がない。暗い翳りどころではない、伊勢子が初めて見たほどの怖ろしい顔であった。落着きのない眼が憎々しい光りを放っている。

「なんだ、重大な話って……」

「はあ、あの……」

伊勢子は言葉につまった。

「こんなところでは話せない、出よう」

水木は勘定書を摑むと勢い良く立ち、大股に歩き始めた。伊勢子は後ろからついて行くより仕方がない。

人混みの中を水木は大股に歩いたが、ふと立ち停ると伊勢子を待って手を握った。そして歩き始めた。愛情のためではなく、伊勢子を逃すまいとして握ったような摑み方である。

水木の歩き方は早い。伊勢子は引張られそうになる。

「先生……」

「もう直ぐだ」

半町ほど行って右に入った。梅田のホテル街が眼の前に開けている。水木は伊勢子の手を握ったまま、最初の一軒に入った。

「先生、お話が」

「ここでするんだよ、人目にたたなくて良い」

水木が伊勢子の手を離したのは靴を脱いだ時だけである。廊下でまた握った。部屋に入ってやっと手を離した。強く握られたので掌が痛い。お茶を持って来た女中が去ると、水木は直ぐ鍵を掛けた。つかつかと伊勢子に近寄ると肩に手を掛けた。

「そんな乱暴なこと……私、お話出来ません」

「分っている、君は僕の信頼を裏切っただろう、昨日何処に行った？」

伊勢子は流石《さすが》に唇を慄わせて顔を伏せた。

「御存知なら、お話する必要はありません」

「なに！」

水木は鋭い声を出し、ものでもゆするように伊勢子の肩をゆすった。伊勢子の反応がないので手を離すと、荒々しく部屋の中を歩き始めた。水木はこんなに感情をむき出したことがない。

伊勢子と肌を交える時も、伊勢子を快楽の頂上に突き上げるが、水木自身は何処か冷静であった。水木が余り長く部屋を歩き廻っているので、伊勢子が顔を上げた。

「何処まで知った？」

と水木は尋ねた。

「総て知りました、先生が麻薬中毒のことも、偽のカルテを書いていらっしゃることも」

水木は立ち停った。水木の顔に怖ろしいほどの苦悩が現われた。今までその存在さえ分らなかったこめかみの青筋が、みみず腫れのようにふくれ、その苦悩の表情は凄惨《せいさん》とさえ云って良い。水木は宙を見詰め無言である。

伊勢子の反抗心は、水木の表情を見ただけで、一挙に飛んでしまった。

「先生、私、誰にも喋らないわ、死んでも喋りません、ね、お願い、麻薬と闘って」

伊勢子が縋《すが》りつくと、水木は伊勢子を突き離しベッドに顔を埋めた。

「駄目だ、僕は止められない、戦争中から十何年続いているんだ、安平君、僕を捨てて別な病院に行ってくれ、僕は廃人なんだ」

床に倒れた伊勢子は這《は》い起きながら、水木の背に縋りついた。

「先生、嫌です、別れるなんて、私、愛してるんです、愛してるんです」

伊勢子は泣きながら絶叫した。水木も男泣きに泣いているようである。

「僕は苦しかった、淋しかった、怖ろしかった、誰も僕の苦しさは分ってくれない。妻にも子にも喋れない、孤独地獄の中から僕は君を求めた、伊勢子、僕の苦しさを少しでも救ってくれ……」

四十六歳の内科部長が、子供が母に泣き喚《わめ》いて苦痛を訴えるように、伊勢子に訴える。

伊勢子の胸は、水木の叫びに裂けた。伊勢子の理性も共に打ち砕かれた。

「良いわ、良いわ、私、先生と一生、苦しみを共にします」

水木は少年のように声をあげて泣いた、そして伊勢子を抱いたのである。

ひと時が過ぎた。

ネオンが窓で明滅している。水木は煙草を吸いながら、静かにその過去を話した。

戦争中、中国に従軍した軍医達は、とくに野戦病院の軍医達は、恐怖をまぎらわすために麻薬を注射したり飲んだりしたものである。当時中国の奥地には、阿片は幾らでもあった。粗製のモルヒネは、他の医薬品よりも豊富だった。好奇心から麻薬を常用する軍医も居たが常用者の大半は恐怖を消すために始めた。

戦争における恐怖心は、敵への憎しみを掻きたて、敵の牙に歯をむくところから消滅される。ところが、軍医達は、敵に歯をむくことが出来ない。敵に対する攻撃がない。が、野戦病院の近辺には砲弾が炸裂し、突然の死の恐怖が実感される。恐怖だけは実戦部隊と同じように与えられるが、それを消す方法がないのだ。気の弱いインテリ軍医達が、麻薬によって恐怖感を消そうとしたのも無理はなかった。

「戦争映画や、戦争テレビが良くあるが、馬鹿げたものだよ、砲弾の破片を浴びながら、悠々と手術をする、僕はそんな画面を見ると、嘘だ、と怒鳴りたくなる、勇敢な軍医、冗談じゃない、それは、砲弾もなにも来ない後方病院の軍医達のことだよ……」

水木は当時を思い出すように眼を閉じた。瞼が微かに痙攣《けいれん》している。

「内地に帰ってから、中毒を自分の意志と力で治した医者は多い、そんな場合、インテリは予想以上に意志力が強い、社会生活への欲望が麻薬への欲望を上廻るからだろう、ことに庶民出の医者は雑草のような強さを持っている、だが、僕は坊ちゃん育ちだった、意志力が足りなかった、中毒症状を克服することが出来なかったのだ、だが、僕にだって意志力はある」

水木は片頬を歪めて暗い微笑を浮かべた。

「麻薬中毒症状を昂進させないことだ、これはなみ大抵の意志力では出来ない、少し油断をすると麻薬の量が増える、戦後十八年間の僕の人生は、麻薬の量を増やさず麻薬の快楽を味わうことだった、それには、言語を絶する忍耐心と努力が要る、僕はそれをやって来たのだ、いや、今後も続けて行く……」

「怖ろしいわ……」

「仕方がない、これが僕の運命だよ、終戦直後なら兎も角、この平和な時代に、社会的秩序が整然としている時代に内科部長の僕が、麻薬中毒者です、と社会に向かって告白出来るかね、僕の誇りが許さないよ、それなら死んだ方がましだ」

「先生が死ぬなら、私も死にます」

水木は伊勢子には分らない片頬に冷たい笑みを浮かべた。

「僕は死なないよ……」

と云って水木は伊勢子の眼を見詰めた。

「安平君、僕と苦しみを分ちあってくれるね」

「はい」と伊勢子は頷いた。

伊勢子は梅子との関係を尋ねた。

水木は、梅子との関係を否定した。

「麻薬を得るために金森君に頼んで、伯母さんを癌患者にして貰ったわけだ、それだけだよ」

「でも先生、金森さんが良く承知を……」

「金をやったんだ、今も時々小遣いをやっている、僕はね、やくざ達が扱う麻薬だけは買いたくない、僕の最後の誇りかもしれない、あれを買い出すと、社会人としての資格を一挙に失うはめになる、僕は僕のやり方でやるより仕方ない、そのやり方で麻薬を得ているから、中毒が昂進しないとも云えるんだよ」

その夜水木は、その部屋で、伊勢子に見守られながら燐酸コデインの粉末をなめている。

七

梅子との関係には、まだ疑惑はあったが、水木が九分九厘真実を告白したのは、間違いないようであった。伊勢子は今までと違った感情で麻薬処方箋を薬局に持っていった。

水木のやり方は巧妙であった。患者の苦痛状態の如何によっては、麻薬の半分だけを取り、残りを強力な鎮痛剤と一緒に患者に飲ませる。そうすると幾分効果があるので、患者も文句を云わない。それに部長自ら、薬を飲ませるのだから、患者の方も心強く思うのは当然であろう。勿論水木は、処方箋の麻薬の全部をすり変えたり盗んだりするのではない。

水木が扱う麻薬の三分の一ぐらいだろう。その点、水木は実に慎重だった。

伊勢子は水木の麻薬中毒に対して、善悪の判断を失っている。初めて水木に抱かれた夜から失っている、と云って良い。

伊勢子は自分の行為に後悔はしなかった。水木が麻薬をすり変えたり盗み易いように工作した。水木に力を貸す、そのことが水木への愛の確証になる。

伊勢子の人生は、今や水木しかないのである。伊勢子は痩せ、一層無口になった。ただ眼だけがぎらぎら光っている。

診察室で患者を診る時、回診で病室を廻る時、水木は相変らず穏やかな笑みを浮かべている。それが、中毒者なのを見破られないための凄惨な水木の演技であることも伊勢子には分るようになった。妙なもので、伊勢子には、水木の穏やかな顔が、苦痛の塊りのように見える。

伊勢子は日記をつけることも止した。機械的に患者の名を呼び、注射をし、カルテを整理する。

水木は中毒者であることを告白してから、伊勢子と関係する回数を減らしたようだ。

それまで月二回の当直の夜は必ず伊勢子を抱いたが、一回置きになったようである。外で会おうともしない。が、伊勢子は不服を云わなかった。

院内にあって大人しい妻のように水木につかえることで満足していた。水木に取って伊勢子は必要な存在なのだ。

六月になった或る日、伊勢子は婦長に呼ばれた。寄宿舎の婦長室に来てくれ、と云われた。不安が伊勢子の胸をよぎった。

この頃、伊勢子は極力婦長の意を迎えるようにしている。

婦長室は三階にあった。主任看護婦の部屋は四畳半だが、婦長室は六畳である。

「さあ、お坐りなさいな……」

「なんでしょうか」

婦長の愛想の良いのが、伊勢子にはかえって気になった。

「ねえ、あなた済まないけど皮膚科に行ってくれない？」

伊勢子の顔から血の気が引いた。

「どうしてでしょう、なにかミスがあったでしょうか？」

「そうじゃないのよ、あなたが一生懸命やってくれてるのは私も良く分っているの、実はね、金森梅子さんが、また病院に戻りたい、と云って来てるの、梅子さん内科で十年いたでしょ、戻るとなると内科以外ないし、ね、譲ってあげてくれない？」

「勝手ですわ、そんな、部長先生どうおっしゃってるんですか？」

婦長は急に意地悪な顔になった。

「先生は看護婦の人事に関係ありません、これは事務長と私が決めることです……」

命令を受けたなら、どうすることも出来ない。

「考えさせていただきます」

伊勢子は歯を喰いしばって婦長室を出た。水木は知っているのだろうか。幾ら看護婦の人事に関係ない、と云っても水木は内科の部長である。家で云えば家長のようなものだ。水木と話出来るのは当直日以外ない。それでは間に合わない。伊勢子の方から水木を呼び出したりするのは嫌だったが、この場合仕方なかった。水木と同じ科で働いておればこそ、めったに二人切りになれない淋しさを紛らわすことが出来るのである。いや毎日に張り合いがあるのだ。それに伊勢子が他の科に行ったら、水木は麻薬入手の面で直ちに不便を感じる筈である。伊勢子は水木に例の如く紙片を渡した。二人が会うのは大阪のＢＯに決っていた。

この頃水木は、伊勢子と二人切りになると、優しい微笑を浮かべない。伊勢子の前で、仮面を被っているのが苦しいのだろう、水木は不機嫌そうだった。苛々していた。

伊勢子は金森梅子のことを尋ねた。

「ああ、困っているんだ、梅子には弱みを握られている、頭から拒絶するわけにはいかないんだ」

本当に困り切っているようである。だが伊勢子は簡単に引き下る訳にはゆかない。水木と共に働くことには黒い女の炎が掛っているのだ。梅子さんだって、弱味があるじゃありませんか、伊勢子は名越雅江を思い浮かべながら云った。が、水木は、困った、困った、と云うだけで態度をはっきりしない。まるで二十二三歳の若者のようである。良く観察してみれば、水木のこんな態度も中毒者の兆候なのだろう。普通なら四十六歳の内科部長が、こんな子供じみた態度を取るわけがない。

結局、その日は不得要領のまま水木と別れた。だが、一人になると旨くごまかされたような気がする。もし水木が本当に伊勢子を必要とするなら、金森梅子の要求を断乎と断わる筈ではないか。不意に、伊勢子は足元が崩れて行きそうな不安を覚えた。

金森梅子は、伊勢子が来るまで、伊勢子の役を果していたのだ。二人の関係が肉体的なものかどうかは知らないが、梅子が水木の助手役になって麻薬入手を助けていたのは間違いない。とすると、水木はまた、梅子にその役をやらせる積りではないか。

（社会で働いている麻薬中毒者、ことに知識階級は、自分が中毒者であることを知られないために、極端に慎重な行動を取る、如何なる場合でも争いごとに加わらない、それは同性愛好者に似ている）

伊勢子は梅子に会おうと思った。自分が水木を愛していることを告げ、梅子に頼まなければ仕方がない。梅子には金森という夫があるではないか。

安平伊勢子には水木しか居ないのである。

伊勢子は勤務を終えると直ぐ梅子のアパートを訪れた。雨の日だった。坂道は濡れ、車はのろのろ動いていた。

留守だった。アパートの前で待とうと外に出ると梅子が戻って来た。梅子は伊勢子の顔を見た途端、訪問の目的を悟ったようである。

「あなたが来る、と思っていたわ、考えられないことだったけど、やっぱりそうなのね、あなた、水木先生と……」

二人は細い雨の道を歩いて行った。梅子の顔は珍らしく暗い。

伊勢子は自分が水木を愛していることを告げた。水木以外に人生はない。内科に居らせて欲しい、と云った。

「じゃ云うわ、私も水木先生を愛しているのよ、ここ数年、そのためにどんなに苦しんだか、このままでは駄目だ、と思ったので病院を離れたの、子供でも生んだら金森と三人、過去を忘れて過せると思ったの、でもだめだった、あなた、水木先生のこと知ってる？」

「ええ、知ってるわ、ね、あなたには金森さんがあるじゃないの、私には部長さんしかないの……」

「それは同じだわ、私だって水木先生しかないの、だって金森を愛していないもの、あなたが知ってるなら云うわ、私が、水木先生のためにどれほど尽したか、あなたには分らないわ、だって、あなたは一年足らず、私は数年よ」

「水木先生は私が必要なのよ」

梅子は立ち停って伊勢子を見た。何処か伊勢子を憐れむような眼であった。

「伊勢ちゃん、あなたはまだ分っていないのね、水木先生は、あなたを利用するためにだけ関係したのよ、利用するためと、万が一の場合人に喋られないために、私だって同じことかもしれない、ねえ、水木先生は、あなたを一生離さない、と云ったでしょ」

「云ったわ」

「私にも云った、中毒者として麻薬が必要な場合は離さない積りなのよ、今までのこと考えてごらん、たとえ不機嫌で怒っても、こちらが一寸強い態度に出たら、翌日は機嫌を取るようにするわ、めったに外では会わない人だけど、そんな翌日は夕食を御馳走したり、プレゼントをくれたり、覚えあるでしょ」

　伊勢子の額から脂汗が出て来た。当直室に行かなかった翌日、大阪でどんなに機嫌を取ったか、しかし伊勢子はプレゼントは貰っていない。

「困ったことが起きると、子供のように縋りついたり、でも総て演技なの、必死の演技なのよ、縋りついている時も、あの先生には私達のことはないわ、あるのは麻薬だけよ、あの優しげな微笑、怖ろしいことね、でも、そんな男を私は愛してしまったのよ、初めは尊敬し、真相を知ってから憐れみ、今はなにがなんだか分らない、到頭二人犠牲者が出たわけね」

「私は犠牲者でも良いのよ」

「良いわ、それじゃ明後日、私のアパートにいらっしゃい、あの先生が、どんな男かあなたに知らせてあげる」

と梅子は云った。この時梅子の顔に残酷な憐憫《れんびん》の情が浮いたようである。

　伊勢子は押し入れの中に居た。さっきから二人の会話が続いている。小さな声だった。突然、梅子が声を高めた。

「どうして安平さんと、あんな人と……」

「ああ、誰も相手にしない醜女《しこめ》だね、だが、僕は醜女だとは思わないんだ、君には分るだろう、麻薬を得るためなら僕はあれ以上の化物とでも一生関係を続けるね、女と思っていないんだから良いだろ」

伊勢子は眼を閉じ布団に顔を埋めた。身体中なんの感覚もなかった。

造花の値段

R金属総務課長代理高森高志が胃に痛みを覚え始めたのはもう一年まえであった。それまでも、神経を使ったり、食べすぎたりするとときどき痛んだことがあるが、元来胃下垂の気があるので、そのせいだろうと思っていた。しかし毎日痛むようになると、気になって仕方がない。それにここ二、三ヵ月身体も痩せてきたようである。

妻の貴美江も気にして、一度診てもらったら、とすすめる。R金属は付属病院を持っており、高森の学生時代の友人藤原が外科の副科長をしている。高森は思い切って藤原を訪ねた。高森はおとなしくわりあい内向的な性格だが、藤原は外科の医者だけあって磊落《らいらく》なタイプである。高森の話を聞くと、外診した後、一度レントゲンを取ったほうが良い、と言った。癌で、有名な連中が、ぞくぞく死んでおり、連日といっていいほど新聞紙上を賑わしている。

「癌だろうか」

と、高森は呟いた。

「まずそんな心配はない。しかし念のためだ、ぜひとりたまえ」

藤原は足を組むと煙草を吸いながら、高森の空いている日を尋ねた。そして高森がレントゲン検査を受ける返事をしないうちに、放射線科に行き、科長に会い、高森が診察を受ける日を決めてしまった。藤原のやり方はいつもそうだが、この時は少し強引のようであった。高森は、藤原が自分の胃の症状にかなり危惧の念を持っているのを感じた。おそらく藤原は外診で癌の疑いを抱いたにちがいなかった。帰る時、藤原は心配しなくても良い、レントゲンをとればまず安心だよ、と高森の肩を叩き、高森を見て飲もうじゃないか、と笑った。

高森高志は四十一歳である。学生時代からまじめであった。卒業の成績もかなり良い。だが高森高志の課長代理という地位は、出世競争からは遅れていた。それは高森の地味な性格にもよるし、貴美江との結婚も一つの原因かもしれない。R金属は戦前からの財閥会社で、戦前は社内結婚を禁じていた。社内的な風紀も非常に堅い。戦後は社内結婚禁止などという非人権的な禁令はなくなったが、それは表面的で、若い社員で社内結婚をする者は少ない。優秀な大学を出たエリート意識の社員たちは、勤めている女性社員と結婚するよりも、良家の家庭で花嫁修業にはげんでいるお嬢さんたちと見合結婚する傾向があった。ところが、高森高志は同じ課にいた貴美江と社内結婚したのである。誠実な男だったともいえよう。しかし、それだけなら、高森ほどの才能があれば、他の同僚なみに課長にはなれていただろう。

貴美江と恋愛中、高森は上司であった井関部長が持ちかけた結婚話を断わっている。当時井関は部長であり、彼は自分の姪と結婚しないか、と言ってきたのだ。高森は貴美江と恋愛している旨を告げて、井関の話を断わったのである。ある面、実に彼らしい反骨精神に富んだ行為ともいえよう。しかし、実際の高森はそんな反骨精神の持主というよりも、貴美江との恋愛に誠実でありたかったのである。他の面では普通のサラリーマンであった。もちろん、高森は井関の話があった時、かなり悩んだ。昂然と井関の話を蹴ったのではない。

けっきょく、井関の姪と結婚したのは同僚の佐賀村で、彼は今、営業部次長である。そして、井関は専務になっている。

高森と貴美江との夫婦生活は、数年間円満であった。一男一女があり、男の子は中学三年で娘は小学校に行っている。貴美江は、高森が井関の話を蹴ったのは知っており、それだけに高森をたいせつに愛した。高森がたまに飲んで帰ってもいやな顔をするわけでもなく、やさしく迎える。貴美江はそんなやさしい性格を持った女なのである。だからこそ高森は貴美江と結婚したともいえよう。

数年間、高森の家庭生活は、充実していた。ところが、数年たったころから、高森は自分のポストが、仕事のわりあいに上がらないのを感じたのである。係長になったのも遅かった。

高森がそれをはっきり聞かされたのは、藤原からである。R金属の社員連中は、すべてR病院で診察を受ける。そんな関係で、藤原はR金属の社内の情報に通じていた。

クラス会の帰り、藤原に誘われて飲んだ時に、「君も今時珍しい男だな。俺は好きだよ、出世を棒に振って自分の愛を完成させる、そりゃ、君が取った行動をばかだと噂するやつもいるだろう、しかし、そんなやつはほんとうの人間を知らないやつだ。おまえはりっぱな男だよ」

藤原はかなり酔っていた。おそらく彼は皮肉ではなしに、心から、高森の行動を賛美したのだろう。藤原はそんな男だったのだ。

ところが高森にとってそれは大きなショックであった。彼は数年まえのことを社員たちが今でも噂しているとは知らなかったし、まして、自分の出世にまで影響しているとは、思わなかったのである。少しはハンディキャップがあるが、実力さえあれば、いくらでも出世できる、と思っていたのだ。

貴美江に対する高森の愛情に変化が起こったのは、この時からかもしれない。これはたいせつなことだが、高森は貴美江を愛さなくなったのではない。やはり妻として愛しているのだ。ところがなにかの拍子に、おまえのために俺は出世を棒に振ったのだ、そんな憎しみが突発的に湧き上がる。もちろん高森はすぐ自分の感情を反省する。出世など、どうでも良い、貴美江と二人の子どもを愛して温かい家庭生活を送れたら自分はそれで満足なんだ、と自分自身に言い聞かせる。ところが、会議など行なわれる時に、課長になった同僚が上席につき、高森君、君の意見はどうかね、などとやられると、実に惨めな気がする。二人だけの時なら、君、僕、で話ができるが、公式の会議などでは、そんな調子で答えられない。はあ、なになにと思います、と上役に対するような言葉が出てしまう。他の連中の時ならまだ良いが、佐賀村の時だけは、どうにも我慢できない。ことに佐賀村の出世は同期の連中の間では群を抜いている。

　考え方によれば、高森が断わった井関の姪を、なんのこだわりなく貰った男だけに、出世欲が旺盛なのはもちろん、仕事の面でも冷酷なやり手だ、といえないこともない。事実、佐賀村の腕は冴えていた。そして現代は、節操だとか、男の意地だとかそんなものよりも、佐賀村のような男が、のし上がっていく時代なのかもしれなかった。

　高森の胃がときどき痛み出したのは、そのころからである。しかし、高森は貴美江への態度はなるべく変えなかった。突発的に冷たくはなるが、高森は貴美江とその家庭を愛していたのである。

　貴美江は中小企業に勤めていた平凡な男の娘であった。父は数年まえ亡くなり、今は母と兄だけである。今の世の中で、最も不遇な小市民の娘なのだ。

　高森は四十歳になった時、やっと課長代理になれた。そして佐賀村は次長である。

　R金属にはいった同期の連中のうち、次長は二人、課長は八人、課長代理は七人、係長は三人である。R金属は財閥会社だけあって職階制が厳しく、自然それが社員たちの意識に反映している。食堂一つにしてもそうである。地下には平社員たちの食堂がある。ここは、女子社員やまだ新しい社員たちが食べにいく。古参の社員たちは外で食べる。ところが六階に有名なレストランが経営するR金属専用のグリルがある。だが、ここを使用できるのは課長以上である。課長代理が、客をそこに招待しようと思えば、課長の判を貰わなければならない。一事が万事そうである。

高森は総務課なので、佐賀村とあまり顔を合わす機会はなかった。だが高森の仕事はおもしろいものではない。まず柄の悪い総会屋との応対が最も不愉快だ。それから取引先や会社関係の冠婚葬祭に顔を出したり、他の部の連中の業績を整理したり、重要な仕事はあまりない。神経をすり減らすことばかりである。まったく縁の下の力持ち、というより、縁の下で這いまわっているような仕事である。もちろん部長になれば、社長直属で、社の機密などに関与してくるが、課長代理と部長とでは、その地位に、天と地ほどの開きがある。

高森の胃が痛むのも無理はなかった。

土曜日、高森は胃の検査を受けた。バリュウムを飲みレントゲンで調べたわけである。この結果いかんで、さらに精密検査が行なわれる。

月曜日、藤原から電話があった。一度精密検査を受けてみたほうが良い、と言う。藤原はたんたんと言ったのだが、高森は足元が崩れていくような衝撃を受けた。バリュウムを飲み検査したのに、それ以上の検査が必要だと言う。胃にできものがあるんだね、と高森は尋ねた。潰瘍《かいよう》かもしれないし、とにかく検査してみろよ、会社は二、三日休んだらいい、と藤原は言った。高森の眼の前が暗くなる。

社員たちの顔がぼやける。社内の風景が遠い影絵のように思えた。そして自分は人のいない荒涼とした野に立ち、意味もなくその影絵を眺めている。おい、どうしたんだ、と藤原が少し慌てたように大きな声で言った。

　高森は嗄《か》れた声で言った。

「今夜会いたい。なにもかも話してくれ。そうでなければ、精密検査は受けない」

「しようがないやつだ」

と、藤原は応じた。だがその声はいつもの彼らしくなく、どこか優しさがあった。

　藤原の説明は次のようなものである。

　レントゲン検査の結果、胃の左下に少し変調が認められる。科長の意見ではたぶん潰瘍だが、精密検査をして調べたほうが良い。かりに悪性のものであっても、ごく初期なので、今のうちに手術すれば全治する、というのであった。高森は虚脱した状態でそれを聞いた。胃の痛みが連日続き痩せ始めてから、高森は癌に関する本を数冊読破している。どの本も、胃に変調を覚え、レントゲンでその結果が現われたら、まず手遅れに近い、と書いてあった。胃癌の初期手術とは、本人はなんとも気がつかずに、予防のためにレントゲン検査を受けて、癌かどうかがはっきりしない状態、つまり前癌症状で手術すれば、治癒《ちゆ》率は八〇パーセント以上だが、自覚症状、レントゲン症状がはっきりしている場合の治療率は、三〇パーセント以下だ、と述べられている。もちろん、進行状態や、癌の性質によってパーセントも異なるが、再発率がそうとう高いようである。再発は転移と死を意味する。藤原も、高森がここまで、癌について詳しく研究しているとは思わなかったのだろう。

「どうもこのごろは、癌イコール死、というような記事が多くて困るよ。それに今の場合は、まだ癌だとはっきりわかっていない」

「精密検査って、胃液や血を調べるだけじゃないんだろう、腹も切るんだろう？」

藤原は困ったような顔になり、

「それはその時の状態によるよ。とにかく、入院したまえ」

「考えておく」

と、高森は答えた。

その夜、藤原と別れてから高森は、酒を飲んだ。酒はかなり強いほうである。あまり顔にも出ない。それでも水割りで数杯飲めば、いい気持になる。だがその夜はいくら飲んでも酔わない。車もヘッドライトも、通行人も、そしてバーのボーイもホステスも、すべて影絵のようである。高森はそれらの色彩のない影絵を眺めながら、大都会の道を、北の果ての氷原を歩いているような気持でふらふらと歩いた。

身体がいやに寒い。家に帰る気がしない。高森は結婚してから十数年、無断で外泊したことがない。浮気もめったにしない、年に一度か二度くらいである。それも出張の時だけだ。

高森はその点においてもまじめなサラリーマンであった。ところが、今夜はどうしても家に戻る気がしない。貴美江も二人の子どもも影絵のような気がする。最後にどこの店で何杯飲んだかわからない。どこかの店で追い出されたような気がする。その夜の高森の記憶はそれまでであった。

高森の眼がさめたのは翌日の昼であった。無性に水が欲しく、頭痛が激しく眼がさめたのだ。驚いたことに、高森はちゃんと自宅の蒲団に寝ていたのである。水、水、と叫ぶと貴美江が心配そうな顔でやってきた。

高森はものも言わずに、コップに三杯水を飲んだ。貴美江の話によると、高森は今朝の午前四時ごろタクシーで戻ってきたらしい。

大きな声で喚き、戸を叩き、玄関にはいると同時に倒れた、というのである。貴美江と中学三年の浩一と二人がかりで、やっと寝室に運んだらしい。高森にはぜんぜんその記憶はない。

あれだけ酔っていて、どうして自宅までたどりついたのか。家に帰りたくない、と思いながら最後のバーを追い出された。それ以後意識がないのに、ちゃんと家に戻っている。

高森は空ろな笑いを漏らした。

「なにか言っていたか」

「いいえ、なんにも。いったいどうしたの、ね、言って。心配でたまらないわ、会社でなにかあったの」

そうか、俺にはこの家庭以外に会社があったのか、と高森はぼんやり思った。だがきょうの高森には、勤めて十数年、ほとんど休んだことのない会社さえも、遠くの影絵のように思えてならない。近代的な明るい八階建てのビル。会社という実感が少しも湧いてこない。高森が仰向いたまま天井を見つめていると、貴美江が、いくら起こしても起きないので、課長さんに、少し気分が悪いから休ませていただく、と電話した、と言った。

「課長さん、あなたが休むなんて珍しいことだ、お大事にしてください、とおっしゃいましたわ」

休むのが珍しい、お大事に、あの三枝《さえぐさ》課長がそう言ったのか、高森は胸の中で貴美江の言葉を繰り返した。いったい課長は高森のことをどう思っているのだろう。総務課長は、高森よりも二年先輩であった。高森が休んでも社の業務にはなんら差しつかえがない。高森は貴美江に、頭が痛いから向こうに行ってくれ、と言った。

貴美江がなにか言おうとすると、うるさい、と怒鳴った。その声は怒りに満ちていた。

高森は蒲団を頭から被った。涙が流れてくる。寂しくてたまらない。無意識に戻ってきた家庭も、高森の絶望的な苦悩と空虚をなぐさめてくれそうにはなかった。

高森は家庭を愛し、家庭に憩《いこい》を求めてきた。それなのに、なぜなぐさめられないのか。

それはおそらく、高森が家庭を愛すると同時に、家庭に責任を感じていたためかもしれなかった。癌のため、一年か二年先に苦しみながら死ぬ。貴美江も、子どもたちも、どんなに苦しい思いをするだろう。それを思うとさらに絶望的になる。動物の中には、自分の死に場所をだれにも知らさない動物が多い。猿がそうである。彼らは自分の死を悟ると仲間から去り、独りで死ぬ。いつだったか、九州の高崎山に行った時、案内人がそう説明したのを思い出した。なぜか高森は一日じゅう、猿の死ばかり考えていたようである。

その日高森は寝たままで食事をした。子どもたちが心配そうに覗き込んだが、高森は気分が悪いから、あっちへ行け、と去らした。子どもたちの顔を見るのが辛い。かつて高森は、そんなふうにして一日を過ごしたことがない。

学生時代、東京に下宿をしている時、友だちの中に万年床で、寝たままパンをかじる男がいた。ルーズなやつだ、と高森は軽蔑したものだ。高森の家は裕福ではなく、彼は一日おきに家庭教師に出かけた。

その夜、高森はまた街に出た。そして泥酔して、午前三時ごろ自宅に戻った。

その夜もどこかに泊ろうと思ったのだが、気がついてみると家に寝ているのである。貴美江は、どうして良いか、わからない様子である。二日目の夜、藤原がやってきた。貴美江はやっと、原因がわかったようである。貴美江の顔は青ざめていたが、言葉はしっかりしていた。態度も落ちついている。

「あなた、入院して検査を受けてください。藤原さんは、癌かどうかはっきりしないし、癌であってもごく初期だから手術すれば治るとおっしゃってます」

「医者はみなそう言うよ」

高森は三日、会社を休んだ。その三日間、ほとんど昼は蒲団の中で、夜は飲みに出かけている。しかし、三日目の夜は、わりあい意識もはっきりと、自宅に戻っている。

四日目、高森は会社に出た。風邪をひいてご迷惑をかけました、と課長に詫び、平常どおり執務している。

高森が、R金属の重要な秘密書類を盗み、失踪したのは、藤原に精密検査を受けてみろ、と言われてから一週間目であった。

高森は一週間、悩み苦しみ、影絵の世界から、自分が愛し、責任を負わなければならない家庭から去ったのである。

彼は死ぬまでの短い期間、今まで責任を負っていたすべてのものから解放され、自分勝手な生活をしよう、と決心したのである。彼が社の秘密書類を盗んだのは、彼を機械のごとく扱ってきた会社に対する復讐であった。

その秘密書類というのは、R金属が、アメリカのNE社と技術提携して、新たに開発した技術で生産するアルミ軽金属の新会社設立に関するものである。これは、B鋼管も、A軽金属も技術提携をねらっていたものだが、R金属が、その政治力にものを言わせて技術提携したものである。なにげなしに読むと、その契約内容はたいへんなもので、危急時における製品提供義務規定などが秘密裏に明記されている。これが公けになった暁は、国会で政治問題化するおそれがあるほどの重要書類である。高森はもちろんこれほど重要な書類だとは思わなかった。ただ、部長の言外の行動から、重要書類が保管されている場所を知っており、鍵を盗んで、その書類を持ち出しただけであった。契約書は英語でなされていた。高森はもちろん英語は良くできる。東海道新幹線の中でそれを読み、高森はたいへんな書類であることに気づいたが、たいした衝撃も受けなかった。今の高森にとって政治問題など、まったく無縁であったのだ。ただ、この書類は高森のこれからの生活に役にたつようであった。彼の目的地は道後温泉の近くにある小さな温泉街である。

高森は今まで暮らしてきた社会からのがれ、自分勝手な生活を送ろうと決心した時、四十年の人生になにがあったか、振りかえってみたのだった。中学時代から、勉強勉強で過ごし、R金属にはいってからは、出世もできないのにまじめに勤めてきた。もし高森の人生に華やかなものがあったとするなら、それは貴美江との恋愛である。だがその恋愛も結婚生活にはいり、子どもができると性格が変わってくる。高森のような小市民にとって、恋愛の華やかさは結婚とともに消滅する。彼が誠実でいくら家庭を愛したにせよ、そこには家庭を守らなければならない、という義務感も伴う。

高森が死をまえにして、そんな家庭から解放されたい、と願ったのは、自分だけの新しい自由な生活を短い期間に味わってみたい、と思ったからである。確かに高森は自分の人生に誠実であった。しかしその誠実さはある種のエゴイズムからきていたのかもしれない。そうでなければ、いくら胃癌の宣告を受けたからといって、失踪したりはしないだろう。ただ高森は、決定的な宣告を受けてはいない。手術の結果いかんでは治るかもしれない。それに、ひょっとしたら胃癌ではないかもしれない。そんな未知数の可能性に眼をつぶり、高森はあえて自分が住む社会から姿を消したのだ。

そこには死に対する恐怖心だけではなく、高森の意志があった。実直な高森にそんな強靭《きょうじん》な意志があるとはだれも思わないだろう。たぶん社の連中は、藤原から失踪の原因を聞き、高森がノイローゼにかかり失踪したと思うだろう。そう思うと高森は急に愉快になってきた。毎日、満員電車に押し込められ、白く冷たいビルに通い、会社にはいると汚れた靴を磨きなおしている連中がばからしく憐れに思える。死ぬまで、一年か二年か、その期間はわからない。だがその間、俺はだれにも束縛されずに自由に生きるのだ。もちろん高森は、死への恐怖を忘れたのではない。未知への世界に対する期待を、自分で鼓舞することで、死への恐怖を忘れさせるのである。ある意味で、高森は死と直面しながら病院にはいるのが耐えられないほどの、弱者といえるかもしれない。

強力な意志の持主か、それとも弱者か、しかし、そんなことは高森には関係がない。

高森は先にも述べたごとく、結婚して以来、あまり浮気をしたことがなかった。出張先で、たまに味わうくらいのものである。そういう意味でも高森の過去に華やかな彩りはなかった。

ただ、高森には一人だけ、忘れられない女がいた。それが、今から高森が行こうとしている小さな温泉街の旅館の女中、絹江だったのである。

それは昨年のことであった。社の秋の慰労会で総務部は道後温泉に行ったのだった。ちょうど、月曜日が社の創立記念日にあたっているので、土曜日から、二泊三日である。土曜日は道後に泊まり、日曜日は、波止浜《はしはま》公園などに行き、その夜は道後から少し離れた温泉街に泊まることになった。その時の高森の部屋の係りの女中が絹江だったのである。小柄で青白い顔をし、たえず恥じらって視線を伏せているような感じである。こういうもの静かな女性は、わりあい男心をそそるものだが、高森は絹江を見たとたん、身体がふるえるほどの魅力を覚えた。しかし高森は女を口説き慣れてはいない。まして芸者ではなく、旅館のおとなしそうな女中である。

食事の時、高森は絹江の故郷を尋ねた。九州だと言うのみで、詳しいことは喋らなかった。絹江は高森に東京のことを聞きたがった。高森がいろいろ話すと、その時だけ眼を輝かせて聞き入る。青白い顔に、焦点がどこか霞んだような黒い眼が印象的である。

高森もときどきは、バーに行くこともある。しかし彼は、洗練された会話や華やかな化粧の女に、そんなに魅力を感じなかった。ところが一眼見た絹江に、高森はしびれるような、うずきを覚えたのである。高森が絹江と話していると、隣室の三枝課長の部屋から太った女中がやってきた。その女中は、山出しそのままの女で、大きな身体でたいぎそうにすわり、

「絹江さん、あんた課長さんのお世話をして」

と言ったのだった。つまり三枝課長は、自分の係りであるこの太っちょの女中と、高森の係りである絹江を一方的に変えたわけである。

高森はすごく腹がたった。だが絹江はべつに表情も変えずに、黒く霞んだ眼で高森を見ると、

「それじゃ、私、お隣りに参ります」

と言って、席を立った。高森は絹江の眼がなにか訴えているような気がした。彼は不愉快だった。いくら課長だといっても、あまりにも横暴である。しかも、一言の断わりもなしにだ。おそらく、三枝課長は平常から、高森を小ばかにしていたにちがいない。だから酒の勢いで、そんな態度に出たのであろう。三枝課長は絹江を誘惑するのではないか、それを思うと高森の胸が痛む。高森は太っちょの女中が、なにを話しかけても返事もしなか

った。

女中も不愉快らしく、

「課長さんは若い女《こ》、課長代理さんは私で辛抱しとくの」

小ばかにしたように言う。

高森はやたらに酒を飲み、早くから蒲団を被って眠った。だが、隣室のことが気になって眠れない。そのうち酔いのために眠ってしまった。翌朝、三枝課長と顔を合わせると、三枝は、

「高森君、昨夜は失礼したね。あの山出しでは食事がまずくなるから、君の係りと変わってもらった……」

「そうですか」

と、高森は言った。

「しかし、いい身体をしていただろう、顔はまずいが、寝る分には、ああいう女もいいものだ」

高森の胸は嫉妬と怒りで煮えくりかえった。

「私は、あんな女とは寝ません」

「ふーん、そうかね。この旅館の女中はたいてい寝るんだ。一部屋に一人女中をつけたのは、僕と君だけだ。惜しいことをしたね」

「じゃ、課長は、あの若い女中と？」

三枝課長は笑いかけたが、憎しみに光っている高森の視線に気がつき、

「いいや、あんな小娘……」

曖昧に言って高森のそばを離れてしまった。その日は、帰るまで絹江の姿は見かけなかった。ただ、一行が貸し切りの観光バスに乗った時、旅館の女中全員が見送ったが、端のほうに、絹江が隠れるようにして立っていた。三枝課長は絹江と寝たにちがいない、と高森は思った。

それ以後、高森は三枝課長を顔には出さないが憎み続けている。

高森がもう一度その温泉街を訪れたのは、この六月であった。松山支店に出張があり、仕事を済まして、同じ旅館に泊まったのだ。高森は番頭を呼び、チップを包み、絹江を自分の係りにしてくれ、と言った。

絹江はまだこの旅館に勤めていた。絹江は高森を見ると不思議そうな顔をした。どうやら高森を覚えていなかったようである。わざわざ指名されたのだから、なじみの客だと思ってきたが、見知らない男なので、とまどった感じである。高森も、少しどもって、

「君は覚えていないだろうね。去年の秋、団体で来たよ、課長に君を取られた」

そう言うと、やっと思い出したように、

「ああ、あの時のお客さん」

口を押えて笑った。きっとおかしかったのだろう。初夏なのに、絹江の顔は相変わらず青白い。だが一年ほどの間に絹江はおとなびていた。その黒く霞んだような眼は変わらなかったが。

その夜、高森は思い切って絹江を口説いてみた。今夜、僕といっしょに泊まらないか、かまわないだろう、と言ったのだ。絹江は客から口説かれるのは慣れているらしく、ちょっとしなをつくり、ご冗談ばっかり、と言って、高森の誘いに応じない。高森はがっかりした。

「君に会いに、わざわざ東京からやってきたのに残念だな。しかし、まえの時は、課長と寝たじゃないか。ちゃんと知ってるよ」

「そんなこと、嘘ですわ。だって私、芸者衆じゃありません、女中ですもの。お客さんの部屋に泊まったりできませんわ」

この時は真顔で答える。嘘を言っていないようである。高森はがっかりして、肩が落ちるような思いがした。ただ、三枝課長と関係ないのがほんとうなら、少しは救われた思いであった。高森は急に無口になった。すると絹江は、そんな高森を、合わない焦点を合わせるように眺めていたが、お休みなら、取れます、と言う。つまり、絹江は一日休み、高森がどこかに連れていってくれるなら、行っても良い、と言っているのである。高森はその翌日、広島支店に寄り、一泊して飛行機で東京に帰る予定であった。高森は絹江の手を取った。きめの細かい、きゃしゃな手である。ぐっと握ると骨が折れそうである。広島に来ないか、と言った。泊まる旅館はきまっている。「広島……」と、絹江は驚いたように言った。

道後温泉あたりに誘われると思っていたらしい。ここから広島に行くには、電車で高松に行き、連絡船で宇野に出て、また鉄道で広島まで行く。高森は慌てて絹江の手を離すと、財布から一万円を取り出した。それは高森にとって大金である。残っているのは旅館代くらいのものである。明日の旅費だ、ぜひ来てほしい、時間さえわかれば、広島駅に迎えにいく。高森はその一万円を無理に絹江の手に握らしたのである。すると絹江は、

「お客さんのような無茶なお人、初めてですわ、広島は遠いですもの」

どこか遠くを見る眼つきになった。だが絹江は一万円を返そうとはしなかった。高森は列車の時刻表を取り出した。絹江は住み込みではなく、温泉街のアパートに住んでいる、と言う。ほとんどが旅館の女中で、女中専用のアパートのようなものである。

だから明日は、休みを取って、僕といっしょに行けばいいじゃないか、と高森は真剣である。絹江は一万円を摑んだまま、かなり迷っていた。確かに高森のような無茶なことを言う客は少ないのだろう。だが、絹江は食事を片づける時、それじゃ行きます、と答えている。高森は天にも昇る気持であった。

だが客が先に金を渡した場合、海を越えた広島まで、はたしてくる温泉街の女中がいる

だろうか。約束だけはして、金は懐に入れ、姿を現わさないのがまず常識である。高森はそれを知らなかったのだ。

二人は、朝の十時に、松山の駅で待ち合わせる約束をした。高森は食事を済ますとすぐ、蒲団を敷いてもらった。午後の十時半ごろだろうか。ところが高森が神経を昂ぶらせて眠ろうと努力していると、ドアが低くノックされた。絹江であった。

「すみません、やっぱり無理です。明日は団体のお客さまがくるので、休みが取れませんの。だから、早くしまい風呂を済ましてきましたの。いつも帰るのは午前二時まえです、まだ三時間たらずありますわ……」

明日行けない代わりに、今夜はあなたと寝ても良い、と言っているのだ。高森が起き上がり、絹江を抱きしめると、絹江は、静かに、見つかったらたいへんです、と小声で言って、高森の身体からのがれた。そして立って服を脱いだ。

さっきまで着物を着ていたが、洋服に着換えていたのである。絹江の身体からは石鹸の匂いがした。肌は柔らかくまといつくようであり、痩せぎすな外見に似ずあまり骨ばったところがない、骨が細いせいであろう。乳房は大きくはないが柔らかく丸みをおびて、形は崩れていない。高森は夢中になって絹江の肌をまさぐり、熱い吐息を洩らす絹江を抱きしめた。絹江の生理はその青白い寂しげな顔に似ず情熱的であった。燃えてくると絹江は、枕元にあった湯道具からタオルを取り、自分の口に咬《か》んで嗚咽をかみ殺した。それでも秋の虫のようなすすり泣きが濡れたタオルから洩れる。高森は女性に関しては経験も少ない。だが絹江の身体が女としてすばらしいものであることだけはわかった。ことが終わると、絹江は口に咬んでいたタオルを取って、高森の身体を拭いた。おそらく絹江はそんな習慣を身につけていたのかもしれない。どうせ、田舎の温泉街の女中なのだ。客に誘われれば、いやな客でないかぎり、ついていくだろう。

「ほら、こんなに心臓が激しく鳴っています」

絹江は高森の手を自分の胸に当てた。熱い血の鼓動が、汗ばんだ肌を通して、はっきり感じられた。絹江は腕時計を見た。まだ四十分ほどしかたっていない。高森はもう少し、いてくれ、と言った。絹江は高森の胸に顔をこすりつけて眼を閉じた。

薄暗い部屋の中で、絹江の顔は稚く青白く光っているようであった。

「絹江さんの故郷は確か九州だと言ったね。どうして、こんなところに来たんだい。それに君の言葉は美しい。標準語だよ」

絹江は眼を閉じたまま低い声で、

「私はしいらです」

と言った。

「しいら？　しいらってなんだい」

「私の故郷では、実のない稲をしいらと言うんです」

実のない稲、この二十二、三のきゃしゃな女は、これからどうなるかもわからない自分の人生を実のない稲と諦めているのだろうか。悲しい言葉であった。それと同時に、そんなことを客の胸に呟く絹江に、高森は胸を突き上げるようないじらしさを覚えた。高森が話しかけても、絹江は答えない。身体を離して、顔を覗き込むと、絹江は軽い鼾をたてて眠っていた。昼の疲れが出たのであろうか。高森は絹江を起こさないように、煙草を吸いながら、天井を見つめていた。すすけた天井である。

この女を東京に連れていきたい、高森は本気にそう思ったようである。絹江は三十分ほど眠るとぱっちり眼を開いた。

「ごめんなさい、今ごろがいちばん眠たいの」

「いいじゃないか、もっと眠りたまえ」

「だめですわ、帰らなくちゃ、二時になると部屋の戸の鍵が閉まりますの」

「一度、東京に来ないかな」

「そう言ってくれるお客さん多いわ。でもだれも連れていってくれません」

絹江は起き上がると服を着た。

高森は自分の不誠実な言葉を恥じた。一流企業であるR金属の課長代理が、どうして、温泉街の女中を東京に連れていくことができるだろう。すると絹江は、ふと枕元にすわった。

「絹江ね、お客さんは、嘘をつくかたじゃないと思うわ。いつでもいいの、こんど来た時、連れていってください」

「うん、必ずな」

と、高森は実現できないことを真剣に口にした。絹江はうれしそうに笑い、お休み、と言って廊下を覗き、姿を消した。高森は絹江の異様な魅力にひかれた。妻の貴美江と恋愛した時と違った、自分が崩れ破滅しても良いと思うほどの情感であった。それは二時間たらずの絹江との情事に、一万円も払ったことを忘れさせるほどの強烈なものであったようである。

そして、今、高森は家庭も、住んでいた社会も捨てて、絹江を東京に連れていくべく四国に向かっているのである。

高森は自分の身体がだめになるまで、たとえ半年でも、一年でも、絹江とともに生活しようと決心していたのである。背広の内ポケットには、銀行から引き出した五十万円がある。

彼はこの十数年の間に百五十万円ほどの貯金をしていた。百万円は家族のために残したのだった。だが鞄の中には、会社がどんな大金をつんでも取り戻さなければならない秘密書類がある。この書類の性質上、会社は警察には訴えることができない。

高森が書類の内容を暴露したら大問題になるからだった。だから、かりに会社が高森をつかまえたとしても、会社は高森の前に手を突いて返済を求めるしか方法はない。

車内は暖かであった。絹江がまだあの温泉街の旅館にいることは、昨日電話で確かめてある。絹江は高森を覚えていた。

「東京に連れていってあげるよ」

と、高森が言うと、

「うれしいわ、絹江ね、必ずあなたが迎えにきてくれるだろうと思って待っていましたの」

と、喜びに溢れる声で言った。

しいら、実のない稲、あるいは絹江の運命は彼女自身が予言しているように、永久に実らない稲であるかもしれない。だが高森は、自分といっしょにいる一時間でも、青い稲に実をつけてやりたかった。そして、高森自身の最後の短い人生にも実をつけたかったのだ。

高森は道後の温泉の良いホテルに泊まった。そこから、絹江に電話した。絹江は明日行く、と言う。その夜、高森は一人のんびりと温泉につかった。胃の痛みも忘れたようである。不思議なほど死への恐怖は薄れてきている。

今ごろ、貴美江や子どもたちは、どうしているだろうか。出張だと言って家を出てきたので、まだ失踪したと気がついていない。

さすがに少し胸が痛むが、俺はまもなく死ぬんだ、最後のわがままを許してほしい、と呟いた。この日本に、あのあわただしい東京の街があるなんて、想像できないような気持であった。高森は坂をおりてホテルの外にある温泉に行ったのだ。そこは家族風呂になっており、鍵を掛ければだれもはいってこない。彼は子どものように水鉄砲をしたり、狭い湯槽で泳ぐ真似をしたりした。帰って酒を飲むと、すぐ眠くなり、不眠症の高森にしては、珍しく、ぐっすり眠った。

翌日の午後一時に、約束どおり絹江が訪ねてきた。絹江はきょうは休みを取ったのである。久し振りに見る絹江は相変わらず顔が青いが、少し太ったようである。

絹江は部屋にはいるなり、畳にすわっておじぎをした。その眼は黒く煙ったようでやはり焦点が合わないようだが、どこかいきいきしている。東京に連れていってもらえる喜びのためであろう。どうして、絹江がこんなにも東京に憧れるのか、高森はあまり深く考えなかった。

温泉街の女中にとって、東京は夢の都である。憧れるのも無理はない。そのくらいにしか考えていなかった。ただ、絹江は自分を東京に連れていく高森が、そこでいっしょに暮らすつもりだとは考えていない。二、三日、東京見物をして帰るくらいに思っているだろう。今夜はそれを説明しなければならない。このような温泉街の女中はあんがい、恋人など持っていない。年取った連中は、たいてい、亭主と死に別れたか生き別れで、故郷に子どもを預けている。絹江のような若い女は、家庭を飛び出し、ときどき客と寝ては稼ぎ、気ままな生活を送っている。

「そんな、堅くるしい挨拶などしなくていい。まあ、ここへおいで」

絹江はちょっと恥ずかしそうな笑みを浮かべると、部屋を見まわし、掛けてあるタオルをちゃんと直し、高森の傍らにやってきた。

高森が抱くとなんの抵抗もなく彼に身を預け、眼を閉じて唇を開く。薄く稚い唇から白い小さな歯が覗いている。高森は唾をのみながら接吻した。舌と舌とが絡みあい、高森の腕の中で絹江の身体がせつなく動く。絹江の生理的反応は敏感である。高森は激しい欲情を覚えた。やがて絹江は呻き声をたてて、高森の顔を押すようにして離した。投げ出された白い素足が割れている。

「苦しいわ」

と、絹江は呟いた。

「今夜はここに泊まっていいんだろう」

と尋ねると、こっくりうなずく。黒い眼が艶っぽく潤み、高森を見つめている。

「今夜はいろいろと話があるんだよ」

絹江は微笑して、

「うれしいわ、このまえの時のように帰らなくてもいいもの。眠いのに帰るのは辛いですわ」

「ビールでも飲むか」

「ええ……」

女中がくると絹江はちゃんとすわりなおし、

「どうもすみません。結構ですわ、こちらでしますから」

高森が東京から同伴した女性のように、いや妻のように慣れた態度で年上の女中に応対する。高森には、絹江のそんな態度は少し意外であった。どう見ても絹江は二十二、三である。しかしこんな態度が取れるのも、職業がらからであろう。また、客とのデートにも慣れているせいかもしれない。しかし、もうこれから、この女は他の男には触れさせない。

「風呂にでもはいったらどう、この部屋にはバスがついているんだよ」

「ええ、それじゃはいらしていただきます」

絹江は風呂にはいると、このホテルの浴衣《ゆかた》に着換えた。まったく高森を信じ切っている様子である。絹江は鏡の前にすわり、髪をなおすと、食卓をはさんで向かい合わせに置かれている座蒲団を、高森の傍らに敷きなおし、肌の暖かみが感じられるほどそばにすわった。自然な動作である。絹江はもう高森の女になりきっている。それが高森にはまたうれしいのだ。ふと高森は、絹江がいたればこそ、自分は、家庭も社会も捨てたのかもしれない、と思った。たとえ死の宣告をされたとしても、絹江という女がいなければ、失踪などできなかっただろう。絶望的な気持で腹を切られているかもしれない。

二人はビールで乾杯した。

「ほんとうに連れていってくれるの？」

「ほんとうだとも。そのため、わざわざ迎えにきたんじゃないか。絹江、僕は君が好きだ。どうだい、東京でいっしょに住まないかい」

さすがに絹江は驚いたようである。

「だって奥さんが……」

「今まで言わなかったが、僕は一人なんだよ。昔、結婚したが、女房には死に別れて、子どももない、だから、なにをしようと自由なんだ」

「でもいい会社の課長代理さんでしょう。私のような女といっしょに暮らすなんて、そんなことしたら、あなたの迷惑になるわ」

高森は絹江の浴衣の袖に手を入れ、

「なにを言うんだ、僕にとって君はすべてだよ。会社なんか、どうしたというんだ、僕は絹江と東京で暮らせたら、それがいちばんの幸せなんだよ。な、いっしょに暮らそう。な、絹江をしいらのまま終わらせたくない、きっと実をつけてあげる」

湯上がりの絹江の二の腕は暖かい餅のようである。高森が指をすすめると腋窩《わきあな》の淡い茂りが触れる。湯上がりのせいか、しっとりと湿っている。絹江の腋窩は甘酸っぱい匂いがする。

　さすがに絹江は即答できない様子である。高森に腋窩を触れられながら、身動きもせずに考え込んでいる様子である。そんな絹江の顔には、今までになくおとなびたものがあった。

　絹江は黙ってビールを飲んでいたが、高森が、な、いっしょに暮らそうとひっぱると、高森の肩に顔を乗せて、

「でも絹江ね、うちにお金を送らなければならないのよ。お父さんも、お母さんも病気なの。それに中学に行ってる妹たちもいるし、ひと口には言えないけれど、複雑な家庭ですのよ。だから、絹江、温泉街の旅館で、女中などしているの。ときどきお客さんに誘われて泊まることもあります。でもそれは、家にお金を送るためなの。絹江ね、二万円も送っているのよ」

「いいじゃないか、その分は僕が出してあげるよ。いっしょに暮らすのは夫婦と同じだ。なにも遠慮することはない」

「だって、でも、あなたのようなこと言ってくれるお客さんなんて、いないわ」

「それは、君を本気に愛さないからだよ。僕は君を愛しているんだよ。もちろん、君といっしょに住むとなると、今までのところにはおれない。会社の連中に知られると困るからね。どこか、アパートを借りて住もう。心配せずに、僕にまかすんだ。な、僕の眼を見るんだ、信じられるだろう」

高森は絹江の顔を自分のほうに向けた。絹江の黒眼がちの眼は、相変わらずどこか焦点が合わない。だが、しばらくそうして顔を見合っているうちに、絹江は甘い唇を高森の唇に押しつけてきた。

その夜、絹江は高森の部屋に泊まっている。そして寝物語に、自分の過去を告白したのである。

絹江は二十三歳であった。生まれたのは福岡の山間の村である。家業は貧乏な農家であった。兄がいたが、絹江が中学生の時、百姓はいやだと言って、家を飛び出してしまった。東京にいるという噂だが、家のほうには少しも便りがない。絹江には二人の妹がいる。一人は中学を出て博多の工場に勤めている。今一人はまだ小学生である。ところが、絹江が中学校を出た年に、父が中風で倒れてしまった。寝たきりである。母と絹江が田畑の仕事をやったが、母も神経痛で畑仕事ができなくなってしまった。絹江一人ではとうていできない。

今は人に貸してやってもらっているが、収入はわずかだ。だから絹江は仕方なく、家を出て温泉街の旅館に勤め、仕送りしているのだ、と言う。それは暗い告白であった。

「博多のキャバレーにちょっとだけ勤めましたの。でも絹江には、あんな雰囲気あわないの。静かなところのほうが好きなんです」

「わかるよ、絹江は博多のキャバレーなどに勤める女じゃない」

と、高森は絹江の背をさすりながら言った。博多のキャバレーに勤めて客を取るのと、田舎の温泉街の旅館の女中をして客を取るのと、本質的にどのような違いがあるだろうか。客を取る行為には変わりはないが、そこに、口に言い現わせない違いがあることは事実だ。なぜなら、もし絹江が博多のキャバレーの女であったなら、高森は絹江といっしょに、人生の最後を過ごそうとは、思わなかっただろう。それほどの違いがある。

絹江は翌日、アパートに戻った。東京に行くにしても、世話になった旅館に黙ってやめられないし、整理するものもある、と言う。戻る時絹江は九分どおり、高森と東京で生活をともにする気になっていたようだった。高森は苛々《いらいら》した気持で、絹江を待った。苛々すると胃が痛む。

痛みを感じると、いくばくもない生を思う。もう今の高森は、絹江なしには、一日も生きておれないような気持になっていた。

だが翌日の夕方、高森のところにやってきた絹江を見て、彼は無言で絹江を抱きしめた。

絹江は二個のスーツケースをさげていたのであった。

高森はすぐ絹江と東京に戻るより、しばらくあっちこっちの温泉めぐりをしていきたい、と思った。自分の好きな女を連れて温泉めぐりをする。それは今までの高森なら、望んでも絶対不可能であった。ときどき出張先で、そんな二人連れに会うことがある。そのたびに高森は羨ましく思い、男のほうはいったいどんな職業の人間だろう、と不思議に思う。R金属のような超一流会社の人間なら、絶対そういうのんびりした時を持てないはずである。高森が温泉めぐりをしようと言うと、絹江はすぐ賛成した。会社のほうは、と尋ねるので、休暇を取ったのだ、と答えた。べつに疑った様子もない。

ひょっとしたら絹江などの世界では、大都会で男たちが汗水垂らして働く厳しさなど、理解できないのかもしれない。温泉街に来る客は遊びにくる連中ばかりである。そうでなければ、高森の行動に少しは疑いを抱くはずであった。

高森は絹江を連れて九州に行った。福岡の出身だというのに、絹江は別府を知らなかった。地獄めぐりに感嘆し、旅館の窓から白い湯煙のたつ別府の温泉街を眺め、道後温泉の何倍もあるのね、と驚いている。九州の山脈をタクシーで横断し雲仙に行った。九州横断道路の風景の美しさは、すばらしいものである。高原、湖、紅葉した山々、お花畑、それはめまぐるしいほど変化に富んだ景観である。阿蘇では、高森の腕にすがり、怖ろしそうに火口を覗き込む。吹きあげる煙を吸うと一日じゅう喉が痛むと運転手に聞いているので、風向きが変わり、白い噴煙がこっちに襲ってきた時は、きゃっきゃっ、と子どものような声をあげて、高森と逃げる。

「楽しいわ」

と、絹江は何度も呟いた。

ただ、高森が、せっかくここまで来たのだから、ちょっと故郷に寄って、病気の両親を見舞ったらどうだい、と言ったが、絹江はいいのよ、ちゃんとお金を送ってるんだし、そんなことをしなくてもいいの、と断わっている。

そんな時、絹江の言葉はひどくおとなびたものになる。雲仙で一泊し、長崎を見物した。福岡から汽車に乗り、京都で泊まった。旅の間、泊まるたびに高森は絹江の肌を求めた。女に対して、これほどの欲望が自分にあるとは、高森自身想像もしていなかった。

燃えつきる寸前に炎が花を開くというのは、こういうことだろうか。だが高森は自分の肉体も精神も若返ったような気がして仕方がない。尽きない泉のごとく、こんこんと欲望が湧き上がる。絹江の肌はどの部分もしなやかで甘酸っぱい。高森は、絹江の少しひんやりした尻に頬を当てたり、暖かく波打つ腹部に唇を這わしたり、絹江の身体のすべての部分を味わう。そして絹江はそれが習慣のごとく濡れタオルを口に咬んだ。一度、高森は絹江の口から無理にタオルを取った。すると絹江の秋の虫のようなすすり泣きが、ものの怪《け》か夜鳥のようなすさまじい叫び声に変わったので、慌ててまたタオルを口に押し込んだ。それだけ絹江の歓喜は、信じられないほど激しかったのだ。絹江もそれを知っておればこそ、タオルを口に咬んでいるのだった。

そのうえ、これは少し滑稽な話だが、高森は絹江と夜と重ねるごとに、絹江から肉体関係の技巧も教えられた。もちろん絹江は、その最中、無意識のうちに、ああして、こうして、と言うのだが、それは長い貴美江との夫婦生活の間、考えてもみないような行為であった。

高森は絹江との夜に、男女の肉体関係の深淵を覗いた気がした。それは麻薬にも似た陶酔の連続である。こうして、一週間ばかり絹江と旅をして、高森と絹江は東京にたどりついたのである。さすがに高森は疲れていたが、それ以上の興奮が、高森の心身にみなぎっている。昔から高森は電車の中などでは眠れないのに、絹江との旅では平気で眠れる。だから名古屋から東海道新幹線に乗った時も、ぐっすり眠った。今の高森には絹江との生活がすべてである。それ以外なにものもなかった。

怖ろしいものもない。高森が眼をさましたのは、電車が多摩川を越えたころである。絹江は窓に頬を寄せて、食いつくように東京の街を眺めている。絹江の焦点の合わないような黒い眼がいきいきと光っている。そう言えば絹江には旅の疲れが少しも現われていない。若さのせいであろう。それに絹江も、こんなに眠るのは初めてだ、と言った。旅の間、二人は手を絡ませたまま、九時間も十時間も熟睡したのである。高森の顔がガラスに映っている。眼窩《がんか》のあたりが黒ずんでいるようである。

いくら熟睡したといっても、一週間も続けて情事に耽溺《たんでき》すれば、疲労が現われるのも無理はないだろう。高速電車はあっというまに都心にはいる。

高森も絹江のほうに顔を寄せ、あれが東京タワーだとか、説明を始めた。だが絹江は高森の説明にうなずくでもなく、外を眺めている。高森の話に、絹江が反応を示さなかったのは、これが初めてであった。高森は不思議に思った。あれほど憧れていた東京ではないか。絹江のほうから説明を求めるのが普通である。なんだかおかしい、気分でも悪いのか、と聞くと絹江はわずかに首を振った。

ふと、疑惑がひらめいた。絹江は東京を知っているのではないか。絹江はまだ一度も来たことがない、と言っていたが、絹江の表情には、懐かしそうなものがある。東京駅をおりてタクシーに乗り、四谷の旅館についた時、高森の疑惑はますます強くなった。東京の街に食い入るような絹江の視線は、今までの絹江のものではない。もし初めてなら、別府、阿蘇、京都などで示したうれしそうな感嘆の表情を浮かべるはずである。しかし、絹江の表情は、初めて大都会の風景に接して、びっくりするよりも、もっと深く真剣であった。それは、長く離れていた恋人に再会した時の感動といって良いかもしれない。高森はある理由で、この四谷の旅館を知っていた。というのは、二年ほどまえ、R金属がある総会屋と揉めた時、高森は課長とともに、総会屋の自宅を訪れたことがあった。その時、ここに旅館があるのを記憶していたのである。

その夜、高森と絹江は、初めて、感情のうえで衝突した。いやそれは高森の一方的な苛らだちだったかもしれない。高森が君は嘘を言っている、東京には来たことがあるんだろう、としつように責めたのだ。すると絹江は黙り込んでしまった。高森がなにを言っても返事をしない。最後には高森のほうが絹江の機嫌を取らざるをえない。絹江は天井を眺めたままやたらに煙草をすっている。隣りの部屋からは、男女の笑い声が漏れてくる。高森は急に寂しさを覚えた。とたんに胃が痛み始めた。高森もなんとなく吐息をついて、天井を眺める。

東京に着いたとたんに、絹江が変わったような気がして仕方がない。高森が絹江の手を取ると、

「今夜はなにもしないで寝ましょう」

「怒ったのかい、僕が悪かったよ」

「いいえ、私も嘘を言ったんです。四国へ行くまえ、ちょっと、東京にいたことがあるの。兄さんを捜しにきたんです。私の故郷の人で、兄さんを見たという人がいたので、それで……」

「なんだ、それなら、なにも隠さなくてもいいのに」

「だって、東京にいたといえば、連れてきてくれないでしょう、だから」

高森はふと、絹江が単純な温泉街の女中ではないような気がした。絹江には、高森に理解できない面がある。だが高森はそのために、かえって絹江に溺れていくようでもある。

旅行の間に、高森は二十万円ほどの金を使っていた。金というものは、使い方によって、なんとはかないものだろう。

これから、アパートを借りて二人で生活せねばならない。アパートの権利金だけで十万は要るだろう。それに、絹江は毎月二万円、故郷に送金せねばならない。だが、高森があまり金のことを心配しなかったのは、会社の秘密書類を持っているからである。

高森と絹江は、この旅館に三日いた。その間、高森は絹江と一時も離れていない。だが旅館生活は不経済である。

その日、高森は絹江に、部屋を捜してくる、と言った。すると東京に来て以来、なんとなく沈んだ顔をしていた絹江が、一人で街に出ても良いか、と言う。高森が心配そうな顔をすると、だいじょうぶですわ、戻って来ます、と言って、高森に抱きついてきた。

「絹江ね、あなたが好きになったの。だから四国に帰ったりしないわ、心配しないで」

絹江はちゃんと高森の不安の原因を見抜いているのである。絹江は、東京には友だちもないし、べつに行くところもないけれど、ちょっと兄さんを捜してみる、と言う。

「当てがあるのかい？」

「ええ。兄さんに会ったという故郷の人の話では、新宿あたりで、バーテンをしているらしいの、もう、新宿にはいないと思うけど」

田舎から一人で飛び出してきた男が、どんな生活を送っているか、高森にもわかるような気がする。高森は、絹江との二人だけの生活に、絹江の兄がはいり込むのがたまらなかった。だが捜すなとも言えないので、

「そのうち僕も捜してあげるよ。あまり一人であせってはいけない。東京というのはね、危ないところなんだよ。悪い男がうろうろしている。田舎から出てきた女だと見ると、つかまえて売り飛ばしたりする……」

　すると絹江はあんがい素直にうなずき、

「わかりました。今夜は何時ごろ、帰ってくるの？」

「夕方までには戻ってくる、絹江もそれまでには帰ってくるんだね」

　絹江は、旅館をやめて高森と東京に来たが、あまり貯金はしていないようである。せいぜい四、五万ではないか。三年間も温泉街の女中をしていて、貯金がないというのはおかしなことだが、故郷に送金していたのだから、仕方がないだろう。

　その日、高森はまず図書館に行った。書類のはいった鞄はしっかり手に持っている。

　高森は家を出てからの新聞記事に眼を通した。癌ノイローゼで失踪、そんな記事が出ていないか、と調べたが出ていない。これは会社も貴美江も、警察に届けていないからであろう。会社が届けない理由はわかる。だが、貴美江がなぜ届けないのか、届けたのだが、記事になるのを会社が押えたのか。

　高森は少し意外であった。貴美江が捜索願いを出すのはとうぜんだ、と思っていたからである。

　高森は次に広告欄を調べた。このほうは出ている。三日目に、藤原と貴美江の連名で

〈異常なし、すぐ戻れ〉とある。

異常なし、というのは高森の身体のことであろう。一段だが十行ほどのスペースだから眼につく。次の日も出ている。だが五日目には、文章が変わっていた。〈責任をもってまえのとおり迎えるすぐ連絡されたし〉となっている。貴美江の名まえではなく、遠見、とある。

高森は微笑した。遠見は部長であった。これだけの背任行為をおかして、まえのとおり迎えるもなにもないものだ。高森には会社のあせりが手に取るようにわかった。それも世間体をはばかっているのだろう。高森の姓は出さずに〈高志君に告ぐ〉としている。貴美江と藤原の広告は〈高志さん〉である。どうやら、会社から貴美江のほうに手が回っているようであった。会社が貴美江に捜索願を出すのを止めているのだろう。おどかしたり、すかしたり、退職金の問題を出したりして、必死になって押えているにちがいない。しかし、貴美江も貴美江だ、そんな圧力は撥ねのけて、捜索願を出すのがとうぜんではないか。

次の広告は五日まえである。〈浩一重態、すぐ連絡ありたし、貴美江〉とこれは簡単な文である。それだけに胸に響く。罠だな、と高森は思った。浩一は息子である。会社の罠にちがいない。高森は不安を覚える反面、会社と共謀して、そんな罠を掛けている貴美江に腹がたつ。それから広告はとぎれている。

そして昨日の朝刊に出ていた。

〈話し合いたし、希望ならば買い取ってもよし、遠見〉となっていた。始めは情に絡んで呼びかけていたが、高森の反応がいっこうにないので、とうとう会社側の焦燥をはっきり暴露したようであった。

高森は図書館を出ると、周旋屋を訪ね、アパートを決めた。柏木町に月二万円でバス、トイレ付きというのがあった。周旋屋とそのアパートまで行き、旅館に戻ったのは、六時であった。絹江はいない。

高森は瞬間、眼の前が真暗になったような気がした。だが、スーツケースがある。

高森は今まで、絹江のスーツケースを開けたことがない。思い切って開けてみると、洋服だとか下着、その他日用品が、二つのスーツケースにいっぱいつまっている。だが、これだけの持物しかない、というのは、考え方によっては憐れである。鏡台その他大きなものは、落ちつくまで預けてある、と絹江は言っていたが、はたしてどれだけのものを持っているのか。秋の日は暮れるのが早い。高森は洋服のまま、旅館から出て、都電通りまで歩いた。するとちょうど絹江が都電からおりたところであった。絹江はデパートの包み紙をさげていた。

「遅いね、心配していたんだよ」

「すみません、でも良かったわ……」

「なにが」

「あなたが、ちゃんと迎えにきてくれて。絹江ね、ひょっとしたら、帰ったら、あなたがいなくなっているんじゃないか、と思っていたのよ。うれしいわ、手をつないで」

身体がふるえるようないとおしさが、高森を襲った。高森は絹江のひんやりとした小さな手を握った。そして下駄の音をたてながら旅館に戻った。絹江が買ってきたのは服であった。安い服だろうが、三着も買っている。

高森はきょう、絹江に五千円しか渡していない。いくら安い、といっても、秋の服を五千円で三着も買えるはずがない。

「どうしたんだい、お金は？」

食事をしながら高森は尋ねた。詰問口調になると黙り込まれるので、優《やさ》しく尋ねた。

「私のお金で買ったのよ」

「そんなことしていちゃ、君がせっかくためたお金、なくなってしまうじゃないか」

「だって、四国と違うもの。東京で暮らすのなら、温泉街にいる時のような服、着れないわ。せっかく東京に出てきたんだもの、みじめな格好するの、いやよ」

そう言われれば一言もない。きょうは周旋屋に十万払ったので、残金は二十万たらずである。できるだけ、あの書類を高く売りつけなければならない。そして売ったあとでも、警察にあげられないような方法を取らねばならない。それにはあの書類をコピーしておく必要がある。総務課にいたので、最も新しいコピーの方法を知っている。それをする店も知っている。だが、会社関係の店に行くのは危険である。それよりむしろ写真にとっておいたほうが良いのではないか。

チップをはずんで、うつしてくれるように言えば、やってくれるだろう。

絹江は、食事を済ますと、さっそく買ってきた服を一つ一つ着てみた。鏡にうつしながら楽しんでいる。そんな絹江には喜びが溢れている。そういえば顔もいきいきしている。眼も艶っぽい。だがその服は、青白い顔した絹江には少し華やかすぎるようであった。高森は煙草を吸いながら、そんな絹江をぼんやり眺めている。社会のもろもろの出来事は、今の高森には無縁である。残り短い生命を、この若い女に燃やし費やしたい。それにしても絹江は、高森の生活を、どのように考えているのだろう。会社のことも尋ねなければ、収入についても尋ねない。絹江は、高森が大きな会社の課長代理であることを知っているはずである。

いくら休暇を取ったといっても、不思議に思わないのだろうか。

高森は絹江に贅沢をさせてやりたい、と思う。

翌日、高森は絹江といっしょに柏木町のアパートに移った。このあたりのアパートには新宿界隈の水商売の女たちが住んでいる。両隣りもそのようであった。

絹江が高森に仕事について尋ねたのは、アパートに移ってから三日目である。その間、高森と絹江はアパートで、ごろごろしていたのだ。いや、一度だけ高森は、書類を写真にとるため出かけている。四つ切りに伸ばした二十枚の写真に、書類の内容がはっきりとれている。あの写真屋の親父は英語の契約書など読めはしないだろう。高森が写真を眺めていると、バスルームから出てきた絹江が、不思議そうに覗き込んだ。これはなんだ、と尋ねる。

「たいせつなものなんだよ。これが何百万ものお金になるんだ。そしたら、絹江に思い切り服を買ってやるよ。こんな安アパートじゃなく、もっとりっぱなアパートに移る、鉄筋のな」

絹江は驚いたように眼を見張った。

「これが、何百万にもなるの？」

「そうだよ、絹江にはわからないだろう」

絹江はバスタオルを胸から腰に巻きつけたままである。背中にしずくが垂れている。

高森は写真を置くと、

「濡れているじゃないか、拭いてやろう」

絹江のバスタオルを剝ぎ取ろうとする。絹江はいやいやと抵抗する。高森が夢中になり、取ると、絹江は素裸のまま畳の上にうつ伏せに寝た。

「背中でしょ、拭いてちょうだい」

高森は息をはずませながら絹江の背中から、尻、太腿のほうを、尊いもののように拭く。

さあ仰向きなさい、と言うと、

「いやだわ、前は濡れていない」

「濡れているよ」

「ばか、エッチ、知らない」

絹江は高森の手からバスタオルを奪い取ると、歌を歌いながらスリップを着る。今はやりの若い歌手たちの流行歌である。高森は絹江とのそんな生活が楽しくて仕方がない。高森は絹江にねだられてテレビを買った。二人は昼過ぎに起きる。寝起きの絹江の顔はけだるく、少し寝臭い匂いがした。昨夜あれほど消耗したのに、高森の欲情をそそる。

窓の下の道路は、スクーターや三輪や、タクシーが通る。道を歩く人々はみな無表情である。街の塵を被ったような顔をしている。みな生活のために必死になって働いているのである。だが、高森にとって、白い道路も、スクーターも、通行人も、みな影絵のようであった。

アパートにきてから、新聞をとっていた。

高森が失踪した記事は、いっこうに出ていない。広告も出なくなった。広告費だけでも、十数万はかかっているだろう。貴美江が出したとは思えない。会社が負担したのだ。会社では、高森が自殺でもしたのではないか、と考え始めている時分である。おそらく貴美江もそうである。だが、そうは問屋がおろさない。

高森は会社が一安心した時を、ねらっていたのであった。

その夜、食事を済まし、二人で風呂にはいり、テレビを見終わって、これから寝ようという時に、絹江が思い出したように言った。

「明日、故郷《いなか》にお金を送りたいんだけど、あるの？」

ちょっと絹江は心配そうな顔になった。

「あるよ、心配しなくてもいい。二万円だったね」

「ええ、私ね、東京にきたことは言ってないのよ。お父さんもお母さんも、田舎の温泉街にいるよりも、東京のほうが心配するの、田舎者でしょう。でも良かった、絹江ね、あなたにお金がなかったら、バーにでも勤めようと思っていたのよ……」

「ばかなことを言っちゃいけない。絹江をバーみたいな、けがらわしいところに勤めさせたりはしない。絹江は僕だけのものだ」

「うれしいわ、でも、ほんとうにだいじょうぶなの？ 会社もうやめたんでしょう」

「うん、良くわかったね。今は退職金で生活している。しかし、あの写真をお金に変えたら、なにか、商売でも始めるつもりだ」

「絹江もそのほうがいいわ。やっぱり、毎日部屋にこもっていたら退屈するもの……」

「そりゃそうだね。そう言えば東京にきてから、あまり見物していないね。明日はどこかに行こうか」

「ええ、そうね」

だが絹江は、そんなに喜んでいる様子でもない。絹江はなんといっても若い女だ。こんな生活をいつまでも続けていたら飽きてくるおそれがあった。高森はいよいよ、書類を金に変える計画を実行に移すことにした。

書類を複写したネガと写真は、アパートの畳の下に入れてある。書類のほうは、鞄に入れ、鍵を掛け、離さない。まず高森は、会社が貴美江に、どんな態度に出ているか、知る必要があった。高森の自宅は日吉の近くの公団住宅であった。残念ながら電話がない。

家は戻るのは危険でもあるし、それになんだかいやであった。貴美江の泣き顔を見るのがたまらない。絹江の愛情とはまったく異質ではあるが、高森は彼なりに家庭を愛してきたし、今でも愛しているかもしれない。責任を負うという気持は、負担ではあるが、愛情の一種である。高森は新宿の郵便局から電報をうった。明日午後一時、Sデパートの屋上にて待つ、会社には知らせるな、そんな電文である。郵便局では、夜につく、と言った。高森が出かけると言うと、絹江も外出したい、と言う。久し振りで買物をしたり映画を見たいし、と絹江は言った。今まで良く高森と一部屋に閉じこもっていたものである。これが、都会の女であったなら、二、三日で飛び出すだろう。高森は人眼を怖れて、なるべく外出しないようにしている。警察には訴えていない、と思うが、万が一、という危険があるからだった。とにかく、目的の金を手に入れるまでは慎重にせねばならない。なるべく、八時ごろまでに戻ってくるように、と言うと、絹江はいそいそと出かけていった。へんな男にひっかからないか、と少し心配だが、絹江は高森が意外に思うほど、しっかりした面がある。高森は鞄を東京駅のロッカーに預け、約束の時間に、Sデパートの屋上に行った。ウイークデーなので、わりあい人は少ない。子どもを連れた人妻ふうの女性や、若い男女が数組いるだけである。貴美江はすぐ見つかった。肩を落とし、ベンチに腰をおろしている。視線だけが硬直したように出入口に向けられている。高森を見るとバネのように立ち上がった。高森が合図する暇もなにもない。貴美江は駆けてきたのだった。

「あなた……」

硬直したように見開かれた貴美江の眼から、大粒の涙が溢れた。さすがに高森も胸を打たれた。だれも来ていないな、と尋ねると貴美江はこっくりとうなずく。そこには高森が捨て去った家庭があった。高森は無言で貴美江に背を向けるとデパートの中にはいった。そして、二人は喫茶室で向きあったのである。

貴美江は高森の顔を見て、胸がいっぱいになり声も出ないようである。高森は落ちついている。紅茶が運ばれた。貴美江の手がふるえて紅茶茶碗がうまく持てない。心労のため、貴美江の顔は青く、眼窩が黒ずんでいる。

「どうして、あんなひどいことを？」

と、貴美江がやっと言った。

「わかっているだろう、僕は胃癌に罹《かか》った。あと一年か二年だろう。なにもかもいやになったんだよ。生活に疲れたんだ、許しておくれ」

「藤原先生は後悔しておられました。疑いがあるというだけで、九分九厘癌じゃないと」

「嘘を言ってはいけない、僕は他の医者に診てもらったんだよ、はっきりレントゲンに出ている、藤原君のせいじゃない」

貴美江の眼からまた涙が溢れ出た。貴美江はハンカチを出して瞼を拭いた。他の客が好奇な眼で眺めている。出よう、と高森は言った。こんな場所では話せない。Sデパートの前からタクシーを拾い、皇居前広場に向かった。タクシーの中で、貴美江はとうとう、高森の罠にかかり、彼の癌を告白してしまった。他の医者にも診せた、という嘘が、貴美江の口を開かせたのだろう。とたんに、高森は不思議なほどの解放感を覚えた。ひょっとして癌でなかったら……そんな不安が、失踪して以来ずっと意識の底にあったからである。

二人は、堀端の近くにある噴水のそばのベンチにすわった。ここにも、若い男女が数組いた。陽は明るく大手町のビル街が並び建っている。ここからは見えないが、このビル街の中にR金属のビルもあるのである。

「僕が会社の書類を持ち出したのは知っているだろう。社の運命に関する重要な書類だ」

「ええ、部長さんや、課長さんが毎日いらっしゃって。なんであんなことをしたの、いくら癌にかかったからといって。ね、すぐ返してちょうだい、今戻れば、会社のほうでも穏便にすませる、とおっしゃってるわ」

「なぜ捜索願を出さなかったのだ」

「だってあなた、広告見なかった？　あの広告費も全部会社のお金なのよ。あなたのことが公けになれば、私たちは、浩一も、ひろ子もどうなると思うの。あなたは犯罪者になるのよ」

「会社のほうは、警察に告訴しているか？」

「いいえ、していないわ。もう二十年近くも勤めたあなたを、なるべく傷つけたくない、とおっしゃっているのよ。ね、いったい、今どこにいるの、すぐ戻ってきて。病院にはいって、手術をして」

　貴美江の声にはせつせつたるものがある。

　だが、高森の胸からは、貴美江と会った時の、あの突き刺すようなものがしだいに薄れてきていた。貴美江がひどく遠くから喋っているような気がする。おまえはなぜ、その言葉を最初に言わなかったのだ。書類のことのほうを気にしたのだ。それはおまえが俺の生命よりも、残された自分たちの安全ばかりを考えているからではないか。もちろん、俺はそのために、今までおまえたちを守ってきたのだ。だが、生命がないときまった今、すまないがその責任から解放させてもらう。

　貴美江は高森の手を取り、ね、いっしょに戻りましょう、浩一もひろ子も、どんなに心配しているか、お願い、帰って、と懇願する。

「僕の顔、変わったかい」

「ひどく疲れているわ。心配なの……帰って。そして書類を会社に返して」

「書類さえ返せば、死ぬまで会社でめんどうを見るとでも言うのかい、そして正規の退職金を出すとでも」

「あなた、しっかりして、ね、お願い、しっかりしてちょうだい。あなたの苦しみはわかるわ、あなた以上に、私も苦しんでます。でも、子どもたちのことを思って、気違いにならずに、じっとこらえているのよ。癌は死ぬものときまっていません」

　貴美江は確かに俺の生命をひどく心配している、苦しんでいる。それと同時に犯罪者の妻になり路頭に迷うことにも、おびえきっている。これはとうぜんなのだ。貴美江を責める権利は高森にはとうぜんない。高森のほうがもっと残酷なことをしているのである。貴美江とは比べものにならないほどのエゴイストである。

　だが俺はもうすぐ死ぬのだ。貴美江よ、俺のエゴイズムを許してくれ。高森は渇いた笑い声をたてた。貴美江が、どきっとしたように高森を見る。

「貴美江、心配しなくてもいい、俺はな、あの書類で、会社から五百万の金をいただくつもりだ。それも警察沙汰にはさせないでね。そのうち、二百万は君に渡す。貯金が百万あるから、三百万になるだろう。それで商売でも始めてくれ。僕の生命は、もう一年か二年か、いや、ほんとうに生きているといえる時間は、半年くらいかもしれない。身体が衰弱しはじめてどうにもならなくなったら、猿のようにだれにもわからずに死ぬ。いいかい、僕と会ったことは、絶対会社に知らせてはいけない、かならず二百万は渡すからね。会社には、なにも言うんじゃないよ」

高森がそばにあるホテルに向かって歩き出すと、貴美江も追いすがってきた。もう一度考え直して、お願い、と繰り返す。だが高森は答えない。まもなくホテルの玄関に来た。タクシーがならんでいる。

「金がはいったら連絡する。僕と会ったことは浩一にも喋ってはいけない」

高森を乗せたタクシーは、貴美江を残したまま走り出した。

さすがに高森はひどく疲れた。鞄はロッカーに預けたままアパートに戻った。一度に疲労が出てきたようである。胃と胸がむかつき、高森はやたらに薬を飲んだ。しばらく忘れていた胃の痛みをこんなに覚えたというのも、やはり妻に会ったからであろう。貴美江は高森の顔が疲れているようだ、と言った。高森は鏡にうつしてみた。自分ではあまり意識しなかったが、そう言われれば、眼窩が窪み、頬も落ちたようである。だが、眼だけは異常にいきいきしている。顔全体にすごみがある。会社員の顔ではないな、と高森は思った。絹江はなかなか戻ってこない。彼は蒲団を敷いて横になった。いったいどこに行っているのだろう。東京に友人はないと言っていたが、ほんとうにないのだろうか。四国の温泉街にいた時は、自分のことをしいら、と言い、自分の人生を諦めたような寂しげな女であったが、東京に来て、高森といっしょに暮らすようになってから、なんとなく変わったようである。どこがどう変わった、という具体的なものはないが、とにかく少し変わった。と言って、高森と暮らすのがいやになったのではない。それは、はっきりしている。女中をしていただけあって、日常生活では、年に似ず、つくしてくれる。風呂にはいれば背中を流し、ちゃんと洋服をたたみ、情事のあと水を飲みたいと言えば、さっと汲んできてくれる。めったにいやな顔をしない。それなのにどこが変わったのか。服を買い始めたことか、外出の時、いそいそと化粧することか。高森は、こうと言って具体的な事実がないだけに、もどかしい思いであった。

絹江が帰ってきたのは、十時ごろであった。タクシーで戻ってきたのだ、良くアパートを覚えていたものである。寝ている高森を見ると驚いたように、

「どうかしたの、具合悪いの？」

と、高森の顔を覗き込んだ。絹江の口からは酒の匂いがした。

高森がそれをとがめると、

「一人でスタンドバーで飲んだの。へんな男が話しかけてきて困ったわ」

だがべつに怖くもなさそうである。かえっておもしろがっているようである。絹江の顔

は今までになくいきいきしてみえた。この時高森は、流行歌を口ずさみながら服を脱いでいる絹江さえも、ふと影絵のような気がしたのである。

身体じゅうに力がない。高森はふと俺の死期はあんがい早いかもしれない、と思った。冷や汗が流れてくる。絹江は素裸になると、バスルームに行きかけたが、なにを思ったのか、

「あら、きょうは鞄がないのね、どうしたの」

いつもは焦点の合わない霞んだような眼が、この時は黒い点となって寝ている高森を凝視した。

「よそに預けたのだ、盗られると困るから」

「そうね」

絹江はすぐバスルームにはいった。白い素肌が高森の眼に焼きつく。だがそれはいつもと違って、高森に圧迫感を覚えさせた。

翌日高森は外出した。彼は東京駅の公衆電話からR金属の総務部に電話を掛けたのだ。遠見部長はいた。高森の声を聞くと一瞬、息をのんだようだが、すぐ書類はあるか、と言う。新聞の広告を見た、買ってもらいたい、と高森は言った。遠見がなにも言わない先に、

「警察に連絡してもだめですよ、ちゃんとコピーを取って、天下に公表されるようになっています。明日の午後一時に高速道路の霞ガ関インターチェンジの入口に、部長お一人で

待っていてください。現金で五百万です、これ以下は絶対だめですから……」

「五百万、ば、ばかな、気でも狂ったのか」

「正気ですよ……。じゃ電話を切ります」

「待て、君は奥さんのことを」

だが高森は電話を切った。こういうことはくどくど話しあっても仕方ない。一方的に押しつける以外に方法はない。神経がたっているせいか、昨日よりも身体の調子が良い。しかし電話を掛け終わった時は、身体じゅうが汗で濡れている。高森がアパートに戻ると、絹江は部屋でテレビを見ていた。高森は、

「いたのか、君は外出しているのか、と思っていたよ」

「あらどうして？　私、外出する時は、ちゃんとあなたに言ってから外出するわ。そんな勝手なことはしません」

「いよいよ、もうすぐ金がはいるよ」

「あの写真が、何百万円ものお金に変わるの、信じられないわ」

「写真は写しだ。本ものは鞄の中にある」

「そんなにお金がはいったら、怖いわ、絹江」

「なあに怖いことあるものか、金なんかあるところには掃いて捨てるほどある。飯でも食いにいこうか」

「ええ、絹江、おなか空いていたの」

高森はズボンにセーター、下駄ばきという姿で、アパートの近くにある食堂に行った。大衆的なレストランで、高森と絹江は毎日ここか、もう少し先の和食堂で食事をするのである。時間外なら、出前もしてくれるので便利である。客は出勤まえの、バーの女たちが多い。高森は、絹江が高森の行動に対して、その善悪を聞かないのが、最初は不思議であった。しかし、最近はそれがとうぜんのことのようにも思える。身体を売って稼いでいたせいかもしれないし、その性格かもしれないが、絹江には普通の社会の人間が習慣となっている、なぜ？という言葉にあまり興味を持っていないようである。今の高森と同じように、絹江には、毎日、毎日の生活しか意味はないようであった。

高森が、金ができたらなにが欲しい、と尋ねると、絹江は遠くを見つめながら、

「わからないわ。洋服も欲しいし、指輪も欲しいし、それより、あなたとまた旅行にいきたいわ、行けるんでしょ」

「行けるとも。東京が飽きたのなら、別なところに行ってもいい」

「べつに飽きないわ。だって、あなたとどこにもまだ行ったことがないもの」

絹江のそんな言葉を聞くと、高森は身体の疲れを忘れる。絹江がいとおしくてたまらない。

翌日高森はタクシーを乗りつぎして、午後一時に霞ガ関のインターチェンジに乗りつけ

た。遠見には入口のところで、一人で待っているように言ってある。もし遠見の姿がなかったら、すぐ引き返すつもりであった。

霞ガ関インターチェンジは、見通しが実にきく。近くに国会議事堂などがあり、わりあい閑散としている。歩いている人も少なく、動いているのは車ばかりである。道路が広いため、車もあまり混んでいない。

遠見は、インターチェンジの入口に立っている。タクシーの中からそれを見ながら、高森は痛快な気がした。遠見は取締役である。

あれほどの重要書類を高森に盗まれたのは、なんといっても遠見に責任がかかってくる。単なる監督不行届では済まない。高森が遠見の近くにタクシーを停め、窓から顔を出すと咬みつくように見た。高森が、こっちへ来い、と手を振ると敵に向かうような格好で歩いてきた。どうせきょうは、金を持ってきていないだろう。だから高森も書類を持っていない。高森は運転手にドアを開けるように言って、身体をずらした。遠見は無言で乗り込む。

「書類は？」

遠見は狭い車内を見まわした。

「例のものは」

と、高森が尋ねた。

「社長が留守だ、僕一存ではできない。それよりも話がある、書類は？」

「新聞に買う、と広告したでしょう、買うというのは代価を払ってから品物を手に入れることですよ。こんなことは小学生でも知っている」

遠見のこめかみに青筋がたつ。遠見にとって高森は蠅のような存在である。しかし、それは、高森がR金属の課長代理である場合にそうなる。人間関係というものはそんなものだ。遠見は怒りを押えた。高森は運転手に羽田空港に行くように命じた。遠見はその間必死になって掻き口説く。それは、社会の常識という常識の総合版である。高森は聞いていて、良くこれほど常識を集められたな、と感嘆したほどである。だから、取締役総務部長になれたのだろう。常識的な意見が次の常識に移り、さらに次に進んでいく。一点の矛盾もない。どんな人間でも遠見の説得力には心を打たれるであろう。遠見の最後の結論は、貴美江や、浩一、ひろ子で終わった。終わった時、タクシーは羽田空港についていた。料金を払ってくださいよ、と高森は遠見に言った。高森が車から先におりてロビーにはいっていくと、料金を払った遠見が慌てて追いかけてきた。

だが高森にとって周囲の人の群れや建物が影絵であると同じように、遠見の言葉は単なる音の連続にすぎなかった。貴美江と会った時はさすがに胃が痛んだ。あの時、貴美江は影絵でなかった。しかし、遠見は高森に、胃の痛みを起こさせない。いくら常識の煙幕をはりめぐらしても高森には通用しない。なぜなら高森は常識の世界の、外に現在住んでいるからである。ロビーは混雑していた。高森は空いている椅子を見つけてすわる。両隣りは人がすわっているので、遠見は高森の前に立たねばならない。高森は煙草を出して吸った。今までこの遠見をどうしてあんなに偉く思っていたのだろう。自分と同じ、いやもっと平凡な人間ではないか。遠見は苛々と足踏みした。

アナウンスがたえず搭乗案内をおこなっている。隣りの席が空いた。

「部長、すわりなさいよ」

と、高森は言った。

遠見はくたびれたようにすわる。顔に疲労が現われている。ネクタイがゆるんでいた。

遠見にはもう喋ることはないだろうか。

「僕を警察につかまえさせたらどうです。その代わり秘密契約のコピーが、あらゆるところに行きます。ライバル会社はもちろん、国会にもね。大問題になります。とすると、責任は僕を説得しえなかった部長にかかってくる、社長はあなたを許さないでしょう」

「これほど言っても君はわからないのか、君は気が狂ったのか……」

高森は低く笑った。だがおかしくてたまらないように断続的に笑う。

「あなたの常識論の結論は、それになる。気でも狂ったのか、いやあなたでなくてもそうだ。三枝課長が来ても、専務が来ても、最後に言うことは、気でも狂ったのか、それしかない。だから僕は痛痒《つうよう》を感じないんです。僕が、ああ狂っていますよ、と言えば、あなたは次にどう言いますか。ほら、言う言葉がないでしょう……」

遠見はがっくり肩を落とした。あわただしい空港ロビーで、遠見はおそらくこんな空虚感を抱いたことはないはずである。遠見が煙草を取り出した。高森がライターで火をつけてやると、遠見はありがとうと言った。

二人はぼんやり煙草を吸っている。

「部長、人生って空しいとは思いませんか。おそらく思われないでしょうな、あなたは陽の当たる道を、上へ上へと歩いてきた。五十二歳で取締役だ。停年はない。しかし、この事件で、あなたの出世は停止する、あるいは左遷されるかもしれない。きっとあなたは私を憎み、怒る。だがそのあとで、たぶん空しさを感じるはずです。しかし、左遷されたといってもあなたは私のように死期の近づいた人間じゃない。だから、私の空しさはたぶん、わからないでしょうがね」

「癌の宣告を受けた人は多い。しかしみんな、苦しみながらも社会人として死への道を歩む。なかには、宣告を受けてから偉業をなした人もいる。君はそういう人たちをどう思う」

「なんとも思いませんね。人、それぞれの性格によって違うんですから。十何年まえ、私は専務の姪と結婚しないか、と言われた、専務の部長時代です。しかし私は断わって、自分の道を選んだわけです。みな、ばかなやつだと笑ったでしょう、私はそんな人間です。とにかく、明日、いや明後日にしましょう。午後一時に五百万、書類はお渡ししますよ」

「三百万くらいなら、なんとか話し合いの道がある、五百万なんて」

「部長、ばかを言っちゃいけませんよ。もしこの書類を持っているのが、有力な総会屋か暴力団だったら、千万じゃききませんよ。私も総務課の人間です。五百万という値段はね、私があと、一、二年しか生きられないから、つけた最低の値段です。じゃ明後日、きょうの場所で、部長一人で結構です」

　高森が立ち上がると、

「私には君の気持がわからない。そんなたいせつな奥さんを苦しめるなんて、私にはわからない」

　遠見は真剣にそう思ったようである。

「当たりまえでしょう、私自身、どうしてこんな気持になったのか、わからないんですからね。人間って、おもしろいですね」

　高森が戻ると、絹江が、お金はいったのと尋ねた。高森は首を振った。絹江はべつにがっかりした様子もない。高森が服を脱ぐのを手伝いながら、はいったら北海道に連れていってと言った。

「ああ、連れていってやるとも」

「うれしいわ。でも今ごろの北海道って、寒いでしょうね。北海道よりも大島のほうがいいかもしれないわ」

「なあに、そんなけちくさいことをいわなくてもいい、香港にでも行こう」

「まあ、香港、すばらしいわ、そうね、香港がいいわ、そうしよう、そう決めたっと」

珍しく絹江がはしゃいで言った。ふと見ると食卓に、見なれない本が三冊ほどある。手に取ってみると、それは日本国内の、旅行案内書である。そしてきょう、高森のいない間、一生懸命、どこに行こうか、と眺めていたにちがいない。どうやら、絹江も、高森が大金を摑むのを期待しはじめたようである。高森はアパートの管理人に、自分の留守中、絹江が一人で外出しなかったか、と尋ねた。そのために、管理人に金を渡してある。それは高森がいちまつの不安を絹江に覚えているからである。しかし、今のところ絹江は、外出する、と言って出かけた日以外は、ぜんぜん外に出ていない。ずっと部屋にこもりっきりである。

あれほど憧れていた東京なのに。

出無精なのか、それとも高森をほんとうに愛し始め、いつか言ったように高森とともに外出できる日まで待っているのか。

高森は絹江を得て良かった、とつくづく思った。絹江の年ごろで、絹江のように、一人部屋にこもって、高森の帰りを待つ女なんていないだろう。

絹江は高森に頼り切っているようである。東京に着いた時のように、服を買いたい、とも言わないし、兄を捜そうとも言わない。

夜の八時ごろ、高森と絹江はテレビをつけ、親子丼を食べた。絹江は楽しそうであった。テレビを見ていて、おかしいところがあると、声をたてて笑う。高森はふと、東京にきて絹江が変わったのは、あの、しいらが持つ、寂しげなところがなくなったせいかもしれない、と思ったようである。

絹江は高森との生活に初めて実を得たのだろうか。

約束の日、高森はまたタクシーで、霞ガ関のインターチェンジに出かけた。だが、近づくとそこには、遠見以外、貴美江と二人の子どもが立っている。貴美江も二人の子どもも、しょんぼりしている。すべてが影絵のような風景の中で、しょんぼりしているこの三人だけが、いやにはっきりと、高森の眼には生きている人間のように見えた。

高森は運転手に車を戻すように命じた。遠見の作戦にちがいない。

高森は憤《いきどお》りながらアパートに戻った。尾行車はないか、と何度も振りかえったが、ないようである。貴美江が高森の車を見つけるまえに、高森のほうが見つけたのだ。貴美江たち親子のしょんぼりしている姿が今までになく高森の眼に残っている。アパートに戻ると、管理人が声をかけた。

「絹江ちゃん、お出かけになりましたよ。新宿まで買物にいってくるとおっしゃってました。五時ごろには戻るから、という伝言です」

高森は感じが良くない。

「どんな格好で出かけたんですか」

この管理人は、五十近い未亡人である。絹江のことを奥さん、と言わない。しかしどう見ても親子ではない。とするといっしょに暮らしているのだから、奥さん、と呼んでも良いだろうに。ひょっとすると管理人の言葉は、高森と絹江に対する世間の眼かもしれなかった。

「きょうはサングラスを掛けておられましたわ」

「サングラス」

高森は眉を寄せた。絹江とサングラスはどうも似合わない。いつ買ったのだろう。夏でもないのに今ごろサングラスなんか掛けるなんて、まるで不良少女のようだ。帰ってきたら、注意しよう、と高森は部屋に戻った。

また胃が痛み始めた。高森はひどく疲れているのを感じた。鏡に顔をうつしてみる。相変わらず人相がとげとげしい。それに今まであまり感じなかった病人臭さが顔全体に現われているようである。食欲がまったくない。

絹江は高森の衰弱を感じないのだろうか。高森の疲労について、なに一つ口にしたことがない。このごろ高森は、絹江と温泉めぐりをした時のような激しい欲望を絹江に感じなくなっている。絹江は男女間の関係に対しては、あれほど情熱的なのに、高森が求めなければ、自分のほうから求めるということはない。

高森は吐息をついてすわり込んだ。息が臭い。高森はこの時、ふと絹江との関係の終末を感じた。彼は肉体的な衰弱がひどくなり、絹江との生活が耐えられなくなったら、猿のように、自分一人で去るつもりであった。その時こそ、どこか静かな山の中にでも行って、死にたい、と思っていた。

だが、こんなに早く身体が参るとは思わなかった。まだいやだ、死ぬのはいやだ、と高森は思う。金を摑んで、せめて半年か一年間、絹江との生活を楽しみたい。まだひと月たらずではないか。高森はとつぜん、死ぬのが怖ろしくなった。今まであまり考えなかった死の恐怖が、とつぜん牙をむいて飛びかかってきたような気がした。高森はわけもなく畳を這った。鏡の前で口を開けたり、自分の顔を睨みつけたりした。

絹江が戻ってきたのは夜の七時である。絹江はサングラスを掛けていなかった。

「ごめんね。待った？　ああおなかが空いたわ。夕ご飯まだでしょ、電話掛けてくるわ」

高森の疲労とは反対に、絹江はいきいきしている。霞んだような黒い眼に生命が宿っている。温泉街にいた時は、絶対こんな眼ではなかった。

「絹江、どうしてサングラスなんか掛けて出かけたんだ」

「あら、管理人のおばさんが喋ったの？　お喋りなおばさん、なんだか眼が痛いから買ったの。絹江、眼が弱いの。昼、街を歩くと痛むのよ」

確かに霞んだ焦点のない絹江の眼は弱そうである。

「絹江、しかし今までサングラスなんか、掛けていなかったじゃないか」

「田舎でかけたら不良のようでしょう、だから掛けなかったのよ。でも東京じゃ、掛けてる女の人、多いもの……なにを気にしているの、サングラスなんか。へんねえ」

絹江は高森に飛びつくと、その頰に軽く接吻し、身をひるがえして、電話を掛けにいった。

絹江が一人で外出したのは、久し振りである。今までは、行くまえに高森に告げて出かけた。きょうはそうじゃない。

出無精なくせに、やはり出かけたら、若い女だから楽しいのであろう。

無理はない、と高森は思った。

その夜、高森は疲れているにもかかわらず、絹江をしつように求めた。

翌日高森は、街の公衆電話から遠見に電話した。

「部長、もう我慢ができない。僕は死ぬ身だ、金なんか要らない、明日にでもあの書類とコピーを天下に公表してやるぞ」

「ま、待ってくれ」

遠見は悲痛な叫び声をあげた。高森が本気でそう言っていると感じたのだろう。

「わかった、明日君の要求どおりのものを用意する、間違いなく持っていく。君も書類を返してほしい」

遠見は、こんどこそ本気で言っているようである。高森は午後一時、同じ霞ガ関のインターチェンジで落ちあう約束をした。

その夜、高森は絹江に、明日はいよいよ金がはいるかもしれない、と言っている。

絹江は眼を丸くした。

「ほんとうなの？　絹江は本気にしていなかったわ、ね、それほんとうのお金なの」

「ほんとうだとも。小切手なんかじゃない、一万円札だよ」

「見たいわ、夢のようだわ」

「ああ。一度持って帰ってきてやる。銀行に預けるのはそれからだ」

高森はふと、五百万円にしたら、貴美江に渡す分は二百五十万円にしよう、と思った。五十万円増額したのである。半分だ、半分。それは、昨日、三人のしょんぼりとした姿を見たせいかもしれなかった。

翌日高森は、鞄をかかえてタクシーに乗った。そして、高森の予想どおり、遠見は五百万円を持ってきていた。

二人は高速道路の車の中で、書類と現金を交換した。遠見も高森も、それ以後一言も口をきかない。この受け渡しが済んだ時、遠見と高森は無縁の人間である。

「死ぬまえに、コピーはちゃんとお返ししますから安心してください」

高森の言葉に、遠見は冷たい顔を向けて歩き出した。遠見は高森を憎み、けがらわしいものように軽蔑していたようである。

高森はそのうち二百五十万だけ銀行に預け、用意していた判と通帳を書留便で自宅あてに送った。

これでなすべきことはすべて終わった。アパートに戻ったのは夜である。絹江は待ちこがれていた。ぎっしりつまった札たばを見ると吐息を洩らした。

「ほんとうに香港に行けるのね」

「ああ行けるとも。そのまえにアパートを替わろう、もっと上等なアパートに」

前夜のこともあり、高森は疲れ果てていたが、その夜は珍しく絹江のほうから高森を求めてきた。若い炎を叩きつけるような強烈ないどみ方であった。

昼、高森は眼がさめた。

絹江の姿がない。そして二百五十万の金も、絹江とともになくなっていた。

そのころ絹江は、新宿のバーのバーテンをしている愛人加藤のアパートにいた。二人の前には二百五十万円の札が転がっている。部屋の鍵は内部から閉められている。加藤は二十五歳、色白で、テレビでよく見る若い流行歌手のような顔をしていた。絹江と加藤はもう三年間、愛人関係にある。いや、絹江が加藤に惚れ込み、ずっとみついでいたのだった。

三年まえ、絹江は加藤がつくったもう一人の恋人である、新宿のキャバレーの女の顔に硫酸をかけ、東京から逃げたのだった。

　絹江が故郷に送金していた、というのは嘘である。故郷に絹江の両親はいない。絹江が小学生時代に亡くなっている。

　絹江は九州の工場で働いていたが、十八歳の時、東京に出た。そして加藤と知り合った。絹江にとって加藤は初めての男であった。

　絹江が加藤に、四国の温泉街から送金していたのは、加藤が絹江以外に愛した女の顔に硫酸をかけた罪の意識からではない。

　いやそれも少しはあったろうが、加藤を愛していたからである。加藤は絹江の送金を黙って受け取るようなくだらない街の男である。絹江が四国に隠れていたのは、もちろん警察から逃げていたのだ。

　東京に来て、一人で外出した時、絹江は加藤に再会した。絹江は加藤の指図どおり動いている。大金がはいることを知った加藤は、高森を愛しているように芝居せよ、と絹江に命令していたのであった。

　絹江が、あまり外出せず一人で部屋にいたのは、もちろん警察を怖れていたからだった。そうしていきいきしてきたのは、大金がはいったらいっしょに旅行しよう、と加藤が言ったからである。絹江が熱心に読んでいた旅行案内書は高森と行くためではなく、愛人と行くためであったのだ。

高森にとって絹江は造花であった。

高森はそれを、自分の最後の人生を賭けた活きた花と錯覚していたのであった。

その翌日、高森はアパートの一室で首を吊って死んでいた。

最後の踊り

一

坂口は新しく出来た病院の事務長だった。その病院は大阪の衛星都市にあって、病院は、内科外科産婦人科で、医者は院長も含めて五人であった。

院長は佐田といってもう五十歳である。

坂口は戦争中衛生兵だった。その時、佐田が陸軍病院の軍医で、坂口は佐田の部下であった。

終戦後、坂口は闇屋で一寸《ちょっと》した財産をつくったが、つまらぬ事業に手を出し、折角の財産を失ってしまった。仕方なく坂口はセールスマンをしたり、何とか日々を過すような状態だった。

そのうちに日本の民族性に旨く適合した保健薬ブームが起った。ビタミン剤とか、疲労回復剤がそうである。坂口は、衛生兵をしていたので、薬には詳しく、薬ブローカーになった。メーカーの製品を、現金問屋に流したりする。勿論、正規のルートではない。

昭和三十五六年頃で、坂口は、どうにか一息つける状態になった。

坂口は闇屋で儲けた時、遊び廻り、キャバレーのホステスと同棲したが、彼女は、坂口が無一文になると、姿を消してしまった。それ以来、坂口は結婚する気持がなくなり、独身を通した。勿論、金もなく結婚出来る状態ではなかった。

薬ブローカーで、儲けた時も、キャバレー、アルサロ、飲み屋の女と遊んだりはしたが、結婚する積りはなかった。

佐田と再会したのは、坂口が薬ブローカーをやっている時だった。といって、佐田に薬を売りに行ったのではない。

下痢が続き、どんな薬を飲んでも下痢がとまらず、身体が痩せて来るので、気持悪くなって、近くの病院で診て貰った。

その時の内科の科長が、佐田だったわけである。十数年ぶりの再会だった。

レントゲンで調べた結果、十二指腸潰瘍《かいよう》だということが分り、坂口は通院しながら治療することにした。

幸い、十二指腸潰瘍に良く利く新薬が発売されていた。坂口は、酒をつつしむようにいわれた。

「女の方は、大丈夫ですやろな」

と坂口は佐田に訊《き》いた。

「相変らずやな、お前も」

と佐田は苦笑した。

大陸の陸軍病院で、坂口は日本から来たばかりの日赤の看護婦をものにしたが、佐田も看護婦と関係していたのだ。

坂口と看護婦の関係がばれた時も、坂口は佐田に頼みこみ、罰も受けないで済んだのだ。

坂口は、佐田より四つ下だった。

坂口は三月間通院して、十二指腸潰瘍を治すことが出来た。

佐田との交際が、その時から再開されたわけである。佐田は故郷の八日市にかなり土地を持っていた。だから、開業しようと思えば資金はあるのだが、開業すると遊ぶ時間がなくなるので、病院勤めをしているらしい。

博士号を取り、金縁の眼鏡が良く似合う、中年の医者になっていた。

佐田はかなり大きい薬局の娘と結婚し、三人の子供がいるようだ。細君は薬剤師の資格があるので、薬局をしている。

「お前も良い加減に、じみな仕事をした方が良いぞ。薬ブローカーなんて、何時《いつ》までも続くもんじゃない。お前は、女には手が早いが、仕事は熱心だった」

と佐田は坂口に説教した。

女に手が早いのはお互い様だ、と坂口はいいたい。

「先生、病院やりはったらどうですか、儲かるらしいどっせ」

「当れば儲かるだろう、だけど、自分の時間がないのは敵《かな》わんな」

「院長なら、のんびりしてはったらよろしおますが。こまごました事務は、私が引き受けます、これでも医者の世界は詳しおますから」

坂口は佐田と、治療室でそんな話をするのだった。昔からそうだが、佐田は整った、医者らしい顔に似ず、医者の権威をふり廻さない。

軍医時代もそうであった。

だから坂口は、佐田に人間的に親愛感を覚えるのだった。病気が治ってからも、坂口は佐田の病院を訪れた。

「もう良い加減に薬ブローカーはやめろ」

「先生も病院勤めをやめて、院長になりなはれ」

そんなことをいい合っているうちに昭和四十年になった。薬ブローカーも、昔ほど儲からなくなって来た。睡眠薬など扱ったら、かなり儲かるのだが、坂口は根は小心な男なのだ。すると、佐田が、病院の事務に欠員が出来たから、入らないか、といった。

根無し草のような生活も、今が見切り時かもしれない、と思い、坂口はその病院の事務員になったのだ。かなり大きな私立病院で、医者だけで、二十人近くいた。

佐田が坂口を事務員にしたのは、将来、病院を経営する時の布石だった。佐田は坂口を事務長にする積りらしかった。

坂口はその病院に三年いた。病院の事務を一通り学んだ。その三年間に、坂口はハイミスの女事務員と、これもハイミスの看護婦に手をつけていた。

坂口は、佐田もやっているに違いないと思い、色々と探ったが、今度は看護婦とは関係がないようだった。

佐田も年齢には勝てず落ち着いたのだろうか。ところが、二年一寸たって、やっと佐田の相手が分った。眼科の女医だった。

二十六だが、二十三四にしか見えない。色白で柔和な顔で眼が大きく、女医のような感じがしない。

坂口はそれを知って、流石《さすが》は佐田だ、と妙なところに感心した。

若手の医者で、その女医に求婚し、振られた者は多い。ところが、坂口が知って間もなく、佐田とその女医の関係が噂になり始めた。こうなると、看護婦の眼が冷たくなる。

佐田が、故郷の土地を売って、病院をつくる決心を告げたのは、女医が去って間もなくである。

いよいよ坂口が活躍する時が来た。土地探しから、医者一人について、人口は何人か、その階層はどの程度か、など調査せねばならない。

そして、S市に理想的な場所を見付けた。庶民の街で、医院はあるが、大病院はない。土地の交渉は、殆ど坂口一人がした。税金対策もあるし、銀行からも金を借りておかなければならない。

こうして坂口は、佐田病院の事務長になり、もう三年たったのだ。

坂口の給料は手取りで十三万円だった。

独身だし、現在住んでいるアパートの部屋代は二万円なので、安定した生活はおくれる。それに薬ブローカー時代に小金も貯めていた。佐田病院の経営状態もまずまずであった。

ところが、最近、坂口は自分の生活に張りがないような気がするのだ。闇商売や、薬ブローカーで一喜一憂しながら、動き廻っていた頃が懐しく思われるのだった。

矢張り坂口は、動き廻っているのが、性格に合っているのだろうか。

それもあるが、もう一つの原因は、昔のように簡単に女性をものに出来なくなったからだろう。佐田病院の事務長になってから、院内の看護婦とは関係していない。つまり、相手にされなくなったのだ。

廊下を歩いていて、若い看護婦のヒップでも撫《な》でようものなら、振り向きざま、

「阿呆……」

と怒鳴られるのがおちだった。

といって、別に程度の良い看護婦ではない。入院した患者のセールスマンと、直ぐ関係

を持ったりしているのだ。

つまり、年齢のせいで、坂口は持てなくなって来たわけである。そういえば、額が、かなり禿げ上って来ている。まだ四十六だから、中年の貫禄がなければならないが、鏡で見ると、如何にも、小病院の事務長、といった感じだった。

ところが、自分より四つ上の佐田は、院長らしい貫禄が出来、キタの新地などに遊びに行く。時々、坂口もお供で連れて行かれるが、結構、若いホステスに持てているようだった。

佐田は、昔、看護婦や女医と遊んでいたことなど、忘れてしまった顔で、

「坂口君、女は何といっても、玄人《くろうと》が良いよ。素人は後がうるさい、小遣で解決がつく、ホステスが一番だよ」

などといっている。

坂口は、キタ新地のホステスに、二万から三万などという浮気代を渡していたら、あっというまに貯金がなくなってしまう。坂口だって、金があれば、佐田のように、スマートな遊びがしたい。

時には、谷に飛び下りる積りで、気に入ったホステスを誘ってみることもある。

ヒップを撫でた若い看護婦のように、阿呆、とはいわないが、嘲笑したような顔で坂口を見る。

おじさん、何をいっているのよ、といった顔だ。大体、こんな店にお供で来て、ホステスを口説いたって、相手が応じる筈はない。

お供でも、年が若くハンサムなら、ホステスの方は金銭抜きで関係するかもしれないが、今の坂口の顔は、ハンサムなどとは縁が遠い。坂口は佐田が羨ましくてたまらない。

もともと、軍医と衛生兵というところから、人間の運が違っていたのかもしれない。

そう思うと諦めもつくが、坂口としては、自分なりに、楽しみを見付けたいのだ。

坂口だって勿論、アルサロに通い、年増のアルサロ女を口説いたなら、ものに出来ないことはない。時々、実行している。

連れ込みホテルに泊って、五千円位の小遣を渡せば充分だ。ただ、この頃、これは、と思う女は、さっぱりものに出来ない。

坂口の誘いに応じるのは、どうしようもない年増女ばかりだった。

そんなに俺は駄目になったのか、と坂口は時々、鏡と睨み合うことがある。

どちらかというと坂口は柔和な相だった。顔の色艶は良いし、頬はふくらんでいる。

若い時はそうでもなかったが、年と共に、そんな柔和な相が、おじさん臭くさせているのかもしれない。坂口は、そう思うと、顔をしかめ、ふくれた頬を、手で擲《なぐ》ってみたりした。痛い、と呻くほど強く擲ることもあった。

そういう時の坂口は、病院内の愛想の良い事務長ではない。酷く陰惨な感じがする。

確かに、もう一つの坂口の顔がそこにはあった。

坂口が住んでいるアパートは、大半が水商売の女だった。マンションではないが、部屋はバストイレ付だ。大阪まで電車で二十分位だし、二流のホステスが住むには、最適のアパートだった。ここでいう二流というのは、収入が二流という意味である。

一流の収入なら、マンションに住んでいる。だから、ホステスの場合、一流二流を区別しようと思えば、収入の多い少ない、ということになるだろう。

坂口が病院から戻って来るのは七時頃だし、ホステス達は出勤していない。だからアパートは、静かだった。

一番退屈なのは、早く部屋に戻って来た時だった。この時だけはどうしようもない。大体坂口はテレビを見ない。部屋でぼんやりしているのが嫌いだから、自然テレビを見ないのだろう。

テレビを見ている位なら、屋台で安酒を飲んでいる方が、ましであった。アルサロの年増女と、喋り合っている方がずっと楽しい。

五十近くになり、一人でテレビを見ているのは侘《わび》しいものだ。それなら、結婚したら良さそうなものだが、それをしないのは、自由を束縛されるのが嫌だからだろう。

家庭をつくり、責任を持つのも嫌なのだ。そういう点で坂口は、めんど臭がり屋であり、エゴイストでもあるかもしれない。

そんな坂口に、佐田が結婚をすすめ始めた。相手は、二人が前に勤めていた病院の内科の主任看護婦だった。

柏木由美といって、タレントのような名前だが、身体は大柄で、容貌も十人なみだった。

ただ、如何にも健康そうな肌の感じが、坂口の印象に残っていた。

「柏木君なら、君には理想的じゃないか。結婚しても共稼ぎで、貯金も出来るだろう。それにだね、柏木君も、結婚しても、もう二三年働きたいといっているから、当然、病院の看護婦寮に寝泊りする。だから、君達は月のうち、何日か日を決めて会えば良いわけだ。こういう結婚なら、君も自由を束縛されることもないだろう。全く、君には理想的じゃないか。それに、君だって、もう若くはない」

と佐田は珍しく熱心にすすめるのだった。佐田も、坂口が独身でいる理由を知っていた。あの当時、柏木由美は三十前後だったから、今は三十三四だろう。結婚する気持があるなら、彼女もあせっている筈だった。

前の病院で、坂口が関係した看護婦は、大島多美子で、女事務員は加藤咲子だった。二人との関係は秘密にしていたから、病院の連中は知らない。佐田も気付いていない。

坂口は少し気持が動いた。

もし柏木由美が、結婚後も看護婦寮にいるなら、別居結婚のようなものだ。そんなに自由を束縛されることもない。

それに、柏木由美の健康そうな肌が、何となく坂口の欲望をそそるのだった。

一寸不安なのは、佐田が手をつけていないか、という点だった。女性に関してだけは、全くルーズである。油断がならない。

ただ、前の病院にいた時、坂口は佐田の女性関係を必死になって探った。

その結果、女医だけだ、ということを知った。もし柏木由美と関係があったなら、当然、坂口の耳に入っている筈である。

「向うは、相手が僕だということを知っているんですか？」

「そりゃ、知っているよ」

「それで、承諾しているんですか？」

「勿論だよ。だからこうして君にすすめているんだ。今の君は事務長だよ。看護婦なら、病院の事務長がどういう地位か、良く知っている。これは何も、彼女に頼まれたわけじゃない。先日、一寸用事があって、前の病院に行って、柏木君に会った時に、君の細君には彼女がぴったりだ、という気がしたんだ。それで、一寸話してみた。乗り気だったよ。君を懐しがっていた」

「そうですか。暫く考えさせてくれませんか」

「そりゃ、結婚といえば、大事な問題だから、ゆっくり考え給え」

佐田は当然のことのようにいった。

二

柏木由美なら、手取りで六万位の月収があるのではないか。看護婦生活が十年以上だから、かなり貯めているだろう。今のふしだらな若い看護婦と違って、生活も真面目だった。

前の病院にいた間に、彼女の浮いた噂は耳にしたことがない。

佐田は二人のためを思って、結婚話をすすめているのだろう。

その夜、坂口はミナミのアルサロに行った。前から指名しているが、どうしても、ものにならない和江を指名した。

和江は二十八歳だった。色白で華奢で何処かもろさを感じさせる。大体、坂口は和江のような女が好きなのだ。肌のきめも細かく、手を握れば熱っぽい。華奢な女は太った女よりも、肌の熱い女が多い。体温が脂肪で邪魔されずに、肌に伝わっているからだろう。

こういう女を、骨が折れるほど抱き締めたい。ところが、そういう女にめぐり会ってみると、大抵、男がいる。それも余り、たちの良くない男が多い。

薬ブローカーだった頃、和江のようなタイプに手をつけたが、女にやくざがついていて、逃げ廻ったことがあった。

だから和江だって危険だが、女好きの男には、そういう危険がスリル感となって、ものにした時の悦びを倍加させるのである。

だから、坂口は、性こりもなく和江を口説いていた。和江の方は、柳に風と受け流し、なかなか話に乗って来ない。

多分、男と同棲しているのだろう。それなら一時の浮気で良いのだ。

ただ和江は、売れっ子なので、指名しても席にいる時間は二十分足らずだ。だから、和江だけを指名するわけにはゆかない。

それで、坂口はめぐみも指名していた。

めぐみは三十五歳だった。坂口が浮気した女で、子供が一人いる。

幾ら坂口でも、めぐみのような女と、しょっちゅう寝る気にはなれない。

その夜坂口は、屋台の串カツ屋で、酒を飲んだので、かなり酔っていた。ことに、ビールとちゃんぽんにしたので、アルサロに入って、三十分もすると、かなり良い気分になった。坂口は、自分に結婚話が起っている、と話した。

「相手はな、まだ三十だけど、もう婦長や。それにな、処女なんや、身体もはち切れそうやし、俺もいよいよ、年貢のおさめ時かもしれんぞ」

「まあ、坂口さん、本当に結婚するのん。淋しなるわ」

とめぐみがいった。

ところが和江の方は艶《つや》っぽい眼で坂口を見、

「三十で処女やなんて、信じられんわ。もし処女やったら、大変よ。坂口さん」

　着物の袖を口に当てて含み笑いを洩らすのだった。

「何が大変なんだ？」

　と坂口が訊くと、和江は、

「ね、めぐみちゃん、三十で処女だったら、あそこ、かちんかちんでしょ。坂口さんの、折れないかしら」

「馬鹿、俺はな、今時の若いもんには負けんぞ。鍛えてあるからな、一発で突き破る」

　と坂口は大声を出したが、柏木由美よりも、向いに坐っている和江に欲望を燃やすのだった。和江と柏木由美では、全く対照的だ。

　だが、男を知らない健康そうな柏木由美よりも、男の数を経て、吸い込まれそうな色気のある和江の方に、矢張り坂口はひかれるのだった。

　これは、自分でも不思議でたまらない。

　間もなく和江に指名がかかり席を立った。一寸待っていてね、直ぐ戻って来るから、と和江は坂口にいって行く。だが、いったん立つと、なかなか戻って来ない。坂口が帰る時まで、戻らないこともある。

　つまり、坂口は和江に問題にされていないのだった。坂口にも、それは良く分っている。

「ね、坂口さん、結婚したら、アルサロなんかに来《け》えへんわね」

とめぐみが坂口にもたれかかって来た。

多分めぐみは、今日も坂口に誘って貰いたいのだろう。だが、坂口は、和江のことが気になって、うわの空である。

　ビールを飲みながら、

「心配せんでも来るわい、別居結婚やからな、こんな便利な結婚あるかいな」

「ああ、別居結婚やの、そんな結婚、ようしよるな。食事の仕度や、洗濯ものなんか、どうすんの？」

「今まで通りやがな、洗濯は洗濯屋に出すし、食事は店屋物や、変りないわ」

「ふうん、うちは、結婚して、別居するような女を軽蔑するわ。結婚した以上、主人の下着の洗濯をしたり、食事をつくったりするのが、これが妻やないの。別居するなんて、最低の女や。坂口さん、そんな結婚、やめときいな」

　何も知らないめぐみは、自分と結婚したなら、最高に尽す、といわんばかりの口調だった。和江もいないし、坂口は腹が立って、

「阿呆、一緒に住む女やったら、結婚せんわい。別居結婚は俺の条件や。おい、重いぞ」

　ますます身体を寄せて来るめぐみを突き放した。酔ってはいるが、めぐみも女の嗅覚は強い。

「ああそう、和江さんがおらんのでふくれてんの。悪いこといわんけど、止《よ》しといた方が

ええわよ。まあ、あんたが口説いても無理やけど」

「何も口説いてへん、阿呆らし」

　その時、案外早く和江が戻って来た。

「どうしたん、何、揉めてはんの。分った、坂口さんが結婚しはるので、めぐみさんが嫉《や》いてるんでしょう。坂口さんも罪な人ね」

　そういいながら、潤んだような眼で、坂口を眺めるのだった。

　坂口は、めぐみにうんざりしていたし、めぐみとの関係を疑われては困ると思い、

「おい、踊ろう」

　と和江を誘った。

　和江を誘えるのは、踊りの時だけだった。坂口は、踊りは割合旨い方である。最近の新しい踊りは、年齢のせいもあって無理だが、マンボ位なら踊れる。

　和江の身体は軽い。和服で踊っているが、ターンする時、坂口が腕で引き寄せると、風に集る蝶のようについて来るのだ。

「今夜、どうだい。浮気なら良いだろう」

「何をいっているのよ、結婚するというのに。でも、坂口さんが独身だったとは、知らなかったわ」

「何度も独身だといっているじゃないか」

「嘘をついていると思っていたのよ。独身だ、なんていうお客さんの半分は嘘だもん。でも、今日の喋り方を聞いて、嘘じゃないと思ったわ」

「結婚するかどうか、分らない。そんなに好きでもないし、だいいち、三十過ぎて、処女の看護婦なんて、いただけないよ」

「そうでもないわよ。案外、坂口さん、腹上死するんじゃないかしら」

　和江はアルサロの女だけあって、なかなかきわどいことを喋る。だが、和江が口にすると、下品な感じがしない。それどころか、坂口の体内に、和江の言葉がしみ込むのだった。

「今日は良いだろう、君に男がいるのは知っているよ、だけど、なあに浮気も良いもんだよ。どうせ、君の相手は若いんだろう。若いと経験不足や。セックスの技巧というやつはな、何といっても、経験や」

「なんとかかんとか旨いことといって。良いわ、じゃ一度だけね。午前零時に、道頓堀のS劇場の前で待っていて」

　全く思いがけない言葉だったので、坂口は自分の耳を疑った。思わず和江の足を踏んでしまった。慌てて、

「本当だな、来てくれるんだな」

「ええ、でも泊れないわよ。三時位までに帰らなくっちゃ。私ね、お母さんと一緒なの。母親はね、私がアルサロなんかに勤めているとは知らないのよ。クラブで、歌を歌ってい

ると思っているの。これでも昔は歌っていたのよ、じゃね」

坂口が席に戻ると、めぐみの姿はなかった。坂口は踊るような足取りでアルサロを出た。だが、喜ぶのはまだ早い。アルサロの女は、デートの約束をしても、大半は来ない、という。

まだ午前零時まで一時間ばかり時間があった。もう一店飲みに行きたいが、もし和江とホテルに行くとなると、かなりの小遣を渡さねばならない。最低、一万円は必要だろう。

和江は一度だけ、といったが、坂口としては、和江を満足させ、これからも会いたい。

結婚など、どうでも良いような気持だった。それにしても、何時も問題にしなかった和江が、どうして承諾したのか。

どうやら、坂口の結婚話に関係ありそうだった。坂口が、処女の看護婦と見合をする、といったことが、和江の気持を刺戟したのだろう。

女の気持は、どうも分らないところがある。この年まで数え切れない位遊んで来たが、おやっと思うことがしばしばだ。

だから、女は面白いのだ。

坂口は、千日前から道頓堀に出た。

一時間位、喫茶店にでもいようか、と思って、道頓堀川を渡った。渡り切ると宗右衛門《そうえもん》町《ちょう》である。坂口は、あっ、と思った。

酔った佐田が、女を抱きかかえるようにして歩いているのだった。女も佐田にもたれている。坂口は本能的に顔をそむけた。

女は前の病院から消えた女医であった。

噂では、小さな病院の眼科に勤めている、という。坂口は何となく酔いが醒《さ》めるような気がした。

佐田と女医の関係は、遊びではなく、どうやら本物のようであった。

佐田も数々の女と遊んで来て、自分にぴったり合った女を見付けたのだろう。

佐田にもたれて歩いている女医は、男に溺れている普通の女であった。

坂口は暫く二人の後ろ姿を見送っていたが、スナックに入った。

午前零時前から坂口はＳ劇場の前で和江を待っていた。果して来るかどうか自信はなかった。アルサロから、このＳ劇場まで、歩いて五分ほどだった。

十五分過ぎても来ない。アルサロが終るのは午前零時だから、帰り支度をして、ここに来るのは、零時半頃ではないだろうか。

そんな風に不安感を鎮めていると、零時二十分に和江が姿を現わした。坂口は、わざと落ち着いて、和江の傍に行ったが、心は飛び立つ思いだった。

Ｓ劇場から少し歩くと御堂筋だった。待っている空車は、メーター料金では行かない。

坂口は、運転席に首を突っ込み小さな声で、桜宮まで千円や、といった。

　和江は店内よりも澄ました顔をしていた。坂口は和江の手を取った。か細い手だが、実に柔かい。細い骨に柔かい肉がついているのだろう。ひょっとすると着痩せするたちで、裸になったら、案外、肉付が良いかもしれない。そう思うと坂口は、欲情が身体中に込み上げ、年甲斐もなく、男の部分が昂奮して来るのだった。こういう現象は何年ぶりだろうか。ベッドにも入らないうちに、こんなに昂奮するなんて、二十代に若返ったようである。坂口はふと、この女と関係したら、離れられなくなるのではないか、と思った。

　そんな予感がするのだ。

　運転手は稼ぎ時なのでスピードを出し、あっという間に桜宮についた。ここは、大阪一の連れ込みホテル街である。

　坂口は一番大きなホテルの前でタクシーを停めた。めぐみなどと来る時は、小さな安いホテルに入るのだ。相手が和江だけに、坂口は、けちなことは出来ない。

　エレベーターで三階の洋間に案内された。控えの間とベッドルームの二部屋だ。女中は、今からだと泊り料金になる、という。

　部屋代は六千五百円だった。坂口は女中に二百円チップを渡した。部屋に入るまで、和江は澄ました顔をしていたが、二人切りになると、

「ああ、今夜は酔っ払った。帯をゆるめるわ」

「三時までに帰るんだろう。直ぐバスに入ったら良い。ここはなかなか豪華部屋だ」

「この頃は面白い部屋が増えたわね。ほら、このベッドも円形ベッドよ。だから、ぐるぐる廻るわよ」

和江は帯を解きながら、ベットルームを覗き込んだ。こういう連れ込みホテルには、慣れているようである。だが和江には同棲している男がいるような感じだ。とすると、時々、客と浮気しているのだろうか。

「おい、風呂に湯が入ったぞ、君が先に入ったら良い」

坂口がそういったのは、自分が先に入ると、その間に和江に逃げられはしないか、と不安に思ったからであった。ここまで来たのに、坂口はまだ自信がないのだ。というのは、今まで和江に振られ続けていたからでもあるが、他の女にも持てなかったからである。

めぐみのような女は、男だったら、誰でも良いのだから、坂口から見ると女の中には入らない。

「じゃ、私がお先に」

和江はあっさりバスルームに行った。坂口は上衣を脱ぎ、ソファに坐ったが、落ち着いておれない。立って窓を開けようとしたが、鍵がかかっている。そういえば、連れ込みホテルの窓は、小さい。開かない窓も多い。外の景色など、必要でない、というのだろうか。捻じ込みの鍵なので、手で廻して鍵を外し、窓を開けてみた。左手に桜宮大橋が見える。ホテルの前は川であった。なかなか景色は良い。確かに坂口は夜景にみとれる余裕はなかった。直ぐ窓を閉め、またソファに坐った。それから今度はシャツを脱いだ。上半身裸で、ズボンのまま、バスルームのところに行った。ノックすると、

「何ですの？」

和江の声がした。不透明なガラス戸だが、微かに和江の裸身のようなものが見える。

「一緒に入るよ」

「駄目よ、私が出るまで、待っていらっしゃい。私、お風呂は一人で入りたいの」

そういわれると、我慢せざるを得ない。ふと見ると、右手に脱衣籠がある。着物は畳まれていた。坂口はしゃがむと着物の下に手を入れた。和江のパンティを探したのだが、見あたらない。着物なので、ノーパンティかもしれない。何となく残念に思いながら、またソファに坐った。

「浴衣を頂戴」

と和江の声がした。坂口は慌てて探したが見付からない。すると、和江がバスルームの中から、洋服箪笥を開けて見て、といった。いわれた通り、開けてみると、男女の浴衣が置かれていた。

坂口が浴衣を持って行くと、バスタオルを胸に巻いた和江が出て来た。湯のために白い肌が少し染まっている。それに肉付が良い。

坂口の視線を、和江は艶やかな眼で受けとめるのだった。浴衣を受け取ると、坂口に背

を向けて着た。

坂口がバスルームから出てみると、和江はベッドの中で煙草を喫っていた。テレビが、ピンク映画を放映している。赤い照明で、和江の顔も身体も赤く染まり、眼だけが黒く煌いていた。和江は上半身を起して、テレビを見ているのだった。

「面白いかい？」

「つまらないわ、消してよ」

ピンク映画といっても、そのものずばりの映画ではない。成人向映画のフィルムである。和江の身体は熱かった。か細いが骨っぽくない。坂口は積年の欲望をこの一瞬に集めたような思いで、和江を力一杯抱き締めた。

和江が、苦しがったので、坂口が力をゆるめようとすると、和江は擦《かす》れた声で、

「良いのよ、もっと、抱いて……」

というのだ。

それからベッドの上で約一時間、坂口と和江は汗みどろになって抱き合った。和江の身体は素晴しい。坂口は、自分自身が消失したように悦楽感を味わった。

「もう二時半だわ、帰らなくっちゃ」

と和江がいった。

「もう一度会いたいな」

「駄目よ。一度という約束でしょ。またお店に来て頂戴」

和江は急に澄ました顔になると、ベッドから下りて、バスルームに入って行った。

坂口は一万五千円を紙に包み、

「これ、お小遣だ。取っておいてくれ」

と和江に渡した。

「あら、そんな気を使わなくても良いのに」

といって和江は受け取りハンドバッグにしまった。金を受け取る感じが、実にスムーズである。

「確か君は天《てん》下《が》茶屋《ちゃや》だといっていたね。帰る途中だから、送るよ」

坂口は離れ難い思いである。

ホテルの部屋で何を喋ったか、思い出せない。というより、喋っているような暇は余りなかった。和江との絡み合いに夢中だった。

全くあっという間に時間が経った。

「君が一緒に住んでいる相手はこれじゃないか。そんな気、するけどな」

坂口は小声でいって、人差指で頬を切る真似をした。和江は来る時と同じ、澄ました顔だ。ベッドの絡み合いなど、なかったような表情だった。返事をせずに、煙草に火をつけ、シートに背を深々ともたれた。

「勝手に想像していて頂戴。私は自分のことは余り話したくないのよ」

と和江はいった。

和江は坂口との間に見えない幕を引いていた。和江がタクシーを停めた場所は、国道二十六号線を少し東に入った辻だった。

和江は車から下りると、北の方に歩いて行く。どんなアパートに住んでいるのか、尾行してみたかったが、見付かったら、和江は怒るだろう。仕方なく坂口は自分のアパートに戻った。

三

和江のことが忘れられずに坂口はアルサロに通ったが、和江は、一度だけという約束でしょ、と二度と坂口の誘いに乗らない。

看護婦との見合はどうなったのか、という。坂口はまだ、佐田に返事していなかった。佐田はあれから二度ほど、坂口の気持を訊いたが、坂口は、考慮中だ、と答えていた。

もし和江が、自分の女になってくれるなら、柏木由美との結婚など、馬鹿らしくて出来ない心境である。勿論、坂口は和江のパトロンになるほどの収入もなく資力もない。

だが、貯金も百五十万ほどあるし、月に五万位なら、和江に貢いでもいい。

五万の金で和江の旦那にはなれないが、なんとか、和江との関係を続けたい。

佐田の話では、柏木由美は、かなり貯金しているに違いない、というのだ。

将来のことを思ったら、彼女と結婚するのが一番ではないか、と佐田は、坂口が煮え切らないのに、不思議がっていた。

だが坂口は、自分の将来だとか、女の金など問題ではないのだ。自分の好みに合わない金持の女と結婚するより、好きなアルサロ女に貢ぐ方を取るのだ。そういう点で、坂口は女性に関しては、打算的ではない。女性だけではなく、もともと人生に対して打算的ではなかった。

佐田とめぐり合わなかったら、今でも、やくざなセールスマンでいるだろう。ひょっとしたら悪評高い証券会社のセールスマンになっているかもしれない。

その夜、佐田は飲みに行こう、と坂口を誘った。佐田は相変らずキタ新地である。

坂口はまだ佐田に、女医とのことを喋っていない。何だか、触れてはいけないような気がするのだった。二人は、どうにもならない関係に入り込んでいるような気がする。

ただ飲んでいる時の佐田は、陽気であった。ホステスを相手に冗談をいい、楽しげに騒いでいる。十時頃、佐田は店を出た。

「君はもう帰るだろう、僕は一寸ミナミに用事があるんだ」

どうやら佐田は、あの女医と待ち合せているのだろう。坂口の表情がほころんだ。それを見て、佐田は怪訝《けげん》そうな顔をした。

「先生、先日、見たんです。工藤先生と一緒でしたね」

女医の名前は工藤令子だった。酔っているにも拘らず佐田は表情を引き締めた。

「喉が渇いたな、お茶でも飲むか」

と佐田はバー・ビルの一階にある喫茶店に坂口を連れて行った。各店のマネージャー連中が集っている。色々とホステス達の情報を交換し合っているのだろう。

「そうか、見たんか。実はな、あれからずっと続いている。おかしなもんだ、女なんて、遊び相手で、惚れるもんじゃない、と思っていたが、情が移ったのかな。どうも本物になってしまった。女房も薄々感付いている。彼女との間が噂になった時、女房も知ったようだ。しようがない、男と女の間は、計算通りにはゆかない」

佐田は苦笑した。

「工藤先生なら、値打がありますよ、先夜見て吃驚《びっくり》しました。本物の女という感じがしますね」

「そうか」

と佐田が顎を撫でたところを見ると、坂口のお世辞が嬉しいのだろう。かなり惚れているようだ。すると佐田が思い出したように、

「柏木君との結婚だがね、もし君に好きな女がいるなら、余りすすめないよ。その女とは、

相当長く続いているのかい?」

と佐田は観察するように坂口を見た。

「特定な女はいませんよ……」

「本当かね、僕は、君が結婚に消極的なのは、好きな女がいるからだと思っていたよ。何度もいってるように、柏木君とは当分別居生活だ。かりに好きな女がいても、旨くやれば良いじゃないか。結婚したからといって、浮気をしてはいけない、なんて野暮なことはいわないよ」

と佐田は、君の気持は分る、と頷いた。全く無責任な話だが、如何にも佐田らしい。

佐田の口から、野暮なことはいわない、と初めて聞いたのは陸軍病院だった。

看護婦との関係がばれ、佐田に、今回だけは御内聞に、と頼みに行った時、佐田は、男と女が出来るのは当り前だし、野暮なことはいわないが、分らないようにスマートにやれ、と説教した。ものの分った軍医だ、と坂口はそれ以来佐田が好きになったのだ。

「陸軍病院時代を思い出しますよ」

と坂口はいった。

「そうだな、僕も内岡との関係を君に知られているとは、思っていなかった。しかし、本当は内岡だけじゃなかった。婦長もそうだったんだぜ、若気のいたりというやつかな。本当に、女では、楽しいめもしたし、危険なこともあったな。婦長との関係を病院長に知られてみろ、僕は沖縄にでも送られていたよ」

佐田も昔を思い出すような眼になった。

婦長も日赤の看護婦で冷たい感じの女だった。仕事は抜群だったようだ。確か当時三十半ばで、処女だという噂だった。

「驚きました、あの婦長とね。先生は旨いな、私なんか直ぐばれます」

「おいおい、だから君に見付けられているじゃないか。ただし、柏木君とは全然ないぜ、僕の食い残しを、君の女房にしようとは思わない。これだけは信じてくれ」

「分ってますよ」

と坂口は答えた。

坂口だって、佐田が自分に対して、そんなことをするとは思っていない。

この三年間、ずっと佐田につかえて来たのだ。仕事は熱心にやった。

佐田と別れてから、坂口は和江に会いに行った。もう十一時を過ぎており、そろそろラストが近い。和江が来たのは十一時半だった。

和江は洋服姿だった。髪を両頰に垂らしている。洋服姿の和江は二十四五に見える。

「遅いじゃないか」

「あなたが来るの、遅いのよ。ラスト間近はね、お客のお勘定で大変なの。ゆっくりお席に坐っている暇もないわ。めぐみちゃんでも呼びましょうか」

和江とホテルに行ってから、坂口はこのアルサロに来ても、めぐみを指名していない。だから、和江が他の客の席にいたら、坂口は一人で、ぼそっとビールを飲んでいるのだ。

「呼ばなくても良いよ。今夜はどうだい？」

和江は呆れたように坂口を見たが、黒眼勝ちの眼の奥に、男心を溶かすような妖しい艶がある。

「呆れた人ね、来る度びに今夜はどうか、だなんて。あなたが結婚したら、浮気しても良いわよ」

「何だって。僕が結婚したら、君は僕とデートしてくれるというわけかい？」

「そうよ、処女の看護婦さんと結婚なさいよ。その時は浮気するわ」

「何故だい、君の気持がさっぱり分らない」

「私にも分らないのに、あなたに分る筈ないでしょ。もうお勘定しめて頂戴、ラストよ」

そういえばバンドが「螢の光」をやっていた。アルサロで、ラストに「螢の光」を演奏されると、全く腹が立つ。女達の話では、バンドマスターの機嫌が悪いと、ラストに「螢の光」を演奏するというのだった。

坂口は追い出されるようにアルサロを出た。

その日から、和江の言葉が坂口の脳裡から離れない。冗談でもなさそうな口調だった。

坂口は数日後に、また和江に会った。

和江は自分の言葉を忘れてはいなかった。

「私はこれでも嘘はいわないの。デートする気持もない時に、待ち合せの約束したりしないでしょ、間違いないわ。あなたがその看護婦さんと結婚したら、また浮気するわ。ちゃんと、戸籍抄本、見せてね」

そういう和江の眼には、矢張り妖しい光りがあった。この女のためなら、貢いでも良い、というあの光りがあった。

坂口は考え抜いた末、柏木由美と結婚することにした。向うは、坂口さえ承諾すれば、結婚する気でいるのだった。

坂口が、自分の気持を佐田に伝えると、佐田は坂口の肩を叩いて、

「それが良い、それが良い。ただ、浮気はしても良いがね、スマートにやれよ」

「はあ、大丈夫ですよ」

と坂口は苦笑した。

昔から、佐田は女性関係はスマートに、ということをモットーにしているが、女医との関係を見ると、モットー通りには行かないらしい。だから、佐田が、スマート、などというと、何となくおかしくなるのだった。

俺の方が、院長よりスマートにやれるかもしれない、と坂口は思ったりもする。

和江には、同棲している男がいそうだし、たとえ浮気出来ても、自分の女にするのは不

可能だろう。坂口には、和江を自分の女にする自信はなかった。とすると、和江への思いをどうしても或る程度に押えて、スマートに浮気をせねば仕方ないだろう。

佐田が日を決めて、坂口は柏木由美と、ホテルのティールームで会った。

相変らず健康そうだが、白衣を脱いで洋服を着た柏木由美は何となく野暮ったい。

それに三年の間に、かなりふけた。独身で病院から出ないのだし、ふけるのはおかしいが、そういう体質なのかもしれない。

おばさん臭くなっている。

初めて、正確な年齢を知った。三十五だという。女で三十五なら、中年である。

柏木由美が、坂口との結婚を承諾したのも当然だろう。健康そうに見えるのは、身体が頑丈で、頬が赤いせいだった。胸のふくらみはかなり盛り上っているから、相当大きいようだ。坂口の好みの身体ではないが、抱き心地は良さそうだった。

肌はきめが細かい方ではない。確か中国地方の出身だったという記憶がある。

生れを訊くと矢張り岡山県だった。実家は農家に違いないと思って訊くと、矢張りそうだった。農家の娘で看護婦になる者が多いのだ。頑丈そうな身体も、それで納得出来る。

佐田がいるせいか、矢張り照れるのか、柏木由美は無口だった。坂口が質問して、それに答えるといった状態である。

「それじゃ、僕はこれで失敬する。二人切りで、色々と話し合った方が良いだろう」

そういって佐田は先に帰った。

坂口と柏木由美はホテルのグリルに席を移した。食事でもしながら、お互いの将来について、語り合うことになった。柏木由美は、こういうホテルのグリルでの食事には慣れていないらしい。坂口と同じもので良い、という。今日は美容院に行ったらしいが、セットしたての髪が、彼女の大きな顔に似合わない。

坂口は、柏木由美の顔を眺めながら、本当に処女だろうか、と思った。

今まで処女に当った記憶はないし、せめて、結婚する相手位、矢張り処女であって欲しい。

「院長の話だと、当分は別居ということだが、本当にそれで、構わないんだね」

と坂口は念を押した。

この点が坂口にとって重大だった。こうして再会してみると、矢張りそんなに食指の動く女ではなかった。毎日、一緒に暮すとなると、直ぐ鬱陶《うっとう》しくなるだろう。せめて、五十位まで、自由な生活を味わいたい。

「坂口さん、それは、私が希望したことよ。私、四十位までなら、子供を生む自信もあるし、今はもう少し病院にいて、貯金したいの」

「その方が良い、一週に一度位会うようにしたら良いんじゃないかな」

坂口は、柏木由美が突然、子供の話をしたので、眼が醒めたような思いだった。冗談じやないぞ、俺は現実に、この女と結婚しようとしているのだ、と坂口は自分の胸に呟くのだった。

「今まで、どうして結婚しなかったの？」

　と坂口は訊いてみた。

「三十までは、そんなに結婚したい、と思わなかったわ。私、洗濯も、食事をつくるのも苦手だし、独りの方が気が楽だと思っていたの。ところが、去年、母親が病気になって、結婚しろ、結婚しろ、とうるさいの。それで、共稼ぎで、当分、私が看護婦寮に寝泊りするのを許してくれる人なら、結婚しても良い、と思ったんだけど、話があっても、別居結婚という点で、駄目だったの」

　佐田がいなくなったせいか、柏木由美は急に雄弁になった。それに、喋る内容も、なかなか厚かましい。まるで、坂口と結婚するのは、別居結婚を認めてくれるから、仕方なしにするのだ、といわんばかりであった。

　坂口は何となくいまいましくなった。

　俺だってお前と結婚するのは、お前が別居結婚を認めたからだぜ、といいたいのだ。

　柏木由美は、頬が赤くて、健康そうで、農家の娘の匂いが残っている感じだが、喋らしてみると、無神経で、なかなか厚かましい。

一筋縄では行かない女だ、と坂口は思った。大体、三十半ばで、独身の主任看護婦には、彼女のようなタイプが多い。

「それで、式は何時にするかな」

「そうね、秋ぐらい、どうかしら。私もこれから、花嫁修業をしなくっちゃ。何《いず》れ一緒に生活するようになるんですもの」

柏木由美は、漸《ようや》くしおらしいことをいった。

「僕のことは、佐田先生が話したのかい？」

「そうよ、私に、坂口君と結婚しないか、と突然いったの。だから私、共稼ぎで、当分別居してくれなくっちゃ嫌だ、と返事したの」

「分った、分った。僕もそれを望んでいる、といったんだろう」

「そうよ、でも私、一寸不思議なの。坂口さん、何故別居結婚を望んでいるの。普通なら奥さんが傍にいて、色々と世話されるのを望む筈なのに、そこが私には一寸納得ゆかないの……」

柏木由美の細い眼が疑い深く光ったような気がした。だてに年を取っているんじゃない、といいたげな表情でもある。

「大体、僕は独身主義者だったんだ……」

と坂口は考え考え話し始めた。長年、独りで生活していると、家庭がわずらわしくなり、自由気儘な生活の方が性に合ってしまう。

といって、もう四十六だし、時には、家庭もあって良い、と思う。そんな時に、佐田院長から、結婚話が出た。迷っていたが、当分別居だというので、丁度理想的だと思って、結婚する決心をした……そういう話の内容だった。全く、坂口と柏木由美は、別居結婚ということで、意見が一致したのだ。

　こうして、坂口と柏木由美の交際が始った。彼女は、なかなかちゃっかりしていて、結婚しても、お互いの財産は別々にしよう、というのだ。それとなく洩らしたところでは、柏木由美の貯金は三百万円であるらしい。

　どうしてそんなに貯めたのだ、と訊くと、五年ほど前に貯金の半分で株を買ったら、何時の間にか上って、銀行の預金と合わすと、それ位になる、というのだった。

　それに柏木由美は、三十八位で子供を生み、一緒に住みたい、という。その頃になれば、婦長になれそうなので、子供を生んでも、病院勤めだけはしたいらしい。

　なかなかの働き者だった。別居結婚の期間中に、料理学校にも通い、おいしい食事をつくれるようになりたい、としおらしいこともいったりする。

　つまり、かなり計画的なところもあるのだった。

　交際し始めてから、一月位たった頃、坂口は、柏木由美をホテルに誘ってみよう、と思った。好みのタイプではないが、どうも処女らしいし、どんな身体か、興味もあった。

　それに、和江には結婚まで駄目、と待たされているし、欲求不満の状態になっていた。

食事をしてから、洋酒喫茶に連れて行った。柏木由美が、アルコールの薄いカクテルなら、少しは飲めるというので、それを注文し、坂口はウイスキーの水割を飲んだ。

柏木由美は、カクテルを三杯も飲んだ。それ以上禿げたら駄目よ。今のうちに毛生え薬でも塗っておいたらどうなの。眉や体毛に効果のある薬あるから、頭にも、少しは利くんじゃない」

「坂口さん、あなた、それ以上禿げたら駄目よ。今のうちに毛生え薬でも塗っておいたらどうなの。眉や体毛に効果のある薬あるから、頭にも、少しは利くんじゃない」

そんなことをいったりするのだ。

ホテルに誘う気も薄れそうだが、こん畜生、生意気なことをぬかしやがって、今に、ヒーヒーいわしてやる、と坂口は胸の中で呟き、

「そろそろ出ようか」

「ええ、これから何処に行くの。踊りに行かない。少し位なら踊れるわ」

だんだん柏木由美のイメージが変って来た。

「踊りも良いが、ぶらぶら歩こう」

坂口が柏木由美の手を取ると、

「恰好悪いじゃないの」

と柏木由美は振り放した。

坂口は本能的に、これはどうも駄目だな、と思った。それでも、繁華街から横道に入った。少し行くとホテル街である。

初めのホテルの前に来た時、

「おい、一寸休憩して行こうよ」

坂口は柏木由美の手を摑み、植込みの中に引張り込もうとした。その瞬間、坂口は凄い力で引き戻された。

「こんな不潔なところに、私を連れ込もうとして。だいいち、失礼やわ、結婚もしていないのに」

と坂口は怒鳴られた。

予感した通り失敗だったが、拒否するにしろ、もう少し女らしさが欲しかった。

……いやいや、結婚するまでかんにんして……

その位なことをいって逃げるのならまだ我慢出来るが、失礼や、といわれたのには、坂口も頭に来る思いだった。

それに坂口を引き戻した腕の力が、また凄い。手首がひりひりするのだった。

四

坂口は相変らず一週に一度はアルサロに通った。和江は、坂口が結婚するまでは絶対駄目だ、という。坂口は別なアルサロで、めぐみより少しはましな、矢張り年増なホステス

を、やっと口説き落し、欲望を満たすのだった。だが、その女も、最初、五千円渡すと、

「今時五千円位貰てもしょうがないわ、お小遣は最低一万円よ」

口の奥から、勢い良く煙草の煙を吐き出していったところを見ると、結局、金のために坂口と寝たので、売春婦と変りはない。

アルサロの女でも、五千円では駄目かなと坂口はやっと気付く始末であった。

ただ坂口は、年齢にしては欲望が旺盛で、一週に一度は女を抱かなければ苛々する。その苛々するのは、肉体的なものだけではなく、精神面もあるだろう。

というのは、坂口は情熱を注げるような仕事を持っているわけではない。仕事以外に、打ち込むような趣味もない。

楽しみといえば女だけなのだ。つまり、今の坂口にとって、生甲斐は女なのである。

一週に一度、女を抱いた時だけ坂口は俺はまだ生きとるな、という感じがするのだ。

ところが、アルサロの女の小遣が一万円だとすると、月に四万円である。アルサロの飲み代を入れると六万円位になる。小金は貯めているものの、六万円の出費は痛い。

実際、坂口にとって、物価の値上りは痛切な問題だった。

和江という女は不思議な女だ。めぐみは、和江は絶対、ものにならない、と坂口にいった。嫉妬からかもしれないが、単にアルサロ娘としては抜群、というだけではなく、何かあるのだろう。

同棲というよりも結婚しているのではないか、和江が何処に住み、和江の相手が何者かも知らない。

まず男がいるとみて間違いないが、それも常識的な見方で、ひょっとすると独りで生活しているかもしれない。それにしても、たった一度だけ寝て、何処の誰とも分らない女のために、他の女と結婚するなんて、俺も馬鹿ではないか、と坂口も反省する。馬鹿というよりも、人生に対する考え方が普通の男と全然違うのだ。

いよいよ、結婚式も後一週間に迫った夜、坂口は和江に会いにアルサロに行った。ところが和江はいない。休んでいるらしい。和江が休むのは珍しいことだった。仕方なくめぐみを指名した。めぐみは、和江がアルサロを辞めた、というのだ。それは坂口にとっては、息が停るほどショックな話だった。結婚式を目前にして、和江に逃げられたら、どうしようもない。

仲人は佐田だし、今更、結婚を取りやめるわけにもゆかない。

「残念でしたわね。夢中になって通ったけど、結局、通い損というわけね。あの人は、坂口さんとは、一寸釣合が取れないわ」

めぐみは、あなたは、私とぴったりなのよ、といっているようだった。坂口は直ぐ帰ろうかと思ったが、来たばかりだし、やけ酒の積りでビールを飲んだ。

「和江の相手は何者なんだい？」

「そんなこと、知らんわ。たとえ知っていても、喋られへん、裏切ることになるものね。久し振りに、今夜何処かに連れて行ってよ」

何か思わせぶりの口吻《こうふん》だった。

ホテルに連れて行ったら、和江のことを喋るかもしれないと思い、坂口は、

「それじゃ、行くか」

「考えてみれば、私は哀れね、和江のお余りをいただいているみたい……」

めぐみが、ふとしんみりした口調でいった。めぐみだって、何もかも分っているのだろう。だが、男女の間だけは、全く気持だから、どうしようもない。歌の文句ではないが、嫌いは嫌い、好きは好き、である。

坂口はめぐみと待ち合わせ、桜宮の連れ込みホテルに行った。外れの方にある、安いホテルだ。実際ホテル代だって馬鹿にならない。

考えてみると坂口は、給料の殆どを、女のために使っているようだった。

結婚しても、別居結婚だし、お互いの収入で生活するので、今のままで良いだろう。だが一緒に住むとなるとそうはいかなくなる。子供でも生れようものなら、遊び代など、捻り出せる余地はない。

もし柏木由美と、どうしても合わなかったら、彼女が一緒に住もう、といい出す頃に、離婚すれば良い。性格不一致といえば、佐田だって文句はいえないだろう。

ベッドに入るまでに、和江を話題にしたら、気持を見透されるので、坂口は触れなかった。

ことが終っても、めぐみは和江のように、帰りをいそがない。寝物語の調子で、和江の名前を出すと、待っていたように、めぐみが話し出したのだ。

「これは、人の噂やよってね……」

めぐみは、噂ということを何度も口にしながら、和江が一緒に住んでいる相手は、やくざ、だというのだった。それもちんぴらではなく幹部らしい。だから、店のマネージャーも、和江には遠慮していた、というのだった。

坂口は不思議に危険を感じなかった。ただ、やっぱりやくざだったのか、と一寸気落ちした思いだった。坂口が危いという感じがしないのは、和江という人間のせいだろう。たとえ、やくざと同棲しているかもしれないが、和江は浮気した男に迷惑をかけるような女ではなさそうだった。

何か、自分の意志で行動している。

それな気がするのだ。だからこそ、坂口が結婚したなら、また浮気しても良い、などといったのだろう。だが、店を辞めたら、どうしようもない。

和江がやくざの女であったことよりも、和江が居なくなったことに、気落ちし、坂口は胸に大きな穴があいたような思いで部屋に戻った。

　ところが思いがけず、翌日、和江から病院に電話がかかって来た。病院の電話番号は教えてあったのだ。和江は、アルサロから、バーに移った、という。電話番号を教え、

「アルサロと違って、お勘定が高いから、来なくても良いわ。ただ、結婚したら、電話は頂戴。約束は守るわよ」

　和江は含み笑いを洩らすと、坂口の言葉も聞かないで電話を切った。坂口はほっとした。凄く嬉しくなった。年甲斐もなく口笛を吹いて、女事務員に、

「事務長さん、頭にあるのは、結婚のことばかりでしょ」

　と冷やかされたほどであった。誰だってそう思うに違いない。アルサロの女のために、結婚するとは思ってもいないだろう。

　こうして、無事結婚式が終った。

　坂口は今は妻となった由美と、新婚旅行に出かけた。富士五湖から、熱海、伊豆を廻るという平凡なコースであった。式の前も後も、由美には別に変ったところがなかった。

「坂口さんを、今度、あなたなんて呼ぶの、照れ臭いみたい」

　と新幹線の中でいったのが少し印象に残った。初夜は河口湖畔のホテルだったが、由美は痛がり、どうにか肉体的に結ばれたのは、伊豆の下田であった。

　出血はしなかったが、由美が処女なのは、先《ま》ず間違いなかった。もし処女でなかったとしても、肉体経験は一度か二度であろう。

坂口は或る程度満足した。これまで処女は一人もいなかったから、やっと人並になったという感じである。

由美が処女だったからといって、由美に愛情を覚えたわけではない。由美は帰りの新幹線の中で、あなた、を飛び越えて、坂口を、あんた、と呼ぶのだった。

由美の話は、将来の計画ばかりである。

一緒に住む時は、小さくて良いから郊外の建売住宅を買いたい、五百万出せば買えるから、一生懸命貯金する積りだ、などといっている。

「私のお金で買うんだから、名義は私の名義よ」

そうまでいわなくても良いのに、いってしまうのは、矢張り女である。

坂口は疲れていたので、由美の話をぼんやり聞きながら眠っていた。自分の鼾《いびき》で、はっと眼が醒めると、由美は強い力で坂口の太腿をつねった。坂口の耳に口を寄せ、

「あんた、グリーン車よ、恰好悪いわよ」

もう十年も連れ添った女房のような口調だった。旅行中、由美の買物を見ていると、徹底的にねぎる。傍にいる坂口が恥しくなり、もうそれ位にしとけ、といわざるを得ないほどだった。そんな由美が、坂口の鼾に、恰好悪い、と肌にあざが出来るほどつねっている。

矢張り、坂口と由美とでは、神経の構造が全く違うようであった。

由美が当分、別居したい、というのは、どうやら、金を貯めるためらしい。

そして、自分名義の家を建てたいのだろう。由美は自分の嗅覚で、坂口に生活能力がないのを知っているのかもしれない。

兎に角、由美とは十日に一度会うことにした。休みの前夜、坂口の部屋に来て、泊るというのだった。十日に一度というのは、休日が月に三日しか取れないからだろう。坂口は、やった、という感じだ。普通なら新妻の新鮮な身体を、少しでも多く、むさぼりくらう時期である。ところが、由美にはそんなに欲望が湧かないのだった。

つまり、由美とは、性格だけではなく、身体も合わないのかもしれない。男女の間は、常識以上に、複雑で神秘的なものがあるようだった。

その日、坂口は和江が勤めたバーに電話した。和江が電話に出て、明日の昼なら時間があるというのだ。だが、昼は坂口の仕事がある。食事の時間だけしか余裕がない。するとと、和江は、昼に電話する、というのだ。そのバーの電話で、デートの約束は出来ないようであった。

「この店には、絶対来ないで」

と和江は最後に低い声でいった。

和江らしくない声で、真剣なものがこもっていた。何か事情があるらしいのだ。

翌日の昼、和江から電話がかかって来た。夕方の、五時から八時位の間はどうか、という。坂口の仕事が終るのは五時だった。

四時位から出られないことはない。

こうして坂口は再び和江を抱くことが出来た。和江はこの前の時よりずっと燃えた。華奢な身体に合った、すすり泣くような声で、坂口はこの女のためなら、生命もいらない、と思ったほどだった。

「あなたって、情のある人なのね」

と和江はいった。

坂口が小遣を渡そうとしたが受け取らない。その時、和江の翳りが深くなったような気がした。

「もう会えないわ。あなたに迷惑がかかったらいけないから」

「君の男のことだろう、何処かの暴力団の幹部だってなあ」

「ああ、知っていたの」

「ああ、しかし、僕は平気だぜ。これからも時々、会って欲しい、お願いだ」

「見付かったら、大変なことになるわ」

「構わない……」

和江はまた坂口に身体を寄せて来た。すると、坂口の身体がまた昂奮して来たのである。

坂口の年齢にしては奇蹟的なことだった。和江も、燃えに燃え、遂に、坂口と和江は、男と女の泥沼の関係に入ったようであった。

　坂口と和江が誰にもいわずに、大阪から姿を消したのは、それから僅か三月後だった。


　或るホテルで、佐田は女医の工藤令子とベッドの中にいた。坂口が姿を消してから、一週間後であった。佐田は天井の方に立ち昇る煙草の煙を見ていた。

「本当に、あなたのいった通りに、あの柏木由美は、捨てられたわけね」

「そういうもんだよ。柏木は、女好きの坂口と一緒に暮せる女じゃない。雀百まで踊り忘れずという言葉があるだろう。僕は、何日《いっ》か坂口が、必ず由美を捨てて、別な女と一緒になると思っていた。こんなに早いとは思わなかったがな」

「私達のことを、奥さんに電話したり、院内に噂を流したのは、柏木だものね。でも、一寸可哀そうな気もするけど」

「柏木などを憐む必要はないよ」

　佐田は吐き出すようにいった。

　坂口のことを今、雀百まで踊り忘れず、といったが、俺だって同じかもしれない、と佐田は胸の中で呟いていた。

　佐田と細君との関係は最悪の状態だった。佐田の端正な横顔にも、男女の泥沼につかった人間の業のような翳《かげ》りがあった。

編者解説

日下三蔵

二〇二三年七月に中公文庫から刊行した黒岩重吾の関西サスペンス集『心斎橋幻想』は、おかげさまでご好評をいただき、ここに第二弾として病院サスペンス集『法王の牙』をお届けできることとなった。

黒岩ミステリの傑作選をセレクトしている段階で、病院を舞台にしたものがやけに多いな、と思って構成案を考え、「関西サスペンス集」と「病院サスペンス集」の二冊分の目次を作成しておいたのだ。編集部の判断で、まず「関西」を出しましょう、ということになったが、こうして「病院」の方も形にすることが出来て、ホッとしている。

もっとも、表題作以外は、ほぼ関西を舞台にした作品ばかりなので、『心斎橋幻想』と極端にテイストが変わっているということはないはずである。むしろ、姉妹篇といってもいいくらいだ。

病院を舞台にした作品が多い理由は、まず黒岩重吾という作家が長年にわたって病気に悩まされ、つらい闘病生活を送ってきた経験から、非常に馴染みのある場所だった、ということだろう。入院中に見聞きしたさまざまなエピソードが、作品にも活かされているのだ。

次に、いうまでもなく、病院は生と死の境目を象徴する場所である、ということ。誰でも健康に暮らしていられるうちはいいが、ひとたび病を得れば、等しく病院の世話にならざるを得ないし、そこから生きて戻れるという保証もない。つまり、病院においては人生の極限状況が常に凝縮されている訳で、サスペンス小説というスタイルで人間の暗部を容赦なく描く作家・黒岩重吾にとって、これほどドラマを生みだしやすい舞台は他になかった。

『心斎橋幻想』の解説でも触れたとおり、黒岩重吾は同志社大学在学中の一九四四年三月、学徒出陣で出征し、北満州に赴いているが、そこで結核やアメーバ赤痢といった病気に悩まされた。終戦後の四六年、なんとかたどり着いた朝鮮から密輸船に紛れ込んで、ようやく内地に戻ってくることが出来たという。

四九年、「週刊朝日」の記録文学コンクールに投じて入選を果たした「北満病棟記」は、戦時中の体験を元にした私小説的作品である。この作品は、六一年十二月に新潮社から刊行された第三短篇集『落日の群像』に初めて収録された。この本の「あとがき」は一ページと短いものなので、全文をご紹介しておこう。

ここにおさめている中短篇は、『北満病棟記』をのぞき、ここ半年間に諸雑誌に発表されたものである。

僕は自分の作品に対して、特別の定義はつけたくない。ただ広い範囲のミステリー手法で、社会や人間の影の部分を描きたい、と思っているだけである。

『北満病棟記』について一言したい。これは、僕の処女作で昭和二十四年の「週刊朝日別冊」に発表された。今、これを読み返してみると、僕の小説の出発点が、矢張り人間の影や、執念、どす黒さの追究に立っていることが窺われ、現在の僕の小説の原形のような気がしてなつかしい。

あえて、本書に加えたゆえんである。

一九六一年一二月

黒岩重吾

商業誌に掲載された処女作が闘病小説だったというのは、何とも象徴的だが、著者と病院の関わりは、これだけではない。証券会社に勤務して派手に大金を動かしていた五三年、株の仲間と賞金を出し合って腐った肉を食う、という悪ふざけの会に参加したことで、小児麻痺を患ってしまうのだ。

六一年七月一日の「産経新聞」に掲載されたエッセイ「私と小児マヒ」には、その時の様子がこう書かれている。

私が小児マヒにかかったのは、私が二十九歳の時である。当時株でかなりもうけていた私は、作家への道も忘れ、放埓な生活を送っていた。あげくの果てに、げてものを食いあさり、友人たちと、腐った肉を食ったのである。

その夜、家にたどりつくまでに下痢におそわれた。翌日も下痢はおさまらず、八度ほどの熱がでてきた。

三日後ごろから、まず手がしびれ、四日めからは足が動き難く、声さえかすれてきた。驚いて病院に行ったが、医者は原因がわからない、という。当時日本では、おとなの小児マヒなど稀有の例であったので、医者も、まさか小児マヒとは思わなかったのであろう。

六日めには、全身が丸太棒になり、口もきけず、病院にかつぎこまれたわけである。その上、マヒが呼吸中枢をおかしかけ、息も苦しくなった。その時は私も死を観念した。でも、締め木で徐々に首を絞められるような苦しさと、死への恐怖感で、私は出ない声で、助けてくれ、苦しい、と叫び続けたようである。

医者が最後の処置として、せき髄に強烈なビタミンを注射しなかったら、私は呼吸中柩を完全におかされ、死んでいたろう。

私の小児マヒは、全身マヒという全く重症なやつであったのだ。

それから、みじめな闘病生活が三年半続いた。いま思い出してもぞっとする陰惨な毎日であった。一生廃人で過ごさなければならないという恐怖感は、なにものにもまして絶望的なものである。

でも私は、案外、逆境に立つと、負けん気を出して、自分でも意外に思うほど、がん張るくせがある。

（中略）

手が動くようになると、松葉づえをつき、毎晩真夜中、病院を抜け出し、梅田から難波まで御堂筋の歩道を歩いたものである。

都会の夜の歩道に響く、ことことというつえの音を、私はいまでも忘れることができない。

いままでの生活を反省し、小説修業に専心するようになったのも、小児マヒにかかったためである。

いくたびか絶望しながら、約四年間で、私は小児マヒを克服することができた。同時に私は、精神面の怠惰も克服できたようである。

大伴秀司（後の大伴昌司）がインタビューを構成した「孤独を愛する苦労人」（別冊宝石一一五号　現代作家シリーズ2　黒岩重吾篇／63年1月）では、同じエピソードが、こうまとめられていた。

> 一年後に、ようやく手が動かせるようになったとき、自分はこれで廃人になってしまったのだから、今後小説以外に喰っていける道はないのだ、とおもいました。松葉ヅエにすがって、どうにか歩けるようになると、毎晩のように、看護婦の詰所へ出かけて行き小説を書いた。婦長が文学好きだったので、いろいろ援助してくれたのです。薬品や女の香りがむんむんするせまい小部屋で、のちに小説クラブに入選した「賭博の街」など株屋に取材した小説を書き貯めました。ラジオ（BK）の台本を書いたこともある。コンクールと名のつくものには片っ端から投稿して、自分の実力をためそうとしました。

五六年に「賭博の街」で第六回「小説倶楽部」小説新人賞、五八年に「ネオンと三角帽子」で第五十四回「サンデー毎日」大衆文芸、五九年に「青い火花」で第二回「週刊朝日」「宝石」共催の短篇探偵小説懸賞と、着実に実績を積み重ね、六〇年には『休日の断崖』（浪速書房）と『背徳のメス』（中央公論社）、二冊の長篇ミステリを刊行。これがいずれも直木賞候補となり、後者が第四十四回の同賞を受賞して、黒岩重吾は一気に流行作家になっていく。

入院していた大阪の開成病院の看護婦詰所が黒岩文学の出発点と知ると、出世作となった『背徳のメス』が病院を舞台にした迫力満点のサスペンスであったのも、うなずけるのである。

収録作品の初出データは、以下の通り。「近代説話」は司馬遼太郎、寺内大吉らと共に参加していた文芸同人誌である。

病葉の踊り	「近代説話」60年4月号
深夜の競走	「オール讀物」62年8月号
法王の牙	「別冊文藝春秋」62年10月号
さ迷える魂	「小説新潮」64年5月号
造花の値段	「小説現代」66年2月号
最後の踊り	「オール讀物」72年3月号

「病葉の踊り」は『青い火花』（61年2月／東方社）、「深夜の競走」は『深夜の競走』（62年8月／角川書店）、「法王の牙」は『法王の牙』（63年1月／中央公論社）、「さ迷える魂」は

『さ迷える魂』（64年11月／新潮社）、「造花の値段」は『沼の花影』（66年7月／光文社／カッパ・ノベルス）、「最後の踊り」は『ガラスの橋』（72年9月／講談社）に、それぞれ初めて収録された。

前出「別冊宝石一一五号」の「作品を語る」コーナーでは、「病葉の踊り」について「完全に自分だけのために書いた小説。自分の胸にあるすべての感情を吐露するために読者が読むことを意識せず、書きまくった。二週間かかりました」とのコメントがある。

五十〜六十年も前の作品群だけに、時事風俗や登場人物たちの価値観、行動様式には隔世の感があるが、当時の日本はこういう社会だったのか、と思いながら、いつの世にも変わらぬ人間の暗い欲望を赤裸々に描いたドラマの数々を、じっくりと楽しんでいただきたいと思う。

なお、二〇〇二年に名称が「看護師」に統一される前の作品であるから「看護婦」が使用されているのは当然として、医学用語や治療法などについても、あくまで発表当時の一般的な知見に基づいて書かれている点に、くれぐれもご留意ください。病院を舞台にした作品集だけに、あえて付け加えておく次第です。

底本一覧

病葉の踊り　『飛田ホテル　黒岩重吾傑作集成1』一九七三年十月　桃源社
深夜の競走　『法王の牙　黒岩重吾傑作集成3』一九七四年一月　桃源社
法王の牙　『法王の牙　黒岩重吾傑作集成3』一九七四年一月　桃源社
さ迷える魂　『一日未亡人　黒岩重吾傑作集成5』一九七四年九月　桃源社
造花の値段　『花と泥の間　黒岩重吾傑作集成7』一九七三年十一月　桃源社
最後の踊り　『鶴の鼓動　黒岩重吾傑作集成17』一九七五年五月　桃源社

本書は文庫オリジナルです。

本文中に、今日の人権意識に照らして不適切な語句や表現が見られますが、執筆当時の社会的・時代的背景と作品の文化的価値、著者が故人であることを考慮して、そのままとしました。

中公文庫

法王《ほうおう》の牙《きば》
——病院《びょういん》サスペンス集《しゅう》

2024年6月25日　初版発行

著　者　黒岩《くろいわ》 重吾《じゅうご》
編　者　日下《くさか》 三蔵《さんぞう》
発行者　安部 順一
発行所　中央公論新社
〒100-8152　東京都千代田区大手町1-7-1
電話　販売 03-5299-1730　編集 03-5299-1890
URL https://www.chuko.co.jp/

ＤＴＰ　平面惑星
印　刷　三晃印刷
製　本　小泉製本

Published by CHUOKORON-SHINSHA, INC.
Printed in Japan　ISBN978-4-12-207529-0 C1193

中公文庫既刊より

く-7-19
天の川の太陽（上）
黒岩重吾

大化の改新後、政権を保持する兄天智天皇の都で次第に疎外される皇太弟大海人皇子。古代日本を震撼させた未曾有の大乱を雄渾な筆致で活写する小説壬申の乱。

202577-6

く-7-20
天の川の太陽（下）
黒岩重吾

大海人皇子はついに立った。東国から怒濤のような大軍が近江の都に迫り、各地で朝廷軍との戦いが始まる……。吉川英治文学賞受賞作。〈解説〉尾崎秀樹

202578-3

く-7-23
斑鳩王《いかるがおう》の慟哭《どうこく》 新装版
黒岩重吾

聖徳太子晩年の苦悩と孤独、推古女帝や蘇我一族との確執は、やがて太子没後の悲劇へとなだれ込む。黒岩古代史小説の巨篇。〈付録対談〉梅原　猛・黒岩重吾

207059-2

く-7-24
心斎橋幻想 関西サスペンス集
黒岩重吾
日下三蔵 編

金と欲望が渦巻く都会の夜に、夢を抱いた若い女の孤独と転落……。京阪神を舞台に人間の情念と闇を鋭く描く、全七篇。黒岩重吾の真骨頂。文庫オリジナル。

207389-0

あ-94-1
狂った機関車 鮎川哲也の選んだベスト鉄道ミステリ
鮎川哲也 選
日下三蔵 編

戦前の本格推理から、知られざる作家の佳品まで、鉄道を舞台にしたミステリのアンソロジー。短・中篇の読みやすさ、懐かしさと新鮮さが共存した全七作。

207027-1

さ-16-11
アリバイ奪取 笹沢左保ミステリ短篇選
笹沢左保
日下三蔵 編

アリバイが消えたとき、笑うのは誰だ？　本格推理から、著者の真骨頂たる宿命小説まで、バラエティに富んだ作品八篇を収録した傑作選。文庫オリジナル。

207258-9

そ-3-14
ビショップ氏殺人事件 曽野綾子ミステリ傑作選
曽野綾子
日下三蔵 編

ミステリ分野でも手腕を発揮した作家・曽野綾子の真価。江戸川乱歩に称賛された表題作をはじめ、サスペンスと心理描写に優れた異色作六篇をセレクトする。

207155-1

各書目の下段の数字はISBNコードです。978-4-12が省略してあります。

い-35-20
十二人の手紙
井上ひさし
転落した修道女の身も心もボロボロの手紙や家出少女の手紙など、手紙だけが物語る笑いと哀しみがいっぱいの迫真の人生ドラマ。新装改版。〈解説〉扇田昭彦
205103-4

い-35-25
四捨五入殺人事件
井上ひさし
大雨で孤立状態となった山間の温泉宿。そこに足止めされた二人の作家の前で、密室殺人が起こる。演劇的仕掛けに富んだミステリーの逸品。〈解説〉松田哲夫
206905-3

い-35-26
犯罪調書
井上ひさし
犯罪はその時代の意匠である。古今東西の犯罪から、著者が興味を引かれた二十件を選び、鋭い人間観察と心理描写で、その暗部・背景を洞察。〈解説〉吉岡　忍
206932-9

い-35-27
さそりたち
井上ひさし
狙った獲物は逃がさない！　外資系事務用機械販売会社のセールスチーム四人組。「さそり」の異名をとる彼らの破天荒な奮闘を描く連作長篇。〈解説〉池上冬樹
207084-4

い-37-8
殺　意　サスペンス小説集
井　上　靖
戦中戦後の混乱期を背景とした昭和サスペンスの至宝。表題作ほか、「傍観者」「雷雨」「ある偽作家の生涯」など全九篇。文庫オリジナル。〈解説〉米澤穂信
207242-8

お-99-1
小沼丹推理短篇集　**古い画《え》の家**
小　沼　丹
「私小説の名手」が作家活動の初期に書き続けた、スリルとユーモアとペーソス溢れる物語の数々。巻末に全集未収録作品二篇所収。〈解説〉三上　延
207269-5

し-6-22
古代日本と朝鮮　座談会
司馬遼太郎
上田正昭
金　達　寿　編
日本列島に渡来した古来・今来の朝鮮の人々は在来文化に新しい文化と技術を混入していった。東アジアの大流動時代の日本と朝鮮の交流の密度を探る。
200934-9

し-6-23
日本の渡来文化　座談会
司馬遼太郎
上田正昭
金　達　寿　編
文化の伝播には人間の交渉がある。朝鮮半島からいくたびも渡来してきた人々の実存を確かめ、そのいぶきにふれることにより渡来文化の重みを考える。
200960-8

各書目の下段の数字はISBNコードです。978-4-12が省略してあります。

し-6-32
空海の風景（上）
司馬遼太郎
平安の巨人空海の思想と生涯、その時代風景を照射し、日本が生んだ人類普遍の天才の実像に迫る。構想十余年、司馬文学の記念碑的大作。芸術院恩賜賞受賞。
202076-4

し-6-33
空海の風景（下）
司馬遼太郎
大陸文明と日本文明の結びつきを達成した空海は哲学宗教文学教育、医療施薬、土木灌漑建築と八面六臂の活躍を続ける。その死の秘密もふくめ描く完結篇。
202077-1

し-6-61
司馬遼太郎 歴史のなかの邂逅1
空海～斎藤道三
司馬遼太郎
その人の生の輝きが時代の扉を押しあけた——。歴史上の人物の魅力を発掘したエッセイを古代から時代順に集大成。第一巻には司馬文学の奥行きを堪能させる二十七篇を収録。
205368-7

し-6-62
司馬遼太郎 歴史のなかの邂逅2
織田信長～豊臣秀吉
司馬遼太郎
人間の魅力とは何か——。織田信長、豊臣秀吉、古田織部など、室町末期から戦国時代を生きた男女の横顔を描き出す人物エッセイ二十三篇。
205376-2

し-6-63
司馬遼太郎 歴史のなかの邂逅3
徳川家康～高田屋嘉兵衛
司馬遼太郎
徳川家康、石田三成ら関ヶ原前後の諸大名の生き様や、徳川時代に爆発的な繁栄をみせた江戸の人間模様など、歴史のなかの群像を論じた人物エッセイ。
205395-3

し-6-64
司馬遼太郎 歴史のなかの邂逅4
勝海舟～新選組
司馬遼太郎
第四巻は動乱の幕末を舞台に、新選組や河井継之助、緒方洪庵、勝海舟など、白熱する歴史のなかの群像を論じた人物エッセイ二十六篇を収録。
205412-7

し-6-65
司馬遼太郎 歴史のなかの邂逅5
坂本竜馬～吉田松陰
司馬遼太郎
吉田松陰、坂本竜馬、西郷隆盛ら変革期を生きた人々の様々な運命。『竜馬がゆく』など幕末維新をテーマに数々の傑作長編が生まれた背景を伝える二十二篇。
205429-5

し-6-66
司馬遼太郎 歴史のなかの邂逅6
村田蔵六～西郷隆盛
司馬遼太郎
西郷隆盛、岩倉具視、大久保利通、江藤新平など、明治維新という日本史上最大のドラマをつくりあげた立役者たち。時代を駆け抜けた彼らの横顔を伝える二十一篇を収録。
205438-7

し-6-67
司馬遼太郎
歴史のなかの邂逅7
正岡子規〜秋山好古・真之
司馬遼太郎
傑作『坂の上の雲』に描かれた正岡子規、秋山兄弟をはじめ、日本の前途を信じた明治期の若者たちの、底ぬけの明るさと痛々しさと——。人物エッセイ二十二篇。
205455-4

し-6-68
司馬遼太郎
歴史のなかの邂逅8
ある明治の庶民
司馬遼太郎
歴史上の人物の魅力を発掘したエッセイの集大成、全八巻ここに完結。最終巻には明治期の日本人から祖父・福田惣八、ゴッホや八大山人まで十七篇を収録。
205464-6

た-43-3
ぼくのミステリ・マップ
推理評論・エッセイ集成
田村　隆一
戦後詩の第一人者にして翻訳推理小説隆盛を導いた編集者。その比類なき経験から語る古典ミステリガイド。〈巻末対談〉生島治郎／都筑道夫〈解説〉押野武志
207323-4

ち-8-8
事件の予兆
文芸ミステリ短篇集
中央公論新社 編
大岡昇平、小沼丹から野坂昭如、田中小実昌まで。非ミステリ作家による知られざる上質なミステリ十編を一冊にした異色のアンソロジー。〈解説〉堀江敏幸
206923-7

ち-8-11
開化の殺人
大正文豪ミステリ事始
中央公論新社 編
佐藤、芥川、里見に久米。乱歩が耽読した幻のミステリ特集が、一〇四年の時を超えて甦る！「犯罪と怪奇への情熱」に彩られた全九篇。〈解説〉北村　薫
207191-9

つ-35-1
推理小説作法《さくほう》
増補新版
土屋　隆夫
推理小説の作法とは何か？　発想法、メモの取り方、プロット作り……鮎川哲也と共に戦後の本格ミステリを支えた巨匠による実践的創作指南。〈解説〉円居　挽
207469-9

な-78-1
中央線小説傑作選
南陀楼綾繁 編
井伏、太宰をはじめ多くの文士が居を構えた「中央線」沿線。私小説からミステリまで、鉄道が織りなす時間と風景を味わう傑作アンソロジー。文庫オリジナル。
207193-3

の-17-1
野呂邦暢ミステリ集成
野呂　邦暢
「失踪者」「もうひとつの絵」「剃刀」など中短篇八編とエッセイを併せて年代順に収録。推理小説好きを自認した芥川賞作家のミステリ集。〈解説〉堀江敏幸
206979-4

各書目の下段の数字はISBNコードです。978-4-12が省略してあります。

ひ-1-2
女の家　日影丈吉
妾宅の女主人の死は事故か自殺か、それとも他殺か。女と男の語りが明かす意想外の真相とは。澁澤龍彦、種村季弘に愛された著者の代表作。〈解説〉堀江敏幸
206937-4

ひ-1-3
応家の人々　日影丈吉
昭和十四年、日本統治下の台湾、名家の美女の周辺で不審死が相次ぐ。内地の中尉が台南の町々をめぐり事件の謎を追う妖しい長篇ミステリ。〈解説〉松浦寿輝
207032-5

ほ-24-1
史実は謎を呼ぶ　時代ミステリ傑作選　細谷正充編
菊池寛から、風野真知雄、上田秀人まで。出世作、隠れた名作など、戦国から明治の実在の人物・史実に依拠した時代ミステリ全7篇を精選。文庫オリジナル。
207510-8

ま-12-6
突風　松本清張
貞淑な人妻の胸を吹き抜けた突風。日常性の中にひそむ陥穽――。小説技巧と人間洞察の深さが生む著者の思い出深い初期短篇傑作集。〈解説〉三好行雄
200079-7

ま-12-11
ミステリーの系譜　松本清張
一夜のうちに大量殺人を犯す「闇に駆ける猟銃」、継子の娘を殺し連れ子と「肉鍋を食う女」など、人間の異常に挑む、恐怖の物語集。〈解説〉権田萬治
200162-6

ま-12-24
実感的人生論　松本清張
不断の向上心、強靭な精神力で自らを動かし、つねに新たな分野へと向かって行った清張の生き方の根底にあったものは何か。自身の人生を振り返るエッセイ集。
204449-4

ま-12-29
古代史疑　増補新版　松本清張
邪馬台国をめぐる論争点を詳述し、独創的推理によって大胆な仮説を提示した清張古代史の記念碑的著作。当時随一の研究者との貴重なシンポジウムを初収録。
206364-8

れ-1-4
黒真珠　恋愛推理レアコレクション　連城三紀彦
反転する愛憎と虚実、そして待ち受ける驚愕の結末――騙りの巨匠の大技が冴え渡る、単著未収録の恋愛推理短篇十四篇。文庫オリジナル。〈解説〉浅木原忍
207302-9